我的影子

乔典运 著

乔典运全集

散文卷

河南文艺出版社
·郑州·

图书在版编目(CIP)数据

我的影子/乔典运著. -- 郑州:河南文艺出版社,2025.5.
-- (乔典运全集). -- ISBN 978-7-5559-1779-3

Ⅰ.I267

中国国家版本馆 CIP 数据核字第 20259HH366 号

总 策 划　　许华伟
选题策划　　陈　静
责任编辑　　陈　静
实习编辑　　王　萌
责任校对　　梁　晓
装帧设计　　吴　月

出版发行　河南文艺出版社
社　　址　郑州市郑东新区祥盛街 27 号 C 座 5 楼
承印单位　郑州新海岸电脑彩色制印有限公司
经销单位　新华书店
开　　本　700 毫米 × 1000 毫米　1/16
印　　张　20.25
字　　数　236 000
版　　次　2025 年 5 月第 1 版
印　　次　2025 年 5 月第 1 次印刷
总 定 价　980.00 元(全 7 册)

印厂地址　中国河南省郑州市管城回族区南曹街道金岱工业园鼎尚街 15 号
邮政编码　450000　　电话　18695899928

乔典运（1929.3—1997.2），河南省南阳西峡县五里桥乡人。当代著名作家，曾任河南省作家协会副主席，南阳市文联副主席、南阳市作协主席，西峡县文联主席。国家有突出贡献专家，河南省优秀专家。

1955年开始发表作品，共计二百余万字。代表作有短篇小说《满票》《村魂》《冷惊》等，中篇小说《黑洞》《小城今天有话说》等，长篇小说《金斗纪事》《命运》，其中《满票》荣获第八届全国优秀短篇小说奖。多篇作品被译成英、德、日、法、阿拉伯文。

一辈子爱看书，拿起就放不下

写作时烟不离手

沉思

构思

乔典运手稿

乔典运书法

别无选择

赠新芽

一九九六年十月廿三日 乔典运 □

乔典运书法

问天

赠新芽

一九九六年十一月廿三日 乔典运 □

目　录

5

辑一　世说

散文卷

耳朵

耳朵，是专司听的，人人都有，还是两个。按说，一个就足够用了，为什么要长两个？请教智者，智者说是为了对称。有理，再一想，又觉欠理。嘴只一个，不对称，不也挺好看吗？要是为了对称，额头再长一个嘴，不仅会把地球吃光了，还会把天下说乱了。这样看来，不是为了对称。到底是为什么呢？

对于耳朵，历来没有好评。古人今人形容女子的美丽，形容男子的英俊，都是歌颂眼歌颂鼻子歌颂嘴，连胡子眉毛都在歌颂之列，唯独没见过、没听过歌颂耳朵的文字和话，可见它不登大雅之堂。当然，也不能绝对化，偶尔也有过一次半次，如形容刘备大富大贵，就说他两耳垂肩。闭上眼想想，这是美化吗？两个又肥又大又长的耳朵奔拉到肩膀头上，不成了猪八戒吗？不把吴国太吓个半死才怪，别说和孙尚香成就好事了，只怕李尚丑也不干，只能掏个千儿八百买个哑巴婆娘了。一定是谁对刘备有刻骨仇恨，看他是皇爷，怕他报复，就变着法儿以褒代贬来丑化他罢了。

耳朵，自知地位不高，就长在脸的后面，头发的下边，可以说是藏在阴暗角落里。趁人对它不注意,它就阴谋得逞,不论三七二十一听个不停。它不像眼睛,主人不想看了可以合住;也不像嘴巴,主人不想说了可以闭上。耳朵这玩意儿主人管不住,只有开的闸,没有关的闸,只要醒着就听,不管主人愿听不愿听它都听,不论什么声音,不论好坏,只要有声音它都听。

耳朵最大的优点是勤快,勤快得烦人、害人、杀人。有时,没啥听了,歇一会儿清清净净多好,偏偏它不耐寂寞,就千方百计去打听,找着听,好像不发挥自己的作用听点什么,就觉着被冷落了,就觉着自己白长了,耳朵就不算耳朵,你看看它这个贱劲。听就听吧,反正长耳朵是图听的,有什么听什么就得了。可是,它偏偏不,听真的老觉着不过瘾,听该听的老觉着不解馋,总想听点假的才美,总想听点不该听的方显得自己有本事。不爱听君子之言,听君子之言就无精打采地耷拉着,故耳朵之大敌是君子;专爱听小人之言,听小人之言就精神焕发地支棱着,故耳朵之密友是小人。它不仅爱听窃窃之语,还悬下赏赐要听吹捧自己的和骂自己的,听了就信以为真,喜怒由此而起。你听我听他听,便听出了许许多多是是非非,就猜疑,就恩仇,不知造成了多少人间悲剧。古有定论,耳不听心不烦,可见人间烦恼事多数来自耳朵,可见耳朵之害大矣。本该对它加以挞伐,可是事到临头它又逃之夭夭,反而嫁祸于嘴,叫嘴替它受过,说什么"祸从口出",才"怒从心生"。一派胡言,耳不进口怎出?自古以来给嘴巴造下了多少冤假错案,嘴虽能说会道,却从不埋怨耳朵一句,耳朵被解脱得干干净净,于是逍遥法外继续无休止地听下去,继续当它的惹祸根苗。

耳朵既是惹祸根苗,为什么还要生两个?是造物主怕人间多了欢乐,故意给人间多添些烦恼?百思不解。求教于禅者,禅者笑曰:

"汝不闻'这个耳朵进,那个耳朵出'之说,进去了,又出来了,就没有了,何来是非烦恼?"我才大悟,原来是造物主恩典,怕一个耳朵只进不出才长两个耳朵。如果只进不出,一定是有一个耳朵堵塞了,须从速到医院诊治。

　　想到此,我就到医院五官科专治我的耳朵了。

原载《南阳日报》1991 年 11 月 13 日

想

想,只要是活人就不能不想,不断头地想,什么都想。能办到的想,办不到的也想;想自己的,也想别人的;有正正经经的想,也有胡思乱想。再坚决的人也无力叫自己不想,更无力叫别人不想。想,统治着人。你想,我想,他想,便想出恩恩怨怨,便想出是是非非,想来想去便搅得人间不得安宁。

想想,世上的事情难说明白;想想,世上的事也明白得很。不明白也就明白了,明白了也就不明白。

就说武汉在何方吧。河南人说它在南,湖南人说它在北,四川人说它在东,江苏人说它在西。它究竟在何方?它本身不在东南西北,它就在它存在的地方。说它在东南西北,谁对谁不对?都对,也都不对。如果四个省的人都说自己判断得正确,都说对方判断得错误,为此而争个你高我低,便成了天大的笑话,要是再为此而结下了仇气,便是自己折自己的阳寿。自己的看法是真理,和自己相反的看法不一定就不是真理,这样想就有了宽容之心,就省了许多是是非非,活得也轻松了。

我们县城有个疯子,无儿无女更无妻

室,春夏秋冬穿个烂棉袍,披头散发,不吵不闹,嘴里不断地喃喃着什么,天天去拾垃圾。我年轻时见他是这样,我老了见他还是这样,当年不见他小,如今不见他老。我常想,他过着这般凄苦的生活,为何能如此长寿?我偷偷地观察了几次,发现了秘密,他什么话也没有,只反反复复喃喃着两句话,"看不美可美,看美可不美",或是"看对可不对,看不对可对"。这两句话颇有禅味,我悟了又悟,悟出了一点味道:他会想,便长寿。我悟了再悟,又悟出了一句话:看疯可不疯,看不疯可疯了。

想,有穷想,也有富想,也就是往上想,或是往下想。想的方向不同,便有了喜怒哀乐的不同。我常想,如果面前有一大笔唾手可得的外财,我会怎样去想?我会想:不拿白不拿,别人都捞美了,今天可轮到老子了。美极了,先盖一座漂亮无比的房子,当然得贴上高级壁纸,铺上地毯,不要化纤的,得是纯毛地毯;再安上锅炉暖气,还要装上空调,不要国产的,得是进口的,冬暖夏凉四季如春;各种高档家具就不用说了,要一应俱全。然后呢?天天羊羔美酒,拥着朝思暮想可人如意的情人,寻欢作乐,要多美有多美。想着想着就飘飘欲仙了,我就伸长了手拿回了这笔外财。我还会想:外财不富命穷人,世上没有不透风的墙,要想人不知,除非己莫为,一朝露了馅,绳捆索绑拉进公堂,住进阴暗潮湿的牢房,还要抄家赔偿,弄得家破人亡,妻离子散,身败名裂,自己便成了千夫所指的罪人。然后呢?拖着沉重的镣铐,一步一步走向刑场,在万众欢笑中一声枪响,便跌进了地狱。这样想了,我就会缩回手不取那笔不义之财。把疯子的话稍改一下,便是"看天堂可是地狱,看地狱可是天堂"。进天堂或下地狱只是一念之差,只看这一念怎么念了。当然,除了想进天堂和怕进地狱之外,我还会有普通人的想法,财富与粪土全系身外之物,清贫即安乐,富贵皆祸患,对那笔外财便视而不见,继续去过平淡的日子,这才是人的想法。

想,是门学问,很深的学问。一位又年轻又才华横溢的友人,对各色人等都给以甜蜜的微笑,通过这微笑,把爱注入对方心中。这友人听说我烦恼多于欢乐,就写信教我道:"生活本身没有情绪,你想它有多沉重就有多沉重,你想它有多轻松就有多轻松,全看你怎么想了。"还说这是秘方,灵验得很,劝我不妨一试。为了不负友人一片爱我之心,就寻找机会一试。

一次,我出远门托人买了张汽车票,好票,二号。我入座后很高兴,虽然自己不能坐小车,但也颇有几分优越感,因为坐在几十人的前面。我正在扬扬自得,忽然腿上被人踢了一脚,抬头看去,是一个五大三粗的汉子,我问他:"干啥?"他指了指后边,说:"你去坐后边,我晕车,咱俩换换。"先踢我一脚已经够欺人了,又提出了无理的要求,我气。我要反抗还没来得及反抗,售票员就说:"学学雷锋嘛!"说着对那汉子窃窃一笑。那汉子横眉竖眼地瞪我,售票员说得有理,那汉子又浑身有力,我自量不是对手,就愤愤地去后边坐了。我看那汉子一路上和售票员有说有笑,不像晕车的样子,就憋了一肚子怨气,又无可奈何。这时,我忽然记起那位友人教我的话。我就想,我要不换,定有一番争斗,惹那汉子恼了戳我一刀,轻则流血,重则送命。于是我就后怕,我就觉得自己英明正确,我就庆幸自己救了自己,心里不但一点不气,还自得其乐,还想笑。从此,我就信奉那位友人的话,沉重或轻松和生活本身没有多大的关系,全看自己如何去想了。

想,既然无力不想,就要好好想。面临灾难时,要想想假若是更大的灾难,就会对面临的灾难不以为灾;面临幸福时,要想想假若是更小的幸福,就会对面临的幸福加倍欢乐。要通过想给自己找来欢乐,不要通过想来自我折磨,这样就少了几分痛苦,就多了几分欢乐,世界上就充满了爱意,少了许多敌意。当然,这是无力者的想,无力者就要有无力者的想。无力者要从有力者的角度去想,就苦了,就永远不会有欢乐了。

感谢友人教我如何去想。

原载《文学报》1993 年第 65 期

伪祸

伪者，假也。如今有黑心的人，专造伪劣产品，坑害百姓。大至名烟名酒，小至汽水饮料，都是假货。人们一不小心，就会吃亏上当，就是小心加小心，也难免吃亏上当。有人气极了，说得很刻薄，说现在啥不是假的，除了妈不是假的，连爹是不是真的都得画个问号。这话也太绝对了，太偏激了，我不同意，真的还是比假的多，到如今为止，还没听说谁造过假卫星假火箭假原子弹假飞机假火车假人，等等，可见真的还是占多数占大头。

处处有假货，步步有陷阱，吃亏上当的人天天都有。不过，我没上过当。窍门是自己从来不买东西，买东西的事全包给了老婆，有当叫她去上。一次，她买了十斤蜂糖，很是得意，说便宜，才三块五一斤。我一听就知道坏了，一定叫人捉了大头。她不承认，说卖家是乡下人，人很老实，赌咒发誓说是真的。她不但相信货是真的，还相信人也是真的。后来经过品尝，经过行家鉴定，是白糖兑玉谷面熬的。老婆没话可说了，还恍然大悟说，过去只知道城里人能坑人，没想到如今乡下人也会了，接着就骂那卖蜂糖的人不是人，好像一点也不怨自己。一家人不以为然，就指责她是贪图便宜才上的当，要不是自己想占便宜，咋叫别人占了便宜。老婆想想也是，说以后可不买便宜东西了。

不占便宜就不吃亏上当了？也不中。老婆还是不断地买来假货，不过全是些小东小西，值不了几个钱，家里人先是埋怨她，后是取笑她傻，从不认真计较。老婆受了奚落，就抗议了，说，你们能，你们去买几次试试。说是这样说了，买东西的还是她。不过，我也想了，我要去买东西，一定不会上当，我不信卖假货的人比我能多少。一次，我领了钱叫老婆去存。老婆去银行存钱，钱给营业员了，就是不给她开存款单，说叫她等等，她就等着。一会儿来了一辆小汽车，从小汽车上下来几个人，叫我老婆上车，说，走，咱们去谈谈。我老婆迷糊了，说，我存款又没碍住谁啥事，叫我去哪里，说什么？来人说，你这钱里面有张五十的是假钱，是从哪里弄的？老婆是个家属，没经过这阵仗，认为是要抓她的，吓坏了，便抬出了我的名字，说这钱是乔典运给的，你们要谈去找他谈。县里人一向待我不薄，相信我不会造假钱，便给她开了没收证明放她回家了。她回到家里，除了心有余悸还要笑我，说，平常笑我买假货，可好，你恁能的人连钱都分不清真假。我照例不承认自己有错，反说屁大个事，你就开口供出了我，要真是什么大事，你不把我卖了？老婆无言了，不过家里人挺心痛的，五十元呀，够割十几斤肉，够扯一身衣服的布，问我是谁发给我钱的。我不说，找发钱的人算账我不忍，我说，发钱的同志比咱们困难，不就这五十元嘛，总比失火烧了强，总比叫人抢了捅一刀强。这么一说，一家人全释然了。还有一次，去县医院买药，夜里营业员找上门，说给的十块钱是假的。我二话没说，又给了她十块钱。这位营业员很感动，说别人也给过假钱，找去换不承认了。我说，你一天工资才几个钱？这位营业员原来不认识，后来见了很亲热。我对这十块假钱还是很感激,十块钱换了一颗友爱的心,值得。

原来我还认为自己就是不算能,至少也不算多憨,经过这两次假钱事件,我才发现自己没有比造假的人精。不在于被骗被坑了多少钱,而在于证明了自己也是一个真假不分的傻瓜。我很气愤,便加入了对伪劣产品不满的队伍,常常发牢骚,恨假。有一次和一个同志在一块儿又骂假,这位同志笑而不言,听我骂够了,才说,伪劣产品可恨,还有比伪品更可恨的、危害更大的伪。我问是什么,他说,伪话。他举了很多例子,一九五八年亩产几千斤几万斤粮食,一个小土炉日产几十吨几百吨的钢铁,还有在"文化革命"中遍地是特务,满眼是敌人,对国家对民族对人民造成的危害比伪劣产品大一千倍一万倍,这些全是伪话。如今伪劣产品多是多,党反对、政府反对、人民反对,过街老鼠人人喊打。而且伪劣产品还有工商局管,还可到消费者协会申诉,说不定还能得到赔偿。伪话呢?今天还有吗?有了,谁反对?去哪里申诉?最可悲的是面对伪话习以为常,有谁像自己买了假货吃了一块钱亏那样怒气冲冲过?更不要说挺身而出去申诉了。说不定说伪话的伪人还会得到重用升迁。听这同志一说,想想也对,对伪劣产品的愤怒顿时消了几分。

伪品殃民,伪话祸国。消灭伪劣产品,有利百姓;消灭伪话,功在国家民族。愿伪劣产品绝迹,愿伪话断子绝孙。愿这世界充满真诚!

原载《时代青年》1994 年第 6 期

争爱

这事在心里放了很久,老不是个滋味。

冬日的一个下午,很冷,没有了客人、外人,我和老伴还有女儿围着火盆烤火,说着家常话,很是爽意,心里暖和和的。这时,小孙子长河从楼上下来了。他才一岁半,走路还不太稳当,穿着厚厚的棉衣,活像个不倒翁,一摇一晃的,格外逗人喜爱。看见了他,几个人齐声欢叫:"长河,来!"

他侧侧歪歪跑过来,扑到我怀里,伸出小手学着大人的样子烤火。大家停了闲话,逗他取乐,叫道:"长河,唱个歌听听。"

他眨巴眨巴眼,张开小嘴唱了。

"世上只有妈妈好,有妈的孩子是块宝。"

我心里起了一丝醋意。他爸妈天天上班,他们走了,他就脚跟脚地缠住我:我写字,他夺笔;我看书,他夺书,逼着我和他做打仗的游戏。我只好顺从他,拿起两支玩具枪,他一支,我一支,两个人"叭叭叭"地对打。现在坐在我怀里,还唱"世上只有妈妈好"。我瞪他一眼,问他:"世上只有谁好啊?"

他看了看我,马上改嘴了。

"世上只有爷爷好,有爷的孩子是块宝。"

我笑了,心里甜甜的。老伴不乐意了,拉过他,佯装生气的样子,问:"谁好啊?谁给你做好吃的?谁给你擦屁股?谁给你抹香香?"

他看看奶奶,又改嘴了。

"世上只有奶奶好,有奶的孩子是块宝。"

老伴笑了,说:"就是嘛,你妈天天上班,她管你了?"

女儿从口袋里摸了半天,手伸出来是攥着的,在他面前晃了几晃,说:"长河,你猜猜姑姑手里是啥?"

"糖!糖!给我,给我!"长河扑了过去,掰姑姑的手。

女儿问他:"说,世上谁最好,说了姑姑给你。"

他一面夺糖,一面又唱了。

"世上只有姑姑好,有姑的孩子是块宝。"

大家满意了,笑得前俯后仰。

这时,媳妇从楼上下来了,长河挣脱姑姑,扑向了他妈。大家争着对她讲,夸奖长河聪明,脑子灵活,小小年纪就会变着法儿讨人喜欢。媳妇也笑了,说:"真的?"大家说:"可不,不信你问问他。"媳妇就抱起长河,说:"再唱唱,世上只有谁好?"

他又唱了,唱得更高兴了。

"世上只有妈妈好,有妈的孩子是块宝。"

"啥呀?世上谁好呀?"我问,老伴问,女儿问,"说,世上谁好?"

他的小眼睛瞪着大家,一股不服的神气,说:"世上只有妈妈好,世上只有妈妈好……"

媳妇搂紧了他,笑着教他:"说,世上只有大家好,说呀!"

他偏不,好似有了仰仗,大声叫道:"世上只有妈妈好!"

大家笑了。

老伴说："我算白伺候你了。"

女儿说："我的糖算白叫你吃了。"

"别逼了。"我说。

大家笑得流出了眼泪。炭火还在熊熊燃烧。我忽然一阵心痛，忽然一阵发冷。一岁半的孩子就这样，几十岁的大人呢？

这就是爱吗？

原载《文化艺术周报》1992 年 2 月 1 日

从文化心态说起

●

南阳是个盆地,盆地人有盆地人的许多特性,拿起笔记下来,写出盆地与外地的不同,就算是与众不同的南阳文化。南阳文化是"盆地意识"所决定的,是自古至今很长时间从"盆"里生产出来的。

南阳要振兴,文化上不接受新东西不行。在现实生活中,一些古老的僵死的东西还在统治着活人。人们习惯于要么当奴隶,要么当奴隶主;要么治人,要么治于人。赚了几个钱,不是想图大发展,首先是享受,按自己过去批判过的"资产阶级生活方式"享受。有的人做生意发了,就一夜千元地嫖。

我们还缺少一种现代价值标准。商品如此,人生亦然。我们不学南方人四处跑着做生意、打家具、裁衣服,不愿下那份力,而是听天由命,光想一跟头栽地上拾一堆元宝发大财。近来摸奖摸得恶①,凭手气,手气好就能发一笔横财。

我曾遇到过这样的事:有两个人一起去卖红薯干,由于付款员算错了账,其中一人多得了一百元钱。另一个人心里就气,眼红,要把那钱分开,自己也得一半。

---

① 恶:豫西南方言,意为狠、多。

回村后,村里人得知此事,都认为不能让他独占了这个便宜,硬逼这人搞了平均主义才算了事。

　　有弟兄俩摸奖的。弟弟摸了十几次都落了空,心想要是哥哥也摸几个空才解气,就劝他哥也摸,他哥没钱,他就借给他哥十块。谁知,哥哥一摸,摸住个电视机。弟弟心里更气:钱是我借给你的,我要不借你,你能摸住电视机? 哥哥心想,咱原没打算摸,得多得少都是外财,如果不给弟弟分一点,弟弟、弟媳心里都不美气。于是,就用新得的电视机换了弟弟的旧电视机。这么一换,两家就心理平衡、相安无事了。

　　　　　　　　　　原载《南阳日报》1989 年 1 月 10 日

西峡，在哪里

中国太大了，打开地图很难找到西峡。中国人太多了，却很少有人知道西峡。

西峡，在哪里？

年轻时云游四方，常常有人问我是哪里人。我就想到了可爱的家乡：秀丽的伏牛山，清澈的老鹳河，还有满山的树木，遍地的牛羊。我就自豪地回道："西峡。"对方却冷漠地摇头，反问："西峡？没听说过。是个村庄？是个山谷？是个名胜？是个什么？"这反问使我颓丧，我突然感到受了屈辱，继而一阵悲哀。偌大一个西峡，南北三百里长，东西二百里宽，山重水复，柳暗花明，面积辽阔，物产丰富，有数不清的勤勤恳恳的黎民百姓，有众多的兢兢业业的人民公仆。大家闲谈起来常说，西峡比世界上有些小国还大，言下很有几分自豪。谁知当走出西峡后，就没人知道世界上有个西峡了，实在令人扫兴。于是，我常常想，是世人太无知了，还是西峡太渺小了？为什么人们心中没有西峡？

西峡，难道就这样永远陌生于世？

不知过去了多少年，一次我在郑州一个宾馆就餐，当人们得知我来自西峡时，流露出羡慕的眼光，说："听说你们西峡的九月寒大米好吃得很,你们天天吃吧?"说时馋涎欲滴。没想到因为有了九月寒使人认识了西峡,还认为西峡人一定过得幸福。这顿饭虽然吃的不是九月寒,可我吃着比九月寒还香还甜,因为,我的故乡终于被世人知道了。

后来,我在北京学习,一家电台约我去讲点什么。我去了,播音室幽静得很,犹如从轰鸣的闹市眨眼来到了万籁俱寂的山中庙堂,整个人被净化了。当主人知道我是西峡人时,指着豪华的四壁满怀感激地说:"这是西峡的软木砖垒的,隔音性能好得很。"本来我很紧张,突然间轻松了,好像不是我一个人在这里,而是故乡西峡和我一同来到了北京城。我似乎成了这里的主人,像站在满山遍野的桦栎树林里,给他们讲伏牛山的美好风光,给他们讲软木砖的由来。一连多天,心里充满自豪感,因为故乡走出了河南,走向了全国。

在以后的时光里,不论走到哪里都能感受到故乡的存在。记得,我在广州郊区深入生活时,一天中午主人请我去饭店用餐,给我买了名酒,他自己却喝莲花白。他说,我们这里喝惯了这个酒,补,祛寒去湿。我以为是北京的莲花白,一看牌子才发现是西峡产的,我笑了,说:"这是我家乡的酒。"主人马上亲热起来,连夸莲花白如何如何好,好像我就是莲花白的主人,为了感激又加了几个菜,还说要一醉方休。莲花白使我们由陌生变成了朋友,心心相通了,我们的谈话变得随便自然了。我在西峡酒厂附近住了几十年,一直没喝过莲花白,没想到在几千里外的南国喝了莲花白。我不会喝酒,这天却喝得很多,因为是同南国的人一同喝家乡的酒,因为西峡赢得了人们的爱,为了人们的爱我喝醉了。

这几年出门少了,可我加倍感觉到西峡活跃在祖国的四面八方。各地的朋友不断来信,托我买西峡的电熨斗呀,西峡的猎枪呀,等等。前不久,一位远方的朋友来信说,他得了阴烧,长期失眠,整日头昏脑涨,害得人不死不活,几十年百治不愈,说他的朋友患同样的病,吃了西峡的浓缩知柏丸,就如同"神仙一把抓",病全好了,要我帮他买几瓶。我同情朋友的同时更为家乡自豪。几年工夫,人们由不知西峡为何处变得有求于西峡了。

三中全会以来,改革开放的春雷唤醒了沉睡千年的西峡,西峡把自己的资源和智慧的结晶奉献给了人民,奉献给了祖国。因而人民需要西峡,祖国需要西峡,西峡不再是只有西峡人才知道的西峡了。

西峡,在哪里?西峡正在走进全国人民的生活里。

1989 年

本文系《鹳河风流——西峡县报告文学集》序

妈妈

她是一位极普通的农村大娘,没有过轰轰烈烈的业绩,连救助别人的好事也很少做过。她太穷了,实在无力去接济别人,只有陪着流眼泪的人流眼泪。每逢有人讲自己如何英雄如何舍己为人时,她就会想起某年某月某日,一个要饭的来到自己家门口,锅里没有一口饭,屋里没有一把米,没有东西打发人家。想起这些她就脸红、叹气,觉着自己活得不像个人。村里人可不这样看她,都说只有她才是个真善人。吃食堂时,大家选她打饭,掌握大勺。一天二两三两粮食,有时一两半两,分成三顿,又分到每勺里,能有几粒糁子?掌勺的要想对你好,从锅底猛地捞一勺,便稠的多稀的少,不管别人死不死保你活着。要想坑你,从上面给你撇一勺,便全是清水没有稠的,别人活不活保你得死。她不,不论给谁打饭,打之前都会先在锅里咕咚咕咚搅一搅,搅匀了再打,人们喝到碗底相互之间比比,沉在下边的糁子都差不多。社员们说她好,承她的情,她不领情,说:"我给你多打了?"有的干部去打饭,叫她别搅和,从锅底盛,她装作没听见,还照样搅。干部说她是瞎子,她不认账,说:"给你少打了?"后来批她斗她,说她不分好人坏人,不分敌人自己人,没有立场,没有觉悟,叫她检查,她怯怯地说:"我想……"质问她想什么,她喃喃地说:"我想都是人!"

她有几个孩子,是用奶水汗水泪水养育大的。别的人家爱给儿女们痛说家史,说老的吃了多少多少苦,受了多大多大罪,他们才得活命,才有今天,叫儿女们铭记在心,别忘了报答父母的大恩大德。她不,虽然她吃的苦受的罪比别人大一百倍,可她从来不给孩子们讲这些,她心里没想过叫孩子们报恩。孩子们叫她也讲讲,她指指院里树上的鸟窝,说:"鸟还喂子哩,当妈的不该养活孩子?"

她不讲,但孩子们格外孝顺她。孩子们长大了,工作了,当官了。她还是照老样子生活,吃平常吃的饭,穿平常穿的衣,做平常做的活儿,说平常说的话,只是对乡亲们格外亲近几分。乡亲们说她好,不像有的人,孩子在外边干个芝麻大的事就烧得厉害。她说:"有啥烧,怕还怕不及哩。"她这是心里话,她怕孩子们当了官就变了,不像个人了。

一次,儿子捎回来一张竹子做的躺椅,她看了很不高兴,说:"买这干啥?"儿子表白道:"你上岁数了,有时候累了,坐坐躺躺方便些。"她说:"我不要,想坐了有小椅,想躺了有床,你快拿走!"

儿子很为难,解释说这是最低档次的东西,不算个什么。她说:"别看左邻右舍只隔个山墙,我只要躺下去大腿往二腿上一跷,马上就传得十里八里远了,谁还和咱来往?"在她的坚持下,儿子只好把躺椅拿走了。

过了几年,一天人们来给她报喜,说县里开人代会,她的儿子选上县长了。她没喜,心里倒像突然塞了块石头,他怎么能当县长?他会当吗?一天里捎了三趟信叫儿子回来。儿子以为出了什么事,散会后半夜赶回家里,见妈好好的,就急切地问:"妈,有啥事?"

她叫他坐下,怀疑地问:"听说你当县长了,真的?"

儿子说:"真的。"

"你能干得了吗?"

"这……"儿子笑笑,不知怎么回答。

"这可不是玩的,你要觉着自己没这个能耐,赶紧回去给上级说说辞了,别误了公家的大事!"她说得十分恳切,看着他。

"我学着当,尽量当好。"儿子看到她眼睛里的焦急不安,便低下头不敢再看了。

这天夜里,娘儿俩睡在一起。他睡着了,她可没睡着,她一直想到天明,想些什么她也说不清了。

儿子要走了,问:"妈,还有啥事没有?"

"妈没能耐,你们从小跟着妈没享过一天福。"她突然双手拉住了儿子,眼泪扑扑嗒嗒流下来,呜咽着说,"你当县长了,妈也不求享你的福,妈只求你一件事,别叫人们提着你的名字骂你妈,行吗?"

"妈!"他不由得也流下了眼泪,心里好酸,"妈,我报答不了你的恩情,要再叫人家骂你,我还算你的儿子吗?"

他走了,去当县长了,妈的话片刻不停地伴着他。一年一年地过去了,人们都说他是个好县长。每当他听到颂扬之词时,他就想,我真有这么好吗?小心别叫人背地里骂我妈妈。于是,他就更加严格地要求自己,时时检点自己的一举一动,工作做得更好了,对群众更亲近了。

人们只知道他好,不知道他有个好妈妈,没有人颂扬过她。

原载《河南日报》1992 年 9 月 19 日

《读者文摘》1993 年第 2 期转载

友情战胜癌症

几年没写东西了。想写,写不动了。两年工夫,连着得了三个癌,咽癌、肺癌、淋巴癌,忽然之间成了"癌症专业户"。

到了这个时候,心里生出许许多多后悔。最大的后悔是没有珍惜过去。现在才知道健康是最最可贵的,是最最幸福的,有了健康想干什么都能干。我写作四十多年了,年轻时有劲写却写不成,那个年代只要能活过来就谢天谢地了。一九七九年以后,文学终于迎来了春天。春天是美好的,应当是发奋干活的季节,可也会使人懒洋洋的。我就是让懒耽误了好时光,总想着不急,慢慢来。想写的没写,只想着明天再写,明年再写,竟然忘了一个真理:只有今天才属于自己,明天是谁的——天知道。我终于迎来了昨天的明天,也就是今天,万没想到我的今天竟是属于癌症的。时至今日,我才认识到昨天的可贵,昨天要是抓紧一点,把能写的东西写出来,今天就会少了许多后悔。

连着得几个癌症,按常理说,会使我感到悲凉,会使我陷入阴暗。恰巧相反,这几个要命的癌症,使我看到了春光,使我感到了温暖,使我想拥抱这个世界。说这种感受之前,先说我这个人。

我是个草木之人，没有多少文化，只上过简师，相当于现在的初中，当初学习写作，全是生活所迫，走投无路才爱上文学。写了几十年，实际上没写出多少东西，也没写出传世之作，到今天仍是个业余作者，作品也只有业余作者的水平。论社会地位，只当过几年县文联主席。文联只有三个人，那两位都比我有才华有本事，说不定将来会出个托尔斯泰一般的人物。我的性格也倔，不会拉关系，没结交下三朋四友，更没有攀高结贵。说这些都是为了证明我是个草木之人。现在，能给别人办好事就香，办不了好事能坏别人的好事也香，我两者都不沾。我家住在县医院门前，常常看到听到一些让人寒心的事：某某人住院了，病重，昏迷不醒，没人来打个招呼，过两天轻了，不碍事了，马上车水马龙，川流不息的人来探视；某某人住院了，小病，人群前呼后拥争着探视，过几天病重了，眼看不中了，病房里连个人毛都没了。老婆常给我讲这些眉高眼低的事，我听了就像凉水浇头。我说革命不分先后，不管人家是先去看后去看，总还有人去看了，只怕咱要到这一步没先人也没后人。寒心的事看多了便心寒了。

没有料到的和料到的事都发生了。自从得了癌症，朋友不是少了而是遍天下了。前前后后在郑州住了两年医院，南阳文友和朋友们几次去看。他们都是穷文人，去一趟郑州很不容易，不仅送去了心意，还送去了钱和物。郑州文艺界的朋友更是无微不至，几次手术时，朋友们都在手术室外面等着，看着我平安出来才回家。住了几百天，天天都有朋友去看我，陪我说闲话解心焦，给我买想吃的东西，给我拿去了书报。这些朋友在文学创作上都比我有成就，都是我的老师，有不少还是我的领导。一日复一日地去看我，看一个过去对他们毫无帮助的人，看一个得了绝症不知道明日死活的人，这是纯粹的友情、绝对的真情。每当他们走进我阴冷的住室,我都感觉到阳光来了,春天来了。我像走进绿色的草地,看见水牛在悠闲地吃草,小鸟在牛背上跳跃唱歌,眼前出现了大片盛开的桃花,比火还红……心底不仅忘了癌症,还升起了青春的活力,就像小孩看见了鲜花一样兴奋,感受到了生命的可爱、生活的可贵。

四面八方给了我活的希望、生的乐趣。县里市里,平时来往过的和没有来往过的领导,三番五次到郑州看我,到我家看我。他们费了好大劲才找到我住的那个阴暗角落,给我送来了厚厚的情谊。现在治病简单,有钱自有好药,没钱一片药也不会让你白吃。治病靠的是医院是大夫,可是得先有了钱,医院才让你靠,大夫才让你靠。县里经济很困难,在很困难的情况下解决了我治病的困难,也就是掏钱给我买了条命。说到这里,忘不了中国作协和中华文学基金会,张锲同志代表他们写来了信,寄来了友情,寄来了补助。作家协会和文学基金会是为作家服务的,可是竟然服务到我头上,服务到一个深山老林的业余作者头上,使我深受感动。一位南阳领导现在调来省里,他去看了我很多次。他说,老乔,每次来看你,你这里都有朋友,活到这个份儿上也真够味了。是的,直到今天,我回到了远离城市的家里,朋友们或者电话,或者书信,或者长途跋涉来看我,一次一次,不为别的,就是为了让我挺住,让我活下去,让我多享受几天灿烂的阳光,多过几天美好的生活。作为一个被真情浸透了的人,我一定不辜负浸透了我每个细胞的真情,活下去,坚持活下去!既然一个癌两个癌三个癌都挺过来了,四个五个六个也会顶住闯过去!

干了几年"癌症专业户",洗净了我的心,洗亮了我的眼睛。原来我们的社会这么美好,虽然有不尽如人意处,可是处处有真情,人人有爱心,阳光洒满了大地,大地盛开着鲜花。

我无力回报朋友们的关爱,我知道朋友们关爱我时从未想到我的回报,我心里却时时在呼喊:朋友们,我欠你们的太多太多了,我没有别的,我只有热爱你们,永远! 我期盼着早一天重新拿起笔,写出这份友情真爱,写出美好的生活!

原载《沧桑》1996 年第 2 期

莫忘了自己

人，什么都可以忘了，但千万别忘了自己有几斤几两重，忘了就会自找没趣，自讨烦恼。

这件小事本该忘了，偏偏想忘却忘不了。

多少年前，因为上级说了知识分子也是工人阶级一部分，我便沾了光，叫我当了一个单位的兼职副主任。据说，这个单位的权力很大很大，大到什么程度，别人看不见，我也试不着。反正，我很识抬举。我当了，还很高兴，也很积极，只要通知我，我就去开会，开会时就发言。这个单位的头头儿是个好人，这个单位的同志也是好人，都把我当个人看，这样，我才从那个不把人当人的年代里走过来。大家把我当个人看，我就很感动，外加感激。

有一天，我兼职的这个单位通知我，说武汉总医院来了高级医生，给县里领导检查身体，叫我也去检查检查。我想我的身份不够格，我不是领导，挤到领导群里不合适，会前不是后不是、左不是右不是，怪尴尬的。我坚决谢绝了。谁知这个单位的头头儿们都不同意，咬住说我也是领导，说我要不承认自己是领导，就等于否认他们的领导地位了。这样我就不好再拒绝了。于是,第二天我吃了早饭就去了。这个单位的一个副头头儿把我领到了老干部局,说:你在这里等着,轮着你了,通信员会来通知你,会领你去的。我就在那里老老实实坐着,嘴里不好意思说什么,可心里笑得很凶,没想到我这个人也成了领导,永世不得翻身的人也翻了身,真是交上了好运。心里的笑一定反映到了脸上,有人问我喜什么,我脱口而出说了一句:社会主义嘛,有啥不值得喜的?

我坐了一会儿,通信员来了说叫我去,当然不是传叫,是叫了一声乔主任,说乔主任,轮着你了,请你去。又是乔主任,又是请,这称呼这请字都使我差点忘记自己姓啥名谁了。我跟着通信员去了,看病的地方在后面楼房的一个套间里。从老干部局到那个套间要经过一个球场,经过几排房子,大概有二百米远。我走过这二百米,好像从这个天地走到另一个天地,从地狱走向天堂了。这是走向一个很崇高的地方,崇高得令全县人民仰头张望。因为这不仅是检查身体,这里是只有领导才能检查身体的地方。我走在这二百米的路上,心里在翻江倒海,我想到了才过去的黑夜,千百次的斗争,还有挨打和屈辱。忘不了那个可怕的夜晚,绳捆索绑还嫌太松散了,背上又揳进几块板子柴,跪在尖利的石子上,然后是踢是打,散会时身上七处流血,血把双眼都糊住了。还有,十冬腊月冰天雪地,不准生火,不准吃熟食,一家人整整吃了一个月生红薯,回归到原始人的时代了。没想到现在我又成人了,还是个层次不低的人,就要和领导们在一块儿检查身体了,真好! 真好! 一切都真好! 心里一热,眼泪就流出来了。男儿有泪不轻弹,挨打时没流过泪,现在流了。人都是敬怕的,没有打怕的。我这不轻流的泪流了,大概也是敬出来的。我走在这二百米的路上,像蹚过了一条清澈晶莹的小溪,洗净了浑身的屈辱,洗去了满腹的怨气。那个身心累累伤疤的旧我荡然无存了,我仿佛得到了新生,阳光照到了心里,面前展现出美妙无穷的春光。滴水之恩,当涌泉相报,何况这是把鬼变成人的大恩,再也没有什么杂念了,一心只想着如何奋起报恩了。

终于到了那个楼房,进了那个套间。医生在里间看病,外间放着许多沙发,坐了不少人,有全县最高领导,也有够格的领导,还有不是领导而是领导亲朋的一般人,这一般人中有比我还一般的人。我瞅了个空位,坐到了沙发上,等着叫我去里间检查身体。我刚刚坐下,一个具体负责的人就看见了我,很不满地看我一眼,接着就问我:"你来干什么?"我回道:"来检查身体。"他板起了脸,冷冷地说:"今天不中,今天领导们检查身体!"我的头轰一下炸了,可我还不死心,我还存一线希望,我认为那位最高领导会纠正这个负责人的话,因为那位最高领导听到了这句话。谁知那位最高领导什么也没说。这时候满屋子的人都盯住了我,盯得我心痛。我失望了,绝望了,我站了起来,匆匆逃出了那个套间,不轻易流泪的眼又流泪了。

后来的结果就不用说了,本来好好的身体,从此得了个心绞痛。每当痛时我就想:一定要记住自己几斤几两重,别再忘了自己是何许人也!

1989 年 5 月

自祭

大年下,写这个有点不祥之兆。不过,中国有句名言:一咒三年旺。两下一抵消,也就逢凶化吉,又落个太平了。

参加了几个追悼会,听了给死者写的祭文,总算明白了一个真理:想样样都好就得死了。祭文和祭品一样,祭品都是好东西,祭文都是好听话。生前再穷,死了供桌上也是摆上八大碗肉菜;生前再不怎么样,祭文里也全是大大小小的成功和大大小小的功劳,和肉菜一样香喷喷的。死人吃的听的都挺好,确实挺好。只可惜他不会吃了也听不见了,只可惜能吃能听的时候吃不到听不到,就凭这一点,死人也够悲凄了。

我常常想到了死,想到好吃的八大碗和好听的评论,嘴里就流涎水,耳朵里就痒痒,就想生前受用受用。我把这意思说了,作家张宇就说,好办,我给你来一篇,来个活祭。我只当是句玩笑话,不想张宇当真了,真来了一篇,说最近就会发在某某杂志上,还问我会不会生气。我说,承情都承情不及,怎么会生气?张宇问我想写些什么,我说,这不是问死人吗?被祭的人过问祭文的事天下还没有过,我自然不会开这个先例。

张宇写了什么,我全不知道。不过,这是很难写的,因为,我的一生没有成功和功劳,没有辉煌和得意,不过是一片被大风吹落的枯叶,刮在路边任人践踏,落在河里随波漂流,几天工夫就朽化了,就没有了。

原载《郑州晚报》1996 年

当时,都说我傻,几十年后再回头看看,我不仅傻,还有点疯。

那时,很穷很穷,端不上铁饭碗,还患着肺结核,没吃没喝又没命。只有三间茅屋,说是屋不如说是棚,小碗粗的梁,鸡蛋粗的檩条,盖一层薄薄的黄背草,还都朽了,天晴屋里干,下雨屋里湿。穷屋里一无所有,只有两件东西,一件惹人眼馋,一件惹人奇怪。惹人眼馋的是一个年轻的老婆,没照过相,记忆中长得白白的,五官还算端正,还会做活。当时农村人穷,找对象条件要求得不高,只三个条件:第一是人,第二是女人,第三是个活女人。村里我最穷,竟然找个老婆不仅这三条都占了,还白白的胖胖的,都说我老婆眼瞎,鲜花插到牛粪上。第二件惹人奇怪的是家里有书。我小时候恰逢跑"老日",流浪到陕西一带混日月,没上过几年学,后来当兵,后来害肺结核回家,算个带病回乡军人,做不了重活,连轻活也做不动,身上瘫,当时叫肺痨,医药条件不中,得这病十有九死。我也没想活着,见天吃了饭就去躺到麦地边晒太阳,等死。等的天数长了,干等不死,心里着急了,就看书。当时没什么书,从部队复员回家时,带有两本

书祸

书,一本是《钢铁是怎样炼成的》,一本是《普通一兵》,读着读着读出了精神。写得真好,有些句子、章节真动人,我就把它抄下来,背下来,作为鞭策自己的动力。人家的病比我重,不悲观还写书。感动的时间长了,我就也想学习学习,就这样拿起了笔。

我这人啥长处都没有,只有一点点长处,就是有自知之明,知道自己没文化没学问,学习也不敢学大的,就学小的,学着写民歌,四句四句的。当时有文化的人不多,我沾了这个光,在《河南文艺》上发了四句民歌,二十八个字。手写的变成了铅字,高兴得不能再高兴了,使我由死人变成了活人,不再想病了,死也就离我越来越远了。写了民歌写寓言写唱词写小说,走了好运,不断地发稿。当时稿子比现在值钱,一角钱买十二个鸡蛋,一千字二十四元稿费,等于一千字买两千八百八十个鸡蛋。乡里人都说我发美了,成天啥都不吃,光吃鸡蛋都吃不完,好像比朝廷爷还美——以老百姓的想法和看法,天天吃鸡蛋的人就是朝廷爷了。

可是,我没天天吃鸡蛋,没当朝廷爷,也没想到把三间茅屋盖成瓦房,也没想到给屋里添件家具,也没想到做件新衣服,一切都没想到,就想着买书,想到了也做到了。只要来了稿费,不论多少都去买书,还专买精装书,中国的、外国的,当时说外国就是苏联,很少有别国的,我买了《静静的顿河》《被开垦的处女地》《复活》等书。当时也没想到做个书柜,书买来了都装进一个又大又破的箱子里,装不下了就再买个箱子,好多好多的精装书,不说读了心里美,就是看一眼,心里也有一种当上了大富翁的感觉,心里充实得很。

村里人看我每次从街上回来都带了很多书,他们奇怪,说当吃当喝?劝我把房子盖盖,说盖房子才是居家过日子的根本。我不懂过日子的艰难,把别人劝我的话当成了耳旁风。一九五八年"大跃进"

搞家庭简单化运动,就是家里只准留一张床,别的什么都不准有,有了就是犯法。大队搞到我家时,我要求说,想咋简单就咋简单,我一百个拥护,哪怕床不要都要拥护,只有一点请求,别"简单"我的书。多亏张支书开明大方,说,我们要那也没益,你想全部留下就留下。他们把锅碗瓢勺杯盘脸盆桌子凳子锁钉锦都"简单"走了,把书给我留下了。他们前脚走,我送他们到门口,真想喊他们几声万岁! 我抱着书感动并激动得流下了眼泪,好像强盗抢走了财产没有杀死我的宝贝儿子一样,书呀,你总算还活着。

后来,我照样买书,就是一米度三荒的三年困难时期也不改买书的爱好。房子还没盖,还是三间草屋,只是更旧了更烂了,下雨时屋里漏得更欢了,这时候我就用雨衣遮住几个箱子,自己蹲在地上,承受着雨淋在头上的滋味。

书,越来越多了,我不知道买这么多书干啥,只是爱读,不读的看着封面也甜,大概和资本家爱钱一样,大概和朝廷老子爱美女一样,反正就两个字:爱书。

世上凡被人爱的东西,一定都会被人恨。有一天,突然来了一群人,呼喊着口号,冲进我家里,把所有的书都抢走了,连一页带字的纸都没留下。这是何年月是何场面是何等的壮观? 见过的人见得多了,不用再说了;给没见过的年轻人说了也不信,也不用再说了。只是那神圣壮观的一刻,我没敢哭,待人走后我却笑了,因为我没白活,我不但正活了几十年,还倒活了几千年,我看到了几千年前的那一天,既然几千年前就有过,现在再有就不是发明创造了,也就没什么奇怪了。

又三十年过去了,我还爱书,但我不再藏书了,有了书,谁愿看谁看,谁愿拿就拿,再也没有了当年对书的那份"爱情"了。直到今天,我想了几十年,还是想不透毁书的个中原因,纸上倒也写了不少原因,只是太光堂①了,光堂得叫人怀疑其中有诈。其实,何必去想,想它何益,想透了说不定坏处更多。

1996 年冬

---

① 光堂:豫西南方言,排场,端正,意为冠冕堂皇。

砸笔

一九六八年是横扫一切的年代。

夏秋之交的一个早上，我没下地做活，因为头天夜里挨了打，身上七处流血，头上流的血把眼糊住了。老婆给我请了假，我就在家睡着。

其实，我并没睡，只是大睁两眼躺着。我就是个木头人，也不得不想心事了。昨天夜里的那顿打，挨得太狠，也太冤枉了。

斗争会是在下营生产队打麦场开的。人山人海，上千瓦的灯泡照得跟白天一样。我一入场，就是山呼海啸的口号声，好不威风。

我一看主持会议的人，就知道大事不好了。这是一名女将，管我叫叔，是我本家族的侄女。她二十岁多一点，可是，经过"文化革命"的战斗洗礼，已经红得发紫了，是赫赫有名的人物。听说，她正在积极创立功勋，争取县革委常委的席位。那年头，要立功就得斗人，小斗小功，大斗大功。县革委常委在县里算得上大官，得立个特大的功才能当上。我也就成了她立功的对象。逮个大鱼才能卖个大价钱，不知为什么把我这只小虾当成了大鱼来捕捉，冤枉！

斗争会开始了，先是"打倒打倒""灭

亡灭亡"的口号声,接着我这个侄女表现了大义灭亲的浩然正气,劈头就是:"先背背党的政策!"

这个我会背:"坦白从宽,抗拒从严,顽固到底,死路一条!"

我的侄女又说:"不错呀,知道政策就好。坦白吧,你最大最大的罪恶是啥?"

老天爷,这可难住我了。每次斗争会上,我都能听到一些我的罪恶:杀人呀,放火呀,反党呀,反社会主义呀……太多了,哪一条算是最大最大的呢? 我可真说不清楚,我只觉得每一条都够杀头的罪。我只好说:"我的罪恶都大,都最大最大!"

"放屁,还想抵赖!"我的侄女个子不高,声音却很高,她问大家:"敌人不坦白怎么办?"

"就叫他灭亡!"回声如雷震耳。

"好!"我的侄女一挥手,"来呀,叫他尝尝无产阶级革命的滋味!"

背影里蹿出了几个人,三下五除二就将我五花大绑起来。我听见胳膊被扭得咯咯嘣嘣响,绳勒得钻心痛。可是我的侄女还厉声吆喝道:"革命不是请客吃饭,不能温良恭俭让,再给我紧点!"天呀,绳子都吃肉了,还嫌恭俭让! 于是,从绳缝里又揳进了几块板子,把绳绷得入肉三分。

我的侄女又问我:"坦白不坦白?"

"坦白! 坦白!"痛死了,我真心实意坦白了,"我罪大恶极,罪该万死!"

她又追问:"到底啥罪?"

啥罪? 谁知道你们心里想定我啥罪? 谁知道你们需要啥罪? 我说:"死罪! 死罪!"我想,天下的罪只有死罪算最大,我一下子说到了头,或许能开恩了。

"好呀,还搪塞哩!"我的侄女又充分发扬民主了,征求大家意见:"敌人抗拒到底怎么办?"

"就叫他灭亡!"下边的人又一阵呐喊。

于是,我又向灭亡迈进了一步。他们在我面前倒了一堆小石子,刚砸的,每颗石子都是多棱角的,每个棱角都是尖的。他们把我的裤筒卷起,露出了膝盖,然后强把我按着跪到这石刀子上,还故意提起我的双肩往下猛蹾几下,像修水渠打木夯一样。白花花的石子顿时被血染得鲜红。

"不怕你顽抗到底!"革命见了红,我的侄女扬扬得意,开始言归正传地质问:"你别以为革命群众都是睁眼瞎子! 你说,《贫农代表》这本书是你写的不是?"

"是的!"我说。这本书又有了什么罪过? 我是歌颂贫下中农的啊!

"只要承认就好!"我的侄女胜利了,好像攻克了敌人一个重要高地。然后,她面对大家滔滔不绝地讲道:"同志们,他在这本书里说,贫农和中农吵架,吵得天昏地暗。大家想想,这多么恶毒啊,天是共产党的天,地是社会主义的地,他竟敢说天是昏的,地是暗的……"

我虽然膝盖痛得入骨,却还是忍不住扑哧一下笑了。这算什么罪呀? 我插嘴辩护道:"我这是形容词啊!"

"啊,你还形容哩!"我的侄女被我激怒了,冷笑几声,"你再没啥形容,形容天形容地? 你也睁眼看看,天是谁家的天,地是谁家的地。不是恶毒攻击是什么? 同志们,敌人猖狂反扑了,我们怎么办?"

"还叫他灭亡!"又一阵怒吼。

于是,死神扑向了我,拳打脚踢,棍棒交加,顿时头被打破了,血流如注,满脸满身皆是血。我成了被血染红了的人。我的侄女大概看见自己的纱帽也红了,就要胜利收兵了。她问我:"说! 今天夜里武斗了没有?"

我怎么说呢? 这还用说吗? 我沉默不语。

"说,今天夜里到底武斗了没有?"我的侄女决心要问个水落石出,声音里充满了决心。

这还用我说吗? 上千双眼睛不是看得清清楚楚吗? 我被逼得没法了,就喃喃地说:"我相信群众相信党,群众和党说没有武斗就是没有武斗。"

"要叫你自己说!"我的侄女发怒了,"你到底说不说? 不说? 好,再返返工!"她一挥手,马上又冲过来几个人,看样子要动武了。

"我说! 我说!"我怕了,怕再返返工就要到那阴间了。我喃喃地咕哝道:"没有武斗!"

我侄女命令道:"大声点!"

有什么办法? 我嘶哑着大声叫道:"没——有——武——斗!"

"好嘛! 我还当你真不会说哩!"我的侄女完全地彻底地胜利了,对着大家宣告:"大家都听见了,他亲口说没有武斗,以后敢翻案敢反咬一口,我们就叫他彻底灭亡!"

我终于回到了家里,是活着回来的,头上的血在滴滴答答地流。老婆马上弄了一把烟叶揉碎,捂到了我的伤口上,可是血还是一个劲往外冒。老婆又去邻居家找来一盒痱子粉,捂到我的伤口上,才算止住了血。

天已大明,人都下地了,院子里静悄悄的,只有鸡子在逍遥地叫着。我躺在床上想着这场斗争,埋怨自己太糊涂了。如今的天地日月是圣物,能是随便形容的? 挨打一点也不亏。这四个字用墨汁写到了纸上,如今得用鲜血去洗刷,可是能洗得净吗? 我的贤侄女能当上县革委常委吗?(事后证明,她确实当上了,不过不是常委,大概因为我是个小虾,血不值钱,只当了个一般委员,算个"短委",总算我的血没白流。)人家说谎话,自己呢? 明明身上七处流血,却说没有武斗,这是实话吗? 骗自己吗? 身上流血不止,骗群众吗? 千百双眼睛看着,谁也骗不住,又非骗不可,不骗不行! 这个社会真是滑稽,可又要装得万分神圣! 我一边想一边翻了个身,妈呀,碰住了伤口,疼死了! 我才发觉肉这玩意儿比思想具体,比思想更讲究实际!

我正在胡思乱想,忽听有人叫我,我忘了疼痛,折身坐了起来。老天爷,是不是又要"天昏地暗"了? 我挣扎着正要下床迎接来人,来人已走了进来,忙上前按住我,说:"别下! 别下! 你还躺着吧! 我知道你昨天夜里受了罪!"来人说着坐到了床沿上。

我试着睁了几次眼,都没看清他的脸和眼。他说我"受了罪",口气好像不是来揪我的。可是,他到底是干啥的? 这年头还是小心为好。对他来的目的又不敢问,只好等待了。

"伤得很重吧?"他问。

我能说重吗? 我在大会上已经表过态,没有武斗。说重了,就是翻案。我能说轻吗? 这不是看不起革命斗争吗? 我没回答,只是装作翻身,"哎哟"了一声,轻重由他评定算了。

"听说你生活很困难,是吧?"他又说。

我才不上当哩! 我在队里做活不记工分,人家说,改造不是劳动,理所当然不能按劳取酬,谁家改造还给报酬? 一家六口全靠老婆的一点工分糊口，能不困难吗？可我敢说吗？谁知道他是不是大队革委会派来的探子。我要说困难，不是对改造不满吗？我又翻了个身，又"哎哟"了一声。

来人笑笑，说："你别怕，我是专门来帮助你解决困难的！"

帮我？这人到底是干啥的呀？我只能用沉默不语来对付他。

"你放心，我是好人，四面净八面光的好！你看看这个就知道了。"来人说着从裤子口袋里掏出一张纸递给我。

我不得不接住。可是，屋里光线太暗，眼又被血糊住了，我说："我看不见。"

来人划了根火柴，点着了床头上的煤油灯，我强睁着眼看去。原来是一纸证明，上边写着他是某公社某大队的贫农社员，历史清白，政治可靠，有一手阉猪的好手艺，出来给生产队搞副业，下面盖着一颗公社革委的大印。我开口了："我家喂的猪七八十斤，早就阉了！"

"我知道，我在你家的猪圈里看过了。我不是来帮你阉猪的。"来人说着收回了证明，还深知"节约闹革命"的伟大意义，随口吹灭了灯，又说，"我是想帮你个大忙。"

阉猪的能帮我什么大忙？我好生奇怪，又不敢随便问。

"是这样的，我知道你会写稿。"来人胸有成竹地讲，"你现在成反革命了，再写人家也不登了。我想啦，这个手艺丢了怪可惜，笔尖绕绕都是钱嘛。我有个好办法，你还写，写了以后给我，用我的名儿登了，稿费咱俩平半砍。这个办法不错吧？"

来人讲这话时脸红了没有，我看不见；可是说话这样流畅，竟没一点点口羞吞吐的样子，真使我大吃一惊。帮我？原来如此帮我！心里不禁涌上了一股直到如今还说不清的滋味。

我冷冷地笑道："稿费？你想稿费，稿费可不想你，早就取消了!"

"啊,取消了?"来人失望地叫了一声。

我想,他知道无望了就该走了。谁知他不走,坐着不动,一直发呆。我也不敢撵他走,人家总算是个革命群众,惹人家生气了可没好果子吃。他愣了一会儿,突然笑了,笑得很怪,笑罢了说:"不给稿费也没关系。公鸡头母鸡头总要占一头,你只管写,写了用我的名儿发了,总要大小给弄个官当当。只要我当了官,不怕没油水,到时少不了你的好处,再咋说我吃肉也不会没有你啃的骨头。我只要上去,先把你的反革命帽摘了,咋样?"他回过头,我第一次看见了他的眼睛,那里装满了希望和欲望的光。

"我要是写了毒草,反革命是你当呀还是我当?"我憋不住了,反问道。我只觉着血往头上冲,我怕血会冲破刚刚捂住的伤口流个没完没了。这算哪一国哪一朝的怪事呀,天下竟有这样的人。

来人并没发觉我的话是冷的,又笑道:"笑话,我不相信你会再写出毒草……"

这时,我老婆放工回来。她看看他,又看看我,我给她使了个眼色,让她快请他离开。我说:"他是阉猪的。"

"俺家不阉猪!"我老婆遵从我的眼色,可怜巴巴地对来人请求道,"你快走吧,我们家里不准来人。叫大队知道了,我们不得了,你也不得了!"老婆为了加重紧张害怕的气氛,还忙伸头往外看看,急切地说:"现在没人,赶紧走。谁来我们家要挨斗哩!"

来人无可奈何地走了,走到门口又回头说:"你再考虑考虑,早晚同意了言一声!"

来人走了,我忽然哭了,长道短道流着眼泪。老婆忙走到床前问我:"又出啥大事了?"

我摇摇头说:"没有。"

"不会没有!"老婆看着我,担心地说,"昨天夜里挨打挨成那样,回来都没掉眼泪。一定出啥事了,你别瞒着我⋯⋯"

我想给她说说我心里的苦,可是说不清楚。昨天夜里是要我的血,今天早上是要我的心。我的血和心都是人家拿去换官的礼品,我自己还剩下了什么? 这一切都怨写稿! 写稿! 写稿! 我后悔死了,伤心死了! 我说:"把钢笔拿来!"

老婆迷惑地问:"还要写啥呀?"

我发狠了,命令道:"叫你拿来就拿来!"

老婆看看我,叹了口气,搬个凳子放到山墙根,站上去,从半墙上的老鼠洞里掏出了钢笔,然后一步一步走到我面前,手抖着把钢笔递给了我。

我接过钢笔放到桌上,顺手拿起桌上的钳子,狠狠地砸了下去,钢笔顿时粉碎了。

老婆一惊一乍:"你⋯⋯"

我哭了,老婆也哭了,当然都是低声抽泣,因为那年代不准哭,只准笑!

家里的书早抄走了,连一张纸也没留下,如今笔又砸了,从此,我完全地彻底地干净地和字绝交了。

⋯⋯⋯⋯⋯

这一切都过去了,也永远不会再来了。可是,至今我每提起笔写稿时,就不由得想起那支被砸的钢笔,因为那支笔是在一次作家会议上上级奖的笔!

原载《河南日报》1987 年

在神性和兽性交织的年代里,偶尔见个人,这人便被永远珍藏在心底了。

又度过了一个屈辱和痛苦的白天,到了夜里,夜也被魔鬼统治了。就在前天夜里,屋里墙角的鸡笼轰隆了一下,打门声吆喝声忽然而起,一阵紧似一阵,寂静的夜又布满了恐怖的气氛。我和妻慌得反穿衣服倒趿鞋,急急去开门,刚闪了条缝儿,便被冲进来的几条大汉扭住了双臂。

首领呵斥道:"哪里响?"

"鸡笼。"我不知道又怎么了。

"为啥响?"

我说:"可能是钻老鼠了。"

"放屁!什么老鼠!说,往里藏的什么?"

"没有,我老老实实睡着没动。"

"还想狡辩!"首领对"牛头马面"们摆了一下手,命令道:"搜!"

哗!"牛头马面"们如临大敌,冲锋陷阵似的扑向了鸡笼,脚踢手扒,鸡们惊慌失措地嘎嘎叫着满屋乱飞。鸡屎都扒开了,什么也没有发现。

首领又命令道:"挖!"

几把镢头发疯似的上上下下飞舞,一时三刻便刨地三尺。只有一堆土,还不见

忘不了那个漆黑的夜

别的什么，"牛头马面"们失望地看看首领。

首领对我狠狠瞪眼，说："别以为没有扒出什么就能证明你老实。哪里响，藏了什么，搞的什么反革命行动，明天给我彻底交代！"然后一个眼色，"牛头马面"们便跟着首领呼啸而去了。

夜，使人胆战心惊，睡在床上连身也不敢翻了，怕弄出响声会再招来横祸。这样的日子，人活着比去死还需要勇气。我是个凡人，没有了这勇气，时时想死，几次去死，可惜都没躲开妻的眼睛，都被妻挡住了。这天夜里，我又想死，因为一场斗争下来，身上七处流血。妻太无情了，又哀哀地求我活着。

半夜时分，忽然有人轻轻敲门，轻轻呼唤："典运，典运！"

"谁？"我颤抖着跳下床跑到门口。

"我，书才。"还是轻轻的。

啊，赵书才，县委的宣传部长。县城离我家十二里路，他怎么半夜跑来了！我忙打开门，他疾速地闪了进来。

我惊恐不安地说："你怎么来了？"又疑虑重重地往外看了一眼，说时忙关上门，惶惶地说："可别叫人家知道了，不依你的。"我对人已经害怕惯了，不敢问什么，拉把椅子让他坐。

赵书才苦笑一下，没坐，站着，说："我专门来给你说几句话，说完就走！"

"什么事？"我想着一定又是凶事，这时候会有什么好事轮到我！

他缓缓地说："县委完了，可是县委的人还在，不论人家怎么说，我们不认为你是坏人。你千万不要胡思乱想，千万千万要活下去。"他匆匆而来说了，又匆匆回身闪了出去，眨眼便消失在茫茫黑夜里了。

夜，这么黑；路，这么远；形势，这么可怕险恶。万一叫人知道了,他便会坠入无边苦海。许久许久了,我被包围在喊打的声浪中,看到的全是一张张狰狞的面孔。没想到他来了,不顾自己安危地来看望一个作者,虽说他已不是宣传部长了,可在我心里他还是。妻没打掉我死的念头,他这几句话却说退了死的进攻,我得活,因为党还没有忘了我,党并没有把我打入另册。

我也为他捏了一把汗,我祷告我祝愿,但愿没人看见他来,千万不要因我带了灾。

隔了一天,我知道了,他挨斗了游街了,罪名是半夜三更去和一个反革命勾勾搭搭。我当然又挨了斗挨了打,这斗这打却使我坚强了。我铁了心要活下去,因为我还是个人,是人就得讲良心,我不能叫赵书才白跑白说白游街白挨斗!

为了赵书才那短短的几句话,我活下来了。

二十多年过去了,我还活着,活着就忘不了那个漆黑的夜。

1992 年 3 月

答《名家人生》十问

问：你成功的经验和秘诀是什么？

答：贫病交困逼出来的。

问：你喜欢读什么书？

答：读生活这本书。

问：你最大的嗜好是什么？

答：吸烟，没有了就去街上捡烟头。

问：你最大的烦恼是什么？

答：没本事，不如别人。

问：你是怎样看待金钱和名利的？

答：金钱诚可贵，名利价更高。若为人格故，两者皆可抛。

问：你是如何处理周围人际关系的？

答：人敬我一尺，我敬人一丈。

问：你向往什么样的生活？

答：不冷不饿不受歧视。

问：你喜欢和什么样的异性相处？

答：不故作高贵的女人。

问：你最喜欢的座右铭是什么？

答：世上从来没有救世主。

问：请你给想出名的人说句什么话？

答：全靠自己救自己。

原载《时代青年》1990 年

辑二　脚印

散文卷

长命百岁

夏日，三五文友在黄石庵小住。白日，独坐窗前，面对茫茫绿海，听鸟语，闻花香，耳新目新，心静身自凉，文思云涌。黄昏，漫步至小河旁，坐于怪石上，插足于溪流中，远观鸡冠峰。只见群山刺天，千姿百态，天工难造。团团云雾缠于山腰，飘来游去，似雪非雪，绿中有白，白中有绿。美景宜人，暑意早失，疲劳顿解，纷扰尽消，心之宽，神之爽，似已脱离尘世，几疑身入仙境已成仙。几声归鸟啼叫，抬头看时，夕阳已落，青山顶上托着一轮明月。朦胧中踏石堤而回，一路上赞山水之美，声声不绝，而后又叹惜此山怀才不遇。如有移地之术，此山迁居南国，会使鼎湖山七星岩含羞掩面；如生于北国，万寿山也要认输一二；如迁至中原，鸡公山定会退避三舍。可惜路途不便，空有一副莺莺面容，却无张生相求。叹息之余，友人计生。如能巧用此山，修筑些避暑别墅，或建三五疗养院，自有凤凰飞来，莺莺便会得到张生之爱，方不负秀丽姿色。

更有奇者。一日早饭后，见招待所门前站一老妇，手提一大布袋，虽腰如弯弓，头发尚黑，喜眉笑脸，声如洪钟。问她高寿，答曰：九十有八。作协副秘书长王秀芳系女性，平日面善心慈，此时顿生爱怜之情，听后飞身跑进餐厅，偷得一张油饼，双手献于老妇。老人喜极，道谢再三，忽伸手掏钱付账。秀芳方知不是乞食者，羞得赶快躲入人后。事后大家惊羡不已，高寿如老妇者，虽住高楼食酒肉者中有几人？傍晚，散步于唐子沟，访村干部，始得知老妇系五保户，如今国泰民安，对她年供粮、月给钱，生活无忧无虑，再加吸山川之灵气，草木百花之养性，才百岁而不老，跋山涉水不弱于血气方刚之人。大家无不叹曰：此山真乃长命山，此村真乃百岁村。

政通人和，青山不老，人亦不老。此乃黄石庵也。

原载《南阳日报》1987 年 11 月 8 日

梦游桃花洞

桃花洞——好名字，真美。景何许？人何许？友人说，看后便知。秘而不宣，平添许多神奇色彩，此洞必有仙气。

幼读《桃花源记》，长大后看《桃花扇》《桃花庵》，今又有桃花洞。此也桃花，彼也桃花，处处桃花，桃花何其多？仿佛看见了粉红色的天，粉红色的地，还有浮着千千万万粉红花瓣的山溪远远流去。清新芳香之气扑鼻，滴滴露珠沁心，如临仙境，顿觉身轻如云，飘逸而去，悠悠入梦。

青青的山，弯弯的路，绿林万顷，遮天蔽日。只闻声声鸟啼，满山皆歌，却不见鸟落何枝。身在林中漫步，听松涛，看苍松，除了松还是松，似自己也变成了一株松。忽想起"饿了吃的松柏子，渴了喝的山下泉"之说，远离尘世，不沾人间烟火，万般纷扰尽去，真是神仙日月。此非桃花洞，已有几分仙气，桃花洞当更为奇观。思及此，便快步而去。

出松林，忽见蓝天白云，不觉眼也明心也亮。遥遥望去，山窝中一条小溪，巨石乱卧；几间草舍，错落其间；古树参天，枝繁叶茂，此定是仙舍无疑。似看见众佛高坐，清静无尘，香烟缭绕，一片净土。老僧参禅于殿堂,仙姑抄经于案头。急急下山,欲一睹仙姿,也好净我身心。方走几步,只见层层梯田,依山而修;中秋方过,麦苗已绿。田边一人,身着僧衣,童颜鹤发,挥锄除草,洒汗如雨。顿时,心中换了滋味,惊愕之余,便上前施礼寒暄,闲话起来。

"老仙翁,也苦啊!"

"入佛门原本不是为享福。"

"讲究清静无为,没想到也种田,也为?"

"要无为,须先有为。"

"讲万事皆空,没想到不空!"

"不空方能空,空即不空。"

老僧笑得淡,说得也淡,欲要再叙谈下去,老僧笑而不语,挥锄除草去了,似觉闪我一边无礼,回头指向又一峰青山道:"桃花洞前去不远,请往观赏。"

看去,山更秀,树更翠,景更美,路也更崎岖。欲抬步前往,忽觉心神不宁,对着老僧发呆。求无为之人尚且要为,追皆空之人尚且不空,思我辈讲有为之人何不为? 求实之人何空空? 颠倒如此,何以对天? 何以对人? 何以对心? 想自己虚度一生,空空如也,顿时汗颜!

忽觉山摇地动,睁眼看来,天已大明,友人站在床前,推我醒来,唤我快起,早早吃饭,早早起程,前去桃花洞领略仙界。我睡眼蒙眬,忆起梦游之事,忽有所悟,便婉言谢绝道:"已游过了!"

原载《南阳日报》1986 年 11 月 20 日

香严寺，快了！
**　　　　到了！**

　　雨肚里，去香严寺真难。笔会主人费尽了心机，从江边用"小手扶"把大家运到了仓房乡，剩下的八里路只好步行了。

　　淅川人好客，淅川的泥巴更好客，脚一落地便被粘住了，如胶似漆地恋着你，死死地拽住你不许再离开，走一步都像告别一次恋人，真真难舍难分。难分也得分，倾尽全力挣脱着往前走去。深一脚，浅一脚，左一脚，右一脚，一个人一种走姿；似打拳，似滑冰，似跳绳，舞之蹈之，失去平衡就嘴啃泥，就仰八叉，看着他人的狼狈相自己便不觉苦了，便乐趣横生，在笑声中踉跄而行。

　　黄土泥白土泥，稠泥稀泥，在泥淖中挣扎了一个小时，泥淖终于耗尽了大家的精力，吞没了大家的欢乐。说好的八里路，好像已经走了几个八里路，还不见香严寺的影子，望去还是黑石乱卧的秃坡。于是，笑不动了，走不动了，在一片呼呼哧哧的喘气声中，有人要坐下去了。

　　"离香严寺还有多远？"

　　"快了，过去坡就到了！"路人漫不经心地回答。

　　"快了，翻过坡就到了！"一片欢呼，一阵雀跃。一声"快了"，似沙漠中看到了绿洲,似干渴中看到了清泉,腿不疼了,腰不酸了,疲劳消失了,一个个又生出了精神,继续往前走去。

坡更陡了,路更滑了,只因人说"快了",便不觉陡了,不觉滑了,一鼓作气爬上了坡又下了坡。只说快到了,谁知面前还是山茫茫林茫茫,仍不见香严寺在哪里。大家颇有点受骗的感觉,好似目的地还很遥远,远得永远也走不到了。顿时,失望和困乏加倍袭来,连喘气也没劲了。本来就是阴天,加上又到黄昏,暮色重重,不容人休息了,天黑后崎岖的山路会更加崎岖。不容休息,也得休息,就是下一段路跌破头也在所不顾了,因为连抬步之力都没有了。

迎面过来几个猎人,大家迫不及待地问:"离香严寺到底还有几里?"

"没里了,几步就到了。"猎人挥手指去,不在话下地答,"拐个弯就是。"

好一个"几步就到了"!马上就可以美美歇歇了,马上就能喝杯热茶了,马上就不用再和泥巴搏斗了,马上……大家本来瘫成一堆泥,马上又挤出了很大的劲,硬邦邦地站起来,"到了!到了!"

大家相互鼓着劲大步走去。

大家急不择路,任泥巴没了脚,任泥巴拽脱了鞋,只想再苦再累也就这几步了,只想着三五步就能结束这艰难的路程了。走!走!不是说没里了吗?不是说几步就到了吗?怎么又走了二里还不见香严寺?

天黑了,风起了,又冷又渴又饿。走也走不动了,歇又歇不成了,大家失神了,无所适从了。

"喂——快呀——到了!"对面苍苍茫茫的林海里传来了打前站同志的呼唤。

这呼唤使大家再次鼓起了最后的一把力气,争先恐后地奔去。

终于,天黑透时到了香严寺。

大家休息好了,有人说"快了""到了"的话太不准确了。细想想,也真是太不准确了。不过,要不是"快了""到了"这不准确的话,我们就会困在茫茫黑夜里摸索,就会吃更大更多的苦。

原载《南阳日报》1989 年 12 月 14 日

魂归五龙潭

城里人多车多楼多声音多,人们就爱山爱水爱树林,爱得入迷,爱得发疯,不惜花大钱流大汗千里迢迢去游山玩水,还起了个很好的名字,叫回归大自然。山里人山里生山里长,多见树木少见人,就看山不恋山看水不恋水,一心想往城里跑,过去叫盲流,如今名称好听多了,叫走向世界。像一对两地分居的情人,不见了想得死去活来,真见了天天相处就只见人不见情了。我是山里人,看多了本地的山,又看多了全国的名山名水,对山对水也就淡了。没想到内乡夏馆的五龙潭,又激起了我的爱恋,那山那水使我久久不能忘情。

五龙潭并非一个潭,真是五个潭,穿翠林攀葛藤顺山谷曲曲折折而上,先是五龙潭,再是四龙潭、三龙潭、二龙潭,谷的尽头才是一龙潭。五龙潭出自一个山母,造就了河水从天而降,一路下来形成了五挂瀑布,一挂比一挂精彩。其中数一龙潭的瀑布最为壮观,水从百丈悬崖上一头栽下,先是一匹白布,泻到中间变成了纷纷扬扬的玉珠,再往下便化成了似有似无的茫茫云雾,真是天赐美景。瀑布落处积水成潭,各潭状态相异,都深不可测,且都藏着满满一潭神话。山有仙骨,百般俊俏;

水有仙姿,百般风流,入眼入心,却难以言传。有心形容一二,却不知如何形容,也不会形容。历代文人墨客早把写山写水的好文字用绝,再去描绘定会落入俗套,不仅显得没有自知之明,更怕辱没了这好山好水,可说的只是"遗憾"二字。大自然的风光本来能净化人的灵魂,因为五龙潭的景致太好了太美了,便挑逗得我想入非非,觉得一个人游此山此水太亏了此山此水,要是和亲人情人知心人共游此山此水,在绿林中一起走一走,在怪石上一起坐一坐,在溪流中一起洗一洗,同听鸟语,同闻花香,说说在尘世中难以启口的情话,该有多么的愉悦甜蜜! 也能仙一回,才不枉人生一场,才不辜负这好山好水好景致。

五龙潭美得能够摄魂,也会销魂。抗日战争时期,开封中学迁入内乡县夏馆镇,一个女同学去五龙潭旅游。高挂的瀑布,晶莹的溪流,翠绿的林木,灵秀的石头,还有遍地盛开的野花,还有新鲜透明的空气,更有万物皆无的宁静,她仿佛走出人间,走进了另一个天地。她感到陌生,又有点似曾相识。何时相识? 相识在何方? 她绞尽脑汁去追忆往事,苦苦思索使她走进了梦幻。她终于想起来了,这美丽这纯净这景致就是自己的化身。她庆贺找到了久别的自己,欣喜得如痴如醉,再也不愿离开了,便在山水间流连不返,决心让灵肉回归自己,最终跳潭仙去了,圣洁的青春和优美的山水化为一体。想这少女一定聪慧绝顶,一定如花似玉,要不怎会有这个悟性? 从此,五龙潭又多了一个美丽的灵魂,给山水草木抹上了朦朦胧胧的神秘感。游人们每每看见她或在山水间徘徊,或在溪流中沐浴,或坐在光洁的秀石上沉思,或从绿荫中款款走来,对善良善心的游客们绽开笑容,似乎还能听见她的亲切呼唤,柔柔的甜甜的声音,使人也觉得要飘飘欲仙了。

山里人纯朴可爱,编织了许许多多五龙潭的传说,大龙小龙,黑龙白龙,群龙血战,有胜有败,十分动人,讲了几百年,今天还在讲,每讲一遍都注入了新意。这些传说,这些故事,只能说明五龙潭的来由,并不能证明五龙潭无穷的美丽,能证明五龙潭美丽的是这个少女的殉景。可惜,这个"殉"字被忽略被淡化了。自古以来,有殉国的殉道的殉职的殉情的,这些殉了的人和殉了的地方被大书特书,已为天下人共知,为天下人称颂,可见"殉"的伟大了。这少女的殉景,乃天下绝少。景能殉人,足以证明五龙潭山水之美了。

原载《南阳日报》1993 年 7 月 9 日

看山

早晨,太阳没出,我坐在河边看河对面的山。黄昏,太阳落了,我坐在河边看河对面的山。

看山比看人省心。看人,多看一眼,少看一眼,正眼看,斜眼看,喜眼看,怒眼看,都得想着点,看对了讨人喜欢,看错了招人讨厌。山,爱怎么看怎么看,人喜它不喜,人怒它不怒,骂也罢笑也罢,它都泰然处之。看多了,山就走进了心里,心也走进了山里,心静了人也就安生了,没有是非荣辱的烦恼。

山,好看,山上有树,林里有草。有了树有了草,山就活了。春天绿了,夏天青了,秋天黄了,冬天枯了。像人,从青树绿叶的年华,走到落叶归根的暮年。也不像人,人挣扎,不想老,想叫时光站住,抹青春霜,吃延年益寿品。不想想,买个钟表不走是好钟表吗?再抹再吃也只能躲过初一躲不过十五。山,自自然然,绿了就绿,枯了就枯,不喜愁不做作,只待再绿再枯,周而复始,长生不老。秦始皇统治过无数大山小山,秦始皇想长生不老却死了,被统治的大山小山却活了下来。赫赫名人活不过默默无名小山,再不起眼的山,也比人见的日头多。山没人伟大,只是比人长远。长远也是一种伟大。

山也有缺点,有了山,便有了不平。山根公路边长着高高的白杨树,叫钻天杨。钻天杨很高很高了,可是往上看去,半山腰矮矮的迎宾松竟比钻天杨高出了许多。再往上看,山顶没树,只有草,寸草又比松树高了许多,比山根的钻天杨就更高了。山尖上的小草以为自己高高在上便迎风而舞,好得意,好张狂,看了心里便愤愤,为钻天杨不平。钻天杨很君子很傻子,不但不气,还拍手笑个不停。不怨树,不怨草,都怨山,山使高的低了,山使低的高了,造成了天大的不公。再想想,山也好,钻天杨若生长在山尖,风必摧之;小草若生在路边,人必踏之。高的生低处,低的生高处,亏处有补,生得其所,是天意,也是命,何怨何恨?这才叫自然。

看山好。

原载《南阳日报》1996 年 3 月 22 日

天赐

内乡有三绝:水、石、洞。

水,无形,方的、圆的、扁的,放在什么容器里就是什么样子,在河里则是平的。流淌,流得默默无闻,引不起人们的丝毫兴趣。五龙潭妙就妙在把平静的水高高挂起来,挂一次还嫌不够尽情,连着挂了五次,平平常常的河水便成了壮观的飞瀑。人都说这水好风采,叫人看了惊叹不绝。其实,山是水的妈妈,妈妈俊俏了,女儿才风流。可惜人们被女儿的妩媚迷住了,忘了生她养她的妈妈,看那山不觉粗犷不觉荒野,只觉挺拔俊秀可爱。好山出好水,这话才不枉了这水这山,才显得公平。坐在乱石上,看着自天而降的瀑布,不由想到了活人,平庸的生活造就了平庸的人,如果换个方式去活,像这水一样不是平平地流淌,而是挂起来,说不定就活得有声有色。

石,天下到处都有,让河的石头却与天下的石头不同,先是奇,再是大,看了令人叫绝。入让河,先见仙桃石,孤零零一块巨石卧在河中,像桃。我看更像一颗心,一颗天的心、地的心,这心有一才女要作一篇才文,不敢争爱,就不多说了。还有似床的巨石,很圆,很有点席梦思的味道。据说汉时的皇帝曾把这石头当床,龙体在这石床上躺过,这石头的身价就暴涨了。如果是真的,倒叫人为那皇帝悲哀,一国之君可谓官大到顶了,却熬不过区区一块石头。皇帝没被风吹没被雨打却早早死了,石头经历了无数的狂风暴雨却还活着,还会永远活下去,可见石头比皇帝伟大多了。还有这山连那山的石头,还有从上到下延伸了很长的石头。这石那石,千奇百怪,非人工所能雕塑,美不胜收!便想,让河的石头要能抬到联合国,保叫洋人们目瞪口呆,不怕不叫着"连石头中国的也比我们的好"。

洞,不是深挖洞的洞,是溶洞,神仙洞府,可见洞的神奇和高贵华丽了。西庙岗的桃庄河,过去出过劳模李世兴,很有些名气。就在李世兴的家乡有个狄青洞,很大,很深远,千姿百态的钟乳石把洞内装饰得千姿百态。据说狄大将军在洞里屯过兵马,和夫人在这洞里住过,后来不知狄青成了神仙没有。还有更新鲜的云霄洞,别处的洞口多是在山腰里,平着进去,云霄洞的洞口在山顶,直上直下,得攀着立陡的梯子才能下去,洞很深很深,好像直通到地球那厢。过去只知有十八层地狱,下到这洞里才知道还有十八层神仙府,一层一层,层层不同,层层都叫人想到神仙们深洞仙居,两耳不闻洞外事,不知烦恼为何物,过的日子好自在。

水、石、洞本来都是常见的东西,大自然却把它造化得神奇美丽,真是天赐良景。

原载《南阳日报》1993 年 1 月

这山，这人

从宝天曼回来，一直想着王正用。

隔行如隔山，王正用这人从前没听说过。去宝天曼的头天夜里，内乡县委王书记把他介绍给我，说："这就是宝天曼自然保护区的主任王正用。"我看看他，很平常，长相平常，穿戴也平常，没有什么引人注意的地方。他没有说话，也没有那种应酬的笑，只是和我握握手就忙别的去了。看他走了，王书记又说："这人，我服。大学毕业，在深山里钻了几十年，叫谁也不能不服。"这话，我没入心，这个耳朵进去，那个耳朵跑了。

第二天一早去宝天曼，走了一百四十里，问问还有七十里，好远。路，越来越险恶，不断的陡弯，不断的陡坡，汽车跳着疯狂的迪斯科，众人看看窗外的悬崖峭壁，便忙缩回头不敢再看了。顿时，车内说东道西，笑语纷飞。我知道这是用笑来掩盖和分散内心的害怕，笑中藏着难言的滋味。

我忽然想起了王书记的话："这人，我服。"王正用几十年来在这路上走过多少次？大概有千百次了。他也是个普通的人，不会不想到万一，他也用笑来掩盖这可怕的万一吗？

中午到了葛条爬，宝天曼自然保护区管理处就设在这里。几排平房，依山傍水。给人的第一印象是菊花的世界，门前屋后，漫山遍野的野菊花，金黄金黄，在秋日的照耀下，满眼金光灿灿，清香扑鼻，沁人肺腑。采花季节无人采，尽情地开放，尽情地喷香，待到寒风袭来，花落地，香入泥，又养育出来年的花、来年的香，何等的自然。

下午，笔会开始，学习有关文件，然后请王正用讲讲保护区的情况。他讲了全国有多少保护区，讲了为什么要保护大自然，讲了物种与人的关系。讲了很多，唯独宝天曼的情况没讲，他说："大家可以不写宝天曼，但是为了人类的生存，希望大家多写写保护大自然的重要性。"会后，大家觉着他讲的有点跑题，该讲的没讲，来看宝天曼为什么不讲宝天曼？

入夜，没有电灯，只有淡淡的月光，照着山川树木，一阵风声，几声鸟啼，清静得太狠了便显得分外的孤独寂寞。室内，一支蜡烛闪着幽幽的火苗，衬得屋里更加昏暗，不由使人想起了聊斋中的鬼狐。在这里偶尔住上一夜，别有一番情趣，如果住上一个月，住上一年，会是一种什么滋味？王正用和他的同志们却在这里住了十年，住了几十年，有多少个夜晚？他们会不会想到城里的万家灯火，还有车水马龙的人流，还有影剧院的载歌载舞，还有合家坐在电视机前的天伦之乐？

想到了他们在这远离尘世的日日夜夜，我耳边又响起了王书记的话："这人，我服。"

次日，登宝天曼，只有兽蹄没有人迹。没有了路，便在树和树之间穿行，有时攀着走，有时爬着走，有时蹲着走，一步一步都得用眼用手用脚，还得用心。脚下的土不是土，是千年万年的落叶化成的席梦思，松软柔和，走起来颤颤悠悠，似有被弹起来的感觉。满眼是树,是藤,是草,是花,自自然然地生,自自然然地长,都很奇特,都是自己的样子,不雷同,不重复。因为没有章法,没有结构,便有了大自然的美,美得自然。我不由从心底升起了无限的爱意,胸中积下的烦恼化成了一阵清风无影无踪,只觉着想说,想笑,想唱,想拥抱这美好的山河。

这时,我才悟到了王正用讲的没有跑题,他早让大自然净化了心灵,爱大自然胜过爱自己的成绩。"这人,我服。"王书记对他了解得太深了。

再见,美丽的宝天曼!感谢王正用和他的同志们,为祖国为人类保护了这一片与天地同来的大自然,不知洗去了多少人心中的烦恼,把美和爱融进了人们的心中。分别时,收到了王正用的两本专著,其中一本蝶类志,五彩纷呈,让人大饱眼福,叹为观止。王正用在大山里泡了几十年,泡得值得,因为他用自己的全部身心为人类保护了爱和美。

"这人,我服。"王书记说得不错。

这人,这山,我爱。

原载《南阳日报》1990 年 12 月 18 日

辑三　创作谈

散文卷

我的小传

我一生没有过自己,是社会操纵着我一步一步走到了今天。

一九二九年,我生于河南西峡县的山窝里。说起家庭,一肚子恨。父母没给我过一天幸福,给了说不完的灾难。家里有十二亩岗地坡地,自己没种,全租给了别人。从小没吃过盐(我们那里缺盐),没吃过白馍。冬天没穿过棉靴,没穿过袜子,烂袄子里面没套过内衣,里面只有呼呼冷风乱钻。老俩口把节余下来的钱都去买了那几片永远结不出几棵果的山坡地。结果土改时划了个地主,小地主。小地主和大地主的不同在于大和小,把小和大两个字扣了,地主俩字一样,不像干部,分成多少级,拿不同的钱,地主不分等级,一律平等,享受一样的待遇。哪怕只出租一分地,也是剥削。这政策公平合理,我服。

我上过小学,后来考上了国立一中简师,上了一年,日本鬼子打到了西峡,我就跟着学校逃难,逃到了陕西城固。这是我一辈子最大的光荣了,流浪日子苦是苦饿是饿,总算没当亡国奴,没对"皇军"低过头。后来简师毕业了,当兵,在部队当文化教员,修飞机场,修路,担石头,锻炼了几年,思想上很革命了。

一九五三年,我得了肺结核,住了几个月医院就转业回家了,叫带病回乡复员军人。家里只有我一个人,后来找了个老婆,一个勺子两个碗,小日子倒也自在。常常和老婆一同上山割草,玩滚石头,看着石头从山上横冲直撞滚到山下,一阵开心大笑。自在是因为有钱,复员费加医疗费有将近一千块钱。现在一千块钱不算什么,当时可了不起,一角钱买十二个鸡蛋,够吃几辈子;一块瓦六厘钱,够盖几道院子。这时年轻,不知道日子艰难,再加上是个团员,觉悟觉到天上了,村里修水利没有钱,我就捐了八百块钱。捐钱的时候很天真,没一点点邪念,想着为人民死都可以何说几个钱。上级也叫我很光荣了一番,还叫我当了人民代表,我也以为自己很革命了。没想到"文化革命"中为这一捐没少挨斗挨打,人们说,乔典运不憨不傻,不知道有钱自己花着美气,为啥自己不花要捐? 有啥阴谋诡计? 可疑得合情合理,一百张嘴也说不清,连自己也觉着捐得奇怪,当时是不是发高烧烧迷糊了? 这是后话不说了。钱捐给公家了,自己成了个穷光蛋,又有病做不了重活,生活便没有着落。想去教个小学,就去找教育科,在饭场里,当着众多人的面,科长把我训了一顿说:你这个人咋这么不道德,自己患肺结核,还想把肺结核传染给下一代! 这话很伤感情,但气过了想想也真有道理。没了出路又没了钱,生活越来越难了,白天没盐吃,夜里没油点灯,再加上当时人们心目中的肺结核比现在的癌症还怕人,好像和谁说句话就会把死亡带给人家。捐钱的荣光劲亲热劲没影了,人们见了我就远远躲开。我很孤独,每天躺到麦地埂上晒太阳,浑身本来就瘫软,太阳一晒更软得像团海绵,不死不活地躺着。常常想到死,死不主动找我,又没勇气自杀,就和死了一样地活着。悲观极了就看闲书,没什么书好看,只有一本从部队里带回来的《钢铁是怎样炼成的》,不知哪一句打动了我,我就萌发了写东西的念头。我这个人一身缺点,只有一点长处,多少有点自知之明。我知道自己没文化,上简师时跑老日,从河南跑到陕西,说上学还不如说是逃难准确,大字不识几个。开始学写作,没想过当作家,也没听说过"作家"这两个字,只知道有学问的人才写文章,自己没学问不敢冒充秀才。有了这点自知之明,就没敢写什么长篇,也没想过一鸣惊人。开始只写民歌,四句四句的。这时已经一贫如洗,混得不像个人样了,没纸没笔没墨水,找邻居家学生娃的旧练习簿翻个身当稿纸,一个鸡蛋换个沾水笔尖外加一包蓝墨粉,就这样开始了"写作"。也算命好,《河南文艺》发了我四句民歌,还寄了三元钱稿费。当时,我的大女儿才生下十五天,得了肺炎,没钱医治,找草药扎旱针,百扎不愈,才到人世上又要离开人世了,有了这三块钱,抱到街上打了一支盘尼西林,也就是现在的青霉素,她才得活下来。

这四句民歌给我指出了生路,我就努力读书,拼命写稿。写了一段民歌又学着写寓言,几百字一篇,最长一千多字。当时有文化的人不多,写稿的人大概更少,我沾了这个光,也算投机投准了。到了一九五五年,我开始学写小说,也侥幸发表了。这时一心扑在学习写作上,把肺结核忘了,忘了也就好了,好像重新获得了生命。正当我热爱生活时,生活又抛弃了我。一九五六年春,我积极投身于合作化高潮,写了小说《送地》,在《长江文艺》发了个头题,获得了好评。武汉作家协会给我寄了张入会申请表,叫我填填再让乡里盖个章,我就是作家协会会员了。乡里说作家协会也是个革命组织,贫下中农都没参加,为啥叫个地主参加?不给盖章不说,还写信通知作协不准再发我的稿子。我又走到了绝路上,亏得当时年轻有几分胆量，我一级一级往上告，一直告到北京，告了一年，上级开了恩说，我是复员军人青年团员，才又准我写稿。不久，六亿人民跑步进入了"共产主义天堂"，我也跑着进去了，写卫星写大办钢铁，在浮夸风中自己也积极扇风，只是自己的这把扇子很小罢了。从天堂回到地上以后，我还是写小说，写了篇《石家新史》，恰逢什么"大连黑会"事发，我又成了宣扬"中间人物"的靶子，乱箭齐发，为河南文艺界渡过这一关献出了自己。批了一阵，总算有惊无险，平安着陆，我又写了个中篇《贫农代表》，河南人民出版社给出了单行本，珠江电影制片厂看中了，叫去改电影剧本。改好还没拍，"文革"来了。《贫农代表》有一句形容词，说两个人吵架吵得天昏地暗。革委会主任说，天是共产党的天，地是社会主义的地，说天昏地暗可见狼子野心。我便摇身一变成了"大人物"，说我比约翰逊还约翰逊，比赫鲁晓夫还赫鲁晓夫，比蒋介石还蒋介石，集全地球"帝修反"头子于一身，我一生没伟大过可伟大了一回。一天几斗，每次下来身上都鲜血淋漓，血染风采了好多年。

"四人帮"被粉碎了，我也披了福跟着解放了。我又拿起了笔杆写小说，一九七九年去北京参加了文代会，参加了中国作协，一九八○年又去文学讲习所学了一期。写了几十年，这时候才多少知道了一点文学是什么。一九八五年，调到县文联专门从事文学创作，很有点精神焕发。前后写了些短篇小说，如《村魂》《满票》《问天》《多了一笑》《无字碑》等等，得过不少奖，也多被《小说选刊》《小说月报》《中篇小说选刊》选载，都说不错，可惜赶上了出书难的年月，山里人少交往，出不了集子。不过也挺感激这个时代，就凭我这个草木之人，大家选我当了省作协副主席，被评为省优秀专家，还享受了政府特殊津贴，想想也就心满了。

几十年来,我一直生活在群众中间,有几次调省里当专业作家的机会,我都一一谢绝了。我认为生活是一本很厚很厚的书,生活里有文学,文学里有技巧。自己文化素质太差,比学问比不过任何一个作家,只好用生活来弥补自己的不足了。我天天读生活这本厚书,看准了从生活中抄一篇,可叹心有余力不足,常常抄得不好。回头一算,写稿写够四十年了。四十年能写多少东西啊,可是写的东西少得可怜,真有点汗颜。年轻少壮时想写不叫写,可叫写时又年老多病了。夕阳无限好,只是近黄昏。不过,黄昏总还不是天黑,在天黑之前抓紧再写两年吧。

原载《新生界》1994 年第 1 期

《小院恩仇》自序

我的家乡在豫西伏牛山深处的一个小村子里。这里山清水秀,土肥林密。世世代代生活在这里的农民,心地善良,憨厚朴实。他们辛勤地耕耘着古老的土地,慷慨地奉献出自己的血和汗。可是,山高挡不住大风,这里不是世外桃源。他们也经受了时代的风风雨雨。一年复一年,他们凭着对党的坚强信念,对生活的美好冀望,在风雨中搏斗,在不屈不挠的搏斗中前进。当他们尝尽了人世间的酸甜苦辣之后,在党的教育下,他们变得聪明了,步子也更坚实了。他们的生活和斗争,他们的痛苦和欢乐,他们的困难和胜利,我都一一分享了。我爱这些可亲的乡邻,我恨那些给他们带来灾难的人间魔鬼。爱和恨使我拿起了笔。虽然我很笨拙,不能生动而翔实地描绘出他们的全部生活,可是,我真实地记下了他们前进中的几个脚印。

是为序。

1983 年 5 月

真心话

生活中的每一个人都是丰富复杂的，但有一点是共同的：都不是完人。每个人都有他自己的长和短。不知道从何时起，也不知为了什么，好像上了书的人都得到净化：好人没一点短处，坏人没一点长处，黑白得分明。这样写文章大有好处：作者立场观点鲜明，读者不仅省心，也不会有误解。当然，这是往事了。

我的创作一直突不破，原因很多也很复杂，其中一个主要原因就是固守着这个"往事"。一提起笔，我的脑子就马上变成了一张筛子，摇呀摇，筛呀筛，筛掉了好人身上不多的短处，筛掉了坏人身上不多的长处。不止筛一遍，还要筛上十遍八遍，不把人物筛得干干净净誓不下笔。我自己不常洗澡，穿戴又很脏，可我偏偏对己宽、对人严，坚持要自己笔下的人物个个都当上"卫生模范"。

我想从"往事"中解脱出来，试一下吧。

张老七和小亮，张富胜和老王，他们还有和他们相似的许多人挤满了我的脑子，于是我就写了他们。怎样写才好？当然，又想到了过去的创作。过去，我太有点"自我高明"了，总怕读者误解自己的立场,误解自己的好恶,对稿子中的人物一言一行都要加上自己的旁白,献给读者的是自己已经打过标签的人物,强迫读者接受自己对生活对人物的观点。只有愚蠢的人才认为自我高明。我想愚轻一点,来点自我摆脱。作者不仅应当尊重读者,也应当尊重自己选中的人物,让生活中有意义的活人活事直接和读者见面,不要和作品中的人物抢镜头。如果说,作品是作者的女儿,母亲不能老是站在女儿的前面去让人相看,更不能代替女儿寻婆家。这就是我写《村魂》时的想法,对不对? 不知道。

作品已经发表,作者要说的都在作品中说了,不应当再说短道长了,解释不仅没有必要,还会坏了读者胃口。有没有遗憾的地方? 有,还不少,主要是脑子里的那个筛子不由自主地筛了几下。有人问,对各种各样的评论有何想法? 我看大有好处,这些评论可以帮助作者从不同角度去看看自己的"女儿",发现自己的不足。作为作者应当说的只有一句话:谢谢大家的指点。这是真心话。

本文系短篇小说《村魂》创作谈
原载《中州文坛》1984 年第 4 期

伟大的背良心

●

《满票》不满,差一票才满,是多了,是少了?

有朋友问我:这一票是谁投的? 我说:"不知道,真不知道。"

谁投的没关系,反正何老十只得了一票,惨!

惨不在只得一票。惨在选举前,人人都赌咒发誓说要选他;惨在选举后,人人都赌咒发誓说这一票是自己投的;惨在他明明只得了一票,还不得不信人人都投了他一票!

这一票是希望,是想头。这一票是迷魂药!

何老十哭了! 全村人也哭了!

都是真哭,哭的也一样,何老十哭全村人,全村人哭何老十。

本文系短篇小说《满票》创作谈

原载《小说选刊》1985 年第 10 期

生活的恩赐

——兼谈短篇
小说《村魂》
《满票》的创作

小说怎样写？我不会。我写的一点东西，多半是生活的记录，谈不上创作。

我文化低，没技巧，没理论，也没学过小说写法，不会编造没影没踪的故事，只好写我熟悉的人、熟悉的事。生活是丰富多彩的。生活本身就包含了思想，包含了技巧。《村魂》中张老七砸石子的事件，是生活中的一件真事，他认真负责，结果就他的不合格。这件事本身就有丰富的思想内涵，就有出人意料的艺术技巧。我只是发现了它，记录了它，别的并没什么。所以说，我写的东西全部是生活恩赐给我的。我感谢生活，感谢生活中的人。感谢好人，他们使我产生了爱；我也感谢坏人，他们使我产生了恨。在爱和恨的冲击下，我才有了激动，才能言之有情。

写别人，也写我自己。我在农村生活了几十年，风风雨雨我经过，酸甜苦辣我尝过。我熟悉我周围的人。他们的所作所为曾经不止一次感动过我。我爱他们，爱他们的勤劳，爱他们的厚道，更爱他们对党忠诚不渝的品德。甚至对一些人身上的缺点我也觉得可爱，认为这些缺点从另一个侧面证明了他的天真单纯。可是，"文化革命"纠正了我的这种偏爱。有一次大队开斗争大会,支书在台上领读毛主席语录:"多打一个反革命,就是对毛主席多献一份忠心!"一听就知道是胡编的,毛主席怎么会说对毛主席献忠心? 可是,奇迹发生了,千百人竟然也举着红宝书跟着朗读:"毛主席教导我们说,多打一个反革命,就是对……"于是,就发生了可想而知的恐怖场面。鲜血教训了我。我明白了一个道理:忠诚固然是可贵的,但盲目的忠诚则是可怕的;单纯虽然可爱,但单纯加上愚昧就可怜了。这就是我的《村魂》中的"魂",这个"魂"一直在我的心中游荡,游荡若干年之后,终于碰到了砸石子事件。于是,这个"魂"就附到了张老七的身上。这就是写作《村魂》的前后经过。

《满票》中的何老十,在农村中这种人很多。正像何老十讲的,在中国有千理万理,这都是理梢,理根是穷。一穷七分理。诉苦忆苦不能说不好,但诉苦忆苦如果是为了让人们永远吃苦受苦,就很难讲。把穷作为传家宝,世世代代保住穷就更不敢恭维了。《满票》中何老十忆起自己小院的光辉历史是个真事:一个公社在这样一户人家开现场会,表彰他家没有一床囫囵被子、一条囫囵席,只有一个小板凳还是三条腿的。这件事留给我的印象太深了! 当时嘴里不敢否定,心里却比醋还酸。这种比穷夸穷、以穷为荣的事情,不知道持续了多少年。我的感触太深了,早就想写写这个东西了。可是总找不到合适的线,穿不起来。有一次,我参加了一个选举会,一个同志落选了,可是会后人人都说投了他的票。这就给了我一个表现人物的形式。于是,我就把这两种截然不同的事和人化成了《满票》。

《村魂》和《满票》是我在创作上的探索。这几年,我一直对自己的作品不满意,总觉着自己作品中的人物太简单化了。这种简单不仅仅表现在艺术形式上,更重要的是表现在人物的思想感情上。人的感情不仅有爱有恨,还有酸甜苦辣;常常是百感交集,绝不单单是爱和恨。应当把人物写得复杂一点,才显得真实,才能打动人。另一点对自己作品的不满,就是直和露。这不仅是手法问题,更重要的是认识和反应的笨拙。艺术讲究含蓄。用好事来表现好人,用坏事来表现坏人,似乎正确,但写不好就没有了艺术。因为这样写的结果很容易使人一目了然,清清楚楚。我试图对自己的创作来个转变,现在看来不算成功,但尝试一下总比不尝试好些。

这就是我的想法,希望能得到文艺界朋友们和读者的帮助和指点。

原载《南阳日报》1985 年 6 月 5 日

别了，昨天

——关于短篇
小说《村魂》和
《满票》

●

人家都在写迎接新生活的欢乐，而我却在写告别旧生活的痛苦，这合时宜吗？我有点担心。再一想，我并不是在写什么小说，我没有那个巧手，我只是记录了我熟悉的生活、我熟悉的人，还有我自己。这些东西加工的成分不多，也登不上文学创作这个宝座。我这样安慰自己，原谅自己。

我的家在豫西伏牛山里，千百年的贫穷使人民失去了学文化的权利。没有知识的人是可悲的，人们变得思想简单，性格憨厚。这竟是不少人所歌颂的美德。我写的人物，多是我的同代人，我们从牙牙学语到满头白发，都生活在这贫穷落后的村子里，从没有离开过。几十年的共同生活，几十年的风风雨雨，在我们之间培养了友爱和互助，也在我们之间制造了误解和仇恨。爱也罢，恨也罢，我们终究有过共同的童年，两小无猜的纯真友情长存心中，我怎能不爱他们？甚至当回忆往事时，对他们的缺点和失误也有点偏爱，也要赞美几句。我了解他们，比对我自身还要了解。他们的缺点和失误绝不是天生的，不是由他们内心滋生的，而是历史造就的，是历史把他们扭曲了。责备他们是不公道的,我也于心不忍。

我在《村魂》和《满票》中究竟写了些什么?好像写了许多,又好像什么也没写。我只是写了自己的感情,写了自己的眼泪,写了自己的欢欣,也写了自己的忏悔。想起过去的是是非非是痛苦的,可是入了心的事不想又忍不住。我写了出来,只是为了吐出那些憋破肚子的心病,更是为了忘却。

对《村魂》和《满票》中的人物,虽然我熟悉透了,但熟悉不等于认识。认识人是困难的,连几十年朝夕相处的朋友也很难认识,因为不断变化着的生活在不断地改变着人的思想,使你捉摸不定。我不会忘记,那颠倒的岁月如何颠倒了人的关系。

我有个朋友,在村里是个积极分子,人正直得有口皆碑。我曾经满腔热情地讴歌过他,整理了他的材料,他当上了模范,进了北京,和毛主席在一块儿喝过酒。他对我也是友好的,在我贫困的时候曾一次又一次地帮助过我。我把他看作至交,视如兄弟。可是,有一次大队头头儿读了一条"毛主席语录":"多打一个反革命,就是对毛主席多献一份忠心。"对这明显的伪造他竟信以为真。接着,头头儿又引用我一篇小说中的一句话"两个人吵得天昏地暗",并加以分析:"天是共产党的天,地是社会主义的地,天昏地暗是恶毒攻击党攻击社会主义,是标准的反革命分子!"全场的人没一个发言,我的这个朋友竟挺身而出,满怀仇恨地说:"都怕得罪人,我不怕!他这个反革命分子我给他划定了,定死了,错了我负责!"当我听到这个消息时先是一愣,继而恨得入心,恨他为了立功就翻脸不认人。正当我的怒火在心中燃烧时,又听说他当众揭发了自己的儿媳妇。他的儿媳妇平日对他百般孝顺,操持着一家人的家务,只因为在家里说了一句对"文化革命"不恭的话,他就大义灭亲,坚决要求把她划成反革命分子。这消息像一盆凉水，顿时浇灭了我的一腔怒火。我本来恨他恨得入心，这时不知为什么却完全原谅了他，大概是被他的公心软化了吧。是的，我了解他，他不是那种自私的人，更不是卖友求荣的人。可是，他到底是为了什么，我不得其解。连我为什么要原谅他，我也弄不明白。

不仅仅是他，我自己也有过类似的英雄行为。在那饥饿的年代里，有一次我在外边吃饱了招待饭回到家里，见我老婆在偷吃一根玉谷秆，我脑子一热就打了她，她连哭一声都没有就晕倒了。人们背地里骂我是饱汉不知饿汉饥。事情过去了多少年，我心里总是窝着一块病。是什么力量驱使我那样野蛮，那样不知怜惜人？生活使我陷入了沉思，经过多少年的思考，直到今天我才终于明白了。愚昧者的真诚是可怕的，比见风使舵的人更可怕。因为他们没有私心杂念，一旦被一种错误的思想支配，就会为这种错误勇敢献身，不惜牺牲别人，也不惜牺牲自己，什么不通情理的事都干得出来，而且危害更大，因为这种疯狂的行为被抹上了大公无私的色彩，更容易迷惑人，会被人们视为崇高，会被人们歌颂。一旦历史证明他错了，他也会博得人们的同情，更会得到人们的轻易谅解："他没知识不懂得什么，人还是好的，他也是出于公心嘛！"连错误也会被看成优点。他没有错，那么是谁错了呢？是谁演出了一出出悲剧?！可怜的人！

于是，我发现了何老十。

至于《村魂》中的张老七，生活中更不乏其人。他们信奉诚实这个美德，虽然一次又一次受骗上当，却从来不改初衷，每一次都以真诚对待虚假。我被他们的真诚感动，我为他们的被玩弄而气愤。我早就想写写他们，一直找不到得以寄托的情节。是生活帮了我的大忙。一个偶然的机会，邻队传来了一个砸石子老汉的不幸遭遇，许多朋友的影子马上在我心里蹦了出来,最后形成了一个瘸腿老汉——张老七。这个冤魂从我面前步履艰难地走了过去,我好像看见了他那满怀胜利喜悦的面容,我好像听见了他歌唱胜利的小曲。冤而不知冤,还有谁比他更可悲!

张老七和何老十的悲剧谁应当负责?全怪历史老人吗?这也不公平。因为他们是志愿要做这种可敬可爱可笑可悲的人!信条一旦被他们接受,他们就至死不渝地信仰,哪怕这种信条是错误的,哪怕这种信条已失去了存在的环境,就是碰得头破血流,他们也不愿灵活一下,以不变应万变。他们不仅自己志愿做这样的人,还用自己的榜样力量,用自我牺牲的行动来感动和感化大家,希望大家学他们的模式,做他们这样的人。就道德而言,他们的个人品质似乎无可指责,甚至是高尚的、圣洁的。张老七为大家瘸了腿,饿着自己的肚子,却把少有的一点粮食送去填饱别人的肚子,为砸石子震得双手鲜血模糊,还有他对人们的宽厚原谅,他把诚实看得比生命还重要,这一切难道不值得人们尊敬吗?何老十舍命救人,穿了一辈子的烂袄子,为了使大家不受冻而自己冻得发抖,把自己抓到的好房好牛让给了别人,这一切不值得人们信赖吗?可是,这种高尚的道德给自己带来了什么?给人民带来了什么?是幸福,还是痛苦?是促进生活前进,还是把生活拉向倒退?他们从来没有想过,似乎想一想都是大逆不道的。该怎么对他们?是跟着他们,还是背离他们?当人民有权选择的时候终于做出了自己的选择。虽然这种选择是痛苦的,甚至是"背良心"的,可是,这是一种伟大的"背良心",不得不背。

历史是有情的,它在不断造就自己需要的人;历史也是绝情的,它也在不断淘汰自己不需要的人。张老七在虚假的胜利中欢欢乐乐地永远走了,何老十在一片同情声中满怀悲痛地下台了。他们都被历史宠幸过,曾几何时又都被历史抛弃了。当我写到历史对他们的决定时,我的心酸了,眼湿了,因为他们是我的同代人,是我的朋友,我们曾经有过相同的经历,有过相同的感情。当然,我也松了一口气,他们作为农民的领头羊,终于走完了自己的路,人民不再被他们领到那寸草不生的秃岗上了。这总是值得庆幸的大好事。

迎接新生活是欢乐的,告别旧生活也是欢乐的。

别了,昨天! 别了,我的可怜的朋友,让我们永远不要再见!

原载《小说选刊》1985 年第 7 期

没洞的洞

我到省作协去，有同志给我背了一段做爱的细节。我这人向来对爱是麻木的，我听了一点也不感动。后来，他说是从我的《黑洞》中读到的。我吓了一跳，这难道是真的吗？

我没见过爱情。我读过写爱的小说，看过演爱的戏，都是些想爱而爱不成的东西。我再看看身边的男男女女，识字的和不识字的，上等人和下等人，都是些成了家而没爱的婚姻。于是我慢慢明白了一条真理，爱而不得才叫爱情，爱成了就不叫爱情了。

我写了几十年小说，还不曾写过爱情。人们说，我小说中的人物全是公的，没有写过母的。这话不假。我先天不足，身上没有爱的细胞；后天也失调，快死了还没尝过爱的滋味，这就注定了我不会写爱的小说，只好充当末流作家了。有时，偶尔在小说中有着一点点男女间的交往，也多是低档次的米面夫妻，没有爱的影子。我想，爱属于高档食品，是冬天的西瓜、夏天的葡萄，我这种粗俗之人是尝不到这种鲜物的。

我是写生活的，写普通人的普通生活。《黑洞》也是这样。这个小说的主人公是大花,或者是我自己。不是指借助的事件,是指活人的方法。人活着,本应该自己活,可是人们偏偏不。不是叫别人替自己活,就是自己替别人活,很少自己活自己的。大花把自己交给了二大爷,交给了三娃,心甘情愿,找上门送去的。二大爷叫她按昨天的样子活,三娃叫她按今天的样子活。她本来就活得没有主意,一下子出来了两个主意,她就更没主意了。她觉得这两个主意都好都不好,一个有德没钱,一个有钱没德。她都听了又都没全听,便把两个主意捏成了一个主意,想出了又有德又有钱的活人之法。她自认为摆脱了二大爷和三娃的指点,实际上一点也没摆脱,只是把自己撕成了两半,一半依附二大爷,一半依附三娃,使自己成了二大爷和三娃的混合体。这一下她算闯了大祸。昨天吃醋了,气她恨她不该不全心全意归顺昨天;今天也吃醋了,气她恨她不该不全心全意归顺今天。于是,昨天和今天联合起来把她毁灭了。她信二大爷,信三娃,信全身心爱的男人,她认为这都是亲人,结果亲人都成了仇人。怨谁?怨昨天?怨今天?天知道。

《黑洞》到底写了什么?为什么要这样写?写时没想,现在也没想,只是写了一个偶尔听到的故事罢了。至于上面提到她把自己交给了二大爷和三娃等,全是为了凑够这个千字文才硬分析出来的。关于爱情,大花确有爱心,只因她爱得太狠了,就一定不会得情。有爱没情,她才疯了。疯了,活该。这都是实话,实话实说了就成了没意思的话,就不能言情了。

本文系中篇小说《黑洞》创作谈

原载《中篇小说选刊》1989 年第 5 期

生活笑了

这故事太平常了,也就有了点不平常。

五爷是我的同龄人,五爷的事我见过、听过,也亲身经历过。五爷香过,五爷臭了,五爷又香了,然后呢?五爷还会再臭吗?我真有点怕。

我常想,人不上树,至少不会从树上跌下来。上树难,跌下来却很容易,只是一眨眼的工夫,就会跌得头破血流,甚或一命归西。这个我有经验。我还在上小学的时候,有一次逃学到一个小山沟里,那里有很多柿树,结着很多金黄的大柿子,我想一定很好吃。人是不能这样想的,这样想了就流涎水。到了后来,我才知道这样想就叫欲望。我就上树了,柿子吃到嘴里没有,想不起来了,好像还没摘到柿子就突然跌了下来,好重,昏死了过去,多亏路人把我救活了,但落了个终生腰疼。后来,就算看见树上结着仙桃,我也再不上树了。虽说不能长寿,也不会立即就死。我常想,五爷要不是红火过,咋能去住大牢?我和五爷说了这个想法,五爷可不这样想。五爷说,虽说住过大牢,也总红火过。是五爷想得对,还是我想得对?我说不了,可我明白,五爷的想法能解决问题,五爷的想法有德行,都要像五爷这样想就好了。于是,我就把五爷写出来了。

还有爱社。按年龄说,他和我有代沟,可我说,不知沟在何方。他是个孝子,就凭这一条,有沟也填平了。他身上流着五爷的血。流着的血才叫血,如果血不流了还能是血吗? 于是,他不同于五爷。

世界上的事是很难说清的。我们村里有个老汉,姑且也叫他五爷吧,他申请宅基地,按条件也真够格,他为了达到目的,不断献好干部,低三下四,笑脸常开,笑了几年也没解决问题。一天,大家在大场里歇凉,村干部来了,五爷又迎上去笑着递烟,递了很长时间,村干部没理他,他的手还在捧着,脸还在笑着,那样子实在尴尬。他的儿子上去夺过他手中的烟,扔到村干部眼前,还用脚狠劲踩踩,呸了一口,狠狠哼了一声。五爷吓坏了,骂了儿子一天,说儿子毁了他费了几年的心血,还怕干部报复他,给他穿小鞋,吓得六神无主。谁知,这天夜里村干部主动找上门,给他解决了问题,还说了很多对不起的话。对此,老子怎样想? 儿子怎样想? 这都不重要,重要的是他们想了。

爱社爱他爹,又偏不按他爹的思路去走,这就是生活。爱社说,他们都积极过觉悟过,就不许咱也积极一回觉悟一回? 这话很有点意思。他用自己的积极觉悟,改变了自己,也改变了别人,改变了人与人的关系,这有什么不好?

五爷哭了,爱社哭了,而生活却笑了。

本文系中篇小说《香与香》创作谈

原载《中篇小说选刊》1991 年第 1 期

小城今天没话说

这是在五台山宾馆里做的一个梦。

五台山有很多很多的庙,有很多很多的神,也就有了比很多很多还多的善男信女,他们都虔诚得很,烧香磕头,看样子也有一颗大慈大悲的心。我看了,心灵也被洗了又洗。因为穷,没有用进口的高级洗涤剂去洗,六根便没洗净,我便有了邪念。要是人对人也像对神一样虔诚该多么美妙!神是洞察一切的,知道我想把人神均等看待就恼怒了,夜里便罚我做了这个噩梦。

醒了,心里还记得这个梦,脑子里乱哄哄的,头痛。睡不着就胡思乱想,忽然想起了一件往事。我们村里有个女人,长得还可以,说不上多么漂亮,可在小山村里就成了绝代佳人。因为她比别人的老婆美上几分,女人们便气她,男人们便想她,背地里便说她:长这么漂亮,就不信她不和别人那个;长得这么漂亮,就不信没人那个她。人们闲了凑在一块儿就说她,百说不厌,男人们说起来就醋,女人们说起她就气。后来,她被一个村干部奸污了。她男人不敢把村干部怎么样,就往死里打她,她哭得痛不欲生,男人气得像头红牛一样疯了。人们却皆大欢喜,快活得按捺不住,到处奔走相告,说这女人:日他妈,可叫她长这么漂亮!骂她男人:日他妈,可叫他找这么漂亮的老婆,可叫他去美吧! 男人们憋了多年的醋意消了,女人们怀了多年的仇恨解了。

美被毁灭了,苦的是一家,乐的是众人。人啊,何必呢,平常不是都说自己的心肠最软最好吗?

梦中的小城,只为了一斤韭菜就轰轰烈烈了,就活得有滋有味了,就像过盛大节日了。叫人可悲,悲了想想也怪可怜的。又想起了关公战秦琼,这是韩复榘的杰作,汉朝人大战唐朝人,战也得战,不战也得战,老子有权就得战。石县长们给弯月搞的是拉郎配,配也得配,不配也得配,大家叫配就得配,配了才顺人心合潮流。这戏好看,提劲,看过了笑过了,浑身就产生了力量,就兴致勃勃地去干自己的好事了。要不是这场戏,有多少人少干了多少好事,多可惜呀!

只有弯月可怜,被发配到了深山老林,可是谁去可怜她? 这戏还没演完,弯月走了,人们看不见她了,还会不断想她,想她在深山老林里还会不会和人那个。有一天她从深山里走出来,老了,丑了,大家就会互相说,哎呀,没看头了,没一点点看头了。只有到这时人们才会断了想头。美是什么? 是朵好花。是好花就有人去采,折下来自己玩,或是送到花店里卖给有钱人看个新鲜,看几日枯了就像垃圾一样扔了,一点也不可惜,再买枝鲜艳的,想也不想花也有生命。还有石县长,官运能亨通吗? 识时务者为俊杰,他俊吗? 杰吗? 不俊不杰就得臭,不臭也得臭。出淤泥而不染? 哪怕用高级香水洗过的人,跳到粪缸里照样一身臭,不信,试试。人说,万般皆下品,唯有当官好。这话也未必是真理。真理是当个好人真难。

难! 活人难,长得好了难,干得好了更难! 难是难,人们却都想活,说不想活的人是离死还远着,真到死时就想活。还都想长得美,长得不美了还要花大钱去美容院加工,弄个假美。也都想干好,干不好就气,就奋发图强,一定要赶上别人超过别人,明知山有虎,偏向虎山行,知难而进。这就是人!

小城今天应当没话说,不说都脸红,说了脸更红。本来就没话说,没话可说,因为这是一个梦,小城挺好!

本文系中篇小说《小城今天有话说》创作谈

原载《中篇小说选刊》1992 年第 5 期

大概是一九五五年吧,那时我刚刚学着写稿,长东西不会写,就写短文。写了许多如今都忘记了,现在记得的只有一篇,不满一百字,题目叫《照前顾后》,不妨抄下博得大家一笑。

又抄一篇

夜,漆黑。甲乙丙同行,经过乱葬坟。

甲问乙:"你怕不怕?"

乙说:"怕。"

甲说:"怕了你走前头。"

甲又问丙:"你怕不怕?"

丙说:"怕。"

甲说:"怕了你走后头。"

乙和丙问甲:"你怕不怕?"

甲说:"我不怕。我走中间好照前顾后。"

生活中像甲这种人不多,而在这篇短文中只占三分之一。甲是强者,乐于牺牲自己照顾别人;乙、丙是弱者,是被甲护卫的人。受人滴水之恩当涌泉相报,这是中国人做人的美德。乙、丙是不是感恩报恩?只要世风不下,人心还古,他们会感恩报恩的。人怎能忘恩负义?

我这人从来不会写稿,只会抄稿,是文抄公。抄谁的?抄生活的。生活太丰富多彩了,有着永远永远也抄不完的花花文章:忠烈志士、奸臣贼子、赫赫英雄、芸芸百姓,酸甜苦辣、喜怒哀乐,无奇不有,无所不包,抄之不完,用之不竭。可惜我底子薄,功夫不到家,抄不好,抄出来的东西常常比生活的原来色彩淡多了。虽然淡了,没有编的奇巧生动,但却是真生活。何必绞尽脑汁去胡编?我就是如此来安慰自己、原谅自己的,颇有点阿Q精神。其实,我也真想编,因为我也知道,生活中没有的东西能编成文章才叫创造,照抄生活怎能算"创"?可惜自己没有那只巧手,不会编也编不好,只好来点阿Q了。

我写过一个短篇小说《满票》,主角是何老十,村里选村长,他只得了一票。选举之后,人人又都对他表白自己,赌咒发誓说自己投了他的票,说得情真意切、声泪俱下,使他不得不相信每一个人说的都是实话。这一票到底是谁投的他也说不清,是个谜。这种事情我也经历过。我还见过这种人,选举中没得全票,事后就多方打探谁没投他的票。打听这干啥?明白人不说也可推知。这种人古来就有,无须大惊小怪。于是我就又抄了这一篇,表示表示见怪不怪之意。

王科长也别怪我,不是我写了你,是我抄了你。要说王科长人不错,心不错,办事也挺有人情味,颇有大人不和小人怪的风度,能碰上这样一个顶头上司就谢天谢地了。

写完之后我忽然想起,我们喜欢生活在什么样的环境?我们需要什么样的人与人关系?难道人们喜欢互相猜忌?喜欢惶惶不可终日?

好环境好风气不是得之一旦,也不是毁之一日,得之毁之是社会能否文明走向的结果。

本文系中篇小说《你不该这样》创作谈
原载《中篇小说选刊》1989 年第 6 期

《金斗纪事》后记

吴先生死了，死得值得，用生命推翻了旧社会，几千年的旧社会不甘心死亡，他们变成了刘满囤，变成了"四人帮"，也打出了为穷人的旗帜，又打出了"文化革命"的旗帜，向善良的人，向革命者进行疯狂的报复。桂桂死了，小胜虽活着，灵魂却死了，他们是可悲的，历史将会永远记住他们。

我从小就敬重吴先生，就想将来当了作家，把吴先生好好写出来，写成一本很好的书。不等我学会写长篇，就得了癌症，一个，二个，三个，四个，折磨得没有一点精力，把三十万字的书写成了十万字，留下了二十万字的空白，这是我终身的遗憾，我真感对不起吴先生。

由于漓江出版社和庞俭克先生的厚爱，这本小书得以出版，我深表感谢。

1996 年 8 月 6 日

互助组

老了,活一辈子了,还说不清家庭是什么味道。甜的?苦的?似乎都不是,只知道有点涩,不是好厨师做的菜,只能管个饱罢了。

八岁那一年算过命,偷了个馍给算命先生,他给我算了命,说了很多,现在记起的只有一句话:"出门喜,进门忧,笑脸常挂门外头。"当时没放在心上,随着年岁的增长,越来越觉得算命先生算得准,真是神机妙算。我对一些朋友夸奖,算命先生把我算透了,朋友们哈哈大笑,说天下的人都是这个命,只是有些人说有些人不说,不说的人往往比说的人还要苦三分,我听了才恍然大悟。

最近听到一位朋友关于家庭的论述,说家庭是个互助组。说者似经过深思熟虑,我听时也吃了一惊。事后想想,品品,觉得这话挺有水平,说得倒也准确。夫妻加子女加媳妇,不是互助组是什么?我是农村人,经过了合作化运动的整个过程。单干困难重重,就搞互助组。互助组并不美妙,矛盾丛生,没办法就搞初级社。初级社也矛盾重重,就搞高级社。高级社还是解决不了矛盾,就搞人民公社。说是人民公社好得很,只有幸福,没有痛苦;共产主义是天堂，人民公社是桥梁。芝麻开花节节高，一步一步升高了，啥都好，只有一点不好：狼上虎不上，磨洋工，弄得填不满肚子。最后来了个承包到户，才皆大欢喜。那么，家庭这个互助组呢？也不乏重重矛盾，难道也会一步一步升高吗？

旧时，人们形容夫妻相亲相爱是恩爱夫妻。我看，这个比喻不当，还是颠倒一下为好，应当是爱恩夫妻。因为，爱不当饭吃，爱不了多久这个爱就淡化了，就没有了，就被柴米油盐代替了，剩下的只是你为我做了什么，我为你做了什么，也就是有恩于对方了。一旦发生了裂痕，没有了一点爱意，甚至充满了敌意，双方就从对方为我牺牲过什么中去宽容对方，忍百苦而求一全，破镜也要用这个万能胶粘住。中国人是最讲良心的，良心的力量是无穷的，千苦万苦的感情也要服从于良心。于是，良心就捍卫着千千万万这种互助组没有解体，多少个没有爱情的家庭得以维系下来，可见恩的伟大和爱的渺小了。

再加上子女媳妇，家庭这个并不美妙的互助组就常常战云密布了。原因很多，有一点是共同的，就是太不拘礼了，太直来直去了，真诚太多了，虚伪太少了。家庭成员也是人，是人就不仅只需要真诚，也太需要虚伪了。

人们都信誓旦旦地宣告自己如何如何喜欢真诚，可是，当你对他真诚得不掺一点点假时，他的脸马上就变成了黑红花面馍。即使脸不变，心也变了，骂你恶语伤人，是傻子疯子恶人坏人，是不可交的人，你算完了。人们也都信誓旦旦宣告自己最反对虚伪，可是，当你对他甜言蜜语时，他马上脸如桃花，即使板下脸否定你时，他心里也喜欢你了，认为你是好人恩人知我者爱我者，你便交了好运。可见真诚是饿汉，没有缚鸡之力，虚伪是壮汉，是打虎的武松。不过，对友人对亲人也不得不虚伪时,总会有一种凄凉悲伤的感觉,凄凉悲伤的时间久了,也就不凄凉悲伤了。

家家都有一本难念的经,清官也断不清家务事。真诚也罢,虚伪也罢,需要吃啥就端啥,端来对方不吃会更不愉快。有爱五八,没爱四十,反正人人都有一个家,合得不易,分手更难,将就将就,一天一天过下去吧。

愿每个家庭充满真诚,充满爱,就是没有爱也要永远爱下去。

本文系中篇小说《多了一笑》创作谈

原载《中篇小说选刊》1992 年第 3 期

黑发，白发

人们说起自己的处女作时都多少有点得意，我却脸红。那稿子一点也不像"作"，要再冠以"处女"二字，于心不安，那会玷污处女的神圣和纯洁，因为"处女"二字太美好了。

大概是一九五四年，也可能是一九五五年，我在《河南文艺》上第一次把自己写的字变成了铅字，只有四句二十八个字，现在记起的只有两句十四个字："高高山上一棵槐，姐妹两个采花来"，后两句再也想不起来了。

就是这二十八个可笑的字，救了一条命，也引诱我付出了一生的代价，走上了充满艰辛、充满风险的创作之路，苦苦地挣扎了几十年，直到今天还在苦苦地挣扎着，天天都想再往前走一步，可惜底气不足，想走又走不动，只好拼上命往前爬着走了。

当初，我之所以写稿是因为别无选择，所有的人生之路都堵死了，只剩下了这一条路，不由我不走，只好自不量力地走下去了。当时，我患肺结核，这种病比今天的癌症还可怕，人们都远远躲开我，好像和我面对面说上一句半句话，我就会把死亡带给他，就会拉上他一同奔赴鬼门关。我想教学,领导劝我,你怎么能产生这种想法,这不是想害下一代吗?我想种地,又常常咳血,要不是怕死,气都懒得出一口,哪有气力种田?能干点什么?只能干一样事,每天躺到田埂上晒太阳,美其名曰"日光浴"。天天在等死,又不死,还不想死,等得着急就读书。也没有什么书,只有从部队带回来的两本书,一本是《钢铁是怎样炼成的》,一本是《普通一兵》。我读,我抄,把振奋人心的段落和句子抄了厚厚一本。我被书中的人物感动了,自己激动了,不仅添了活下去的欲望,还萌动了也写点什么的念头。当时,没有想过当什么作家,因为连作家这两个字也不知道,只是想着不白活一场,不被人们看不起就心满意足了。一句话,想活个人样。

可是,当想活个人样时却没了活个人样的条件了。写东西得有笔有墨水有纸,我什么也没有。从部队带回的一点复员费和医疗费早花光了,早成一无所有的无产阶级了。于是,用鸡蛋去换个蘸水笔尖,绑个扫帚棍算有了笔,又买了二分钱一包的墨水粉,又从邻居家学生娃们那里找来了用过的练习簿,翻个身,用背面没写过的纸,就这样开始了所谓的创作。好在我这个人还多少有点自知之明,自知才疏学浅,一开始没敢洋洋洒洒写什么可称为作品的作品,只写民歌和寓言。再加当时的社会刚刚从旧社会脱胎出来,文化不普及,写稿的人不多,我的"高高山上一棵槐"才有幸变成了铅字。

这四句民歌的发表救了两条命。一是我的女儿。当时我已穷得不能再穷了,女儿降生时没油点灯,是照着麻秆亮落地的。可能是受我的肺结核影响,落地五天就得了惊风,也就是肺炎。没钱治,就请跑江湖的郎中扎旱针,可怜她挨了一针又一针仍不见效,眼看小生命就要一命归天了,忽然寄来了三元钱稿费,才有了治病的钱。附带说一句,原来我并不知道写稿还给钱。当时,一角钱能买十二个鸡蛋,没想到四句民歌都能换三百六十个鸡蛋,这对我不能不算个大数目。我喜出望外,把女儿抱到街上打了一支盘尼西林针,也就是如今的青霉素,她才死而复生。另一条命是我自己的命。原先每天总想着自己是个得了绝症的人,活着难,活着也没益,不如早死早安生。自从这四句民歌发了,便有了一点不知天高地厚的感觉,想着能发四句说不定就能发八句,便有了一点野心,就一心扑到了学习上、写作上,把肺结核慢慢淡忘了。大概是有了奔头,生命的欲火旺了,烧干了肺结核的空洞,病也就渐渐地轻了好了,一直活到今天还没死,还想活下去,因为今天又比当初好到天上了。

从四句民歌开始到今天已经几十年了,本来应当有很大的前进,可惜只有脸红,写得还很浅薄,和人相比,不过是八十年代的"高高山上一棵槐"罢了。究其原因,除了客观原因外,主要是少了功底。学问家不一定是作家,但作家一定得是学问家。自己先天不足,只读过简师,相当于初中,没有厚实的基础,底子薄。许多好的生活素材,想写往往不知如何写,得心而手不应,只好空叹息,总觉着对不起丰富多彩的生活。

回顾走过的路,一点也不后悔。别的路虽然比这条路好走,走着也美,可是自己不能走,也不走了,没那个本事,也没那个条件,只好在这条路上走到底了。现在唯一的心病也是最大的心病,就是不能开始是、走到底还是"高高山上一棵槐",要能写点比"高高山上一棵槐"好点的作品就无憾了。凭才力凭精力,这希望都有点自不量力,不过,还是那句话,挣扎吧!

原载《南阳日报》1989 年 10 月 5 日

难在于发现

《文学知识》对我错爱，叫我写篇"作家经验谈"，我吓了一跳。第一，我算不上作家，这顶桂冠我还不配戴；第二，我没有经验，写了三十年稿子，没有像样的作品。终究却之不恭，作为一个作者，我只好谈点教训了。

我只上过简师，相当于现在的初中，文化水平很低，能写点东西全是沾了生活的光。生活是文学创作的源泉，这是真理。可是，生活是丰富多彩的，包罗万象，究竟该写些什么？这就要加以选择了。选择什么，是对一个作者的思想水平和认识能力的检验。小说创作的最大学问恐怕就在这里。

我们是社会主义国家，在党的领导下共同前进，因而，我们的生活中有许许多多统一的东西。一道政策下来，甲地这样做，乙地也这样做，全国都这样做。我过去写东西，往往着眼于大的共性的变化，追求轰轰烈烈的东西，认为只有这些才重要，写出来才意义伟大。因为看不到千差万别的独特个性，写出来的往往和已发表的作品大同小异，当然不被采用；就是偶尔发表了，也是人家吃过的剩饭。失败使我苦恼，苦恼使我不断否定自己。从此，每次写稿之前我都要先想一想,自己这点可怜的水平都能看到的东西,别的作家难道看不到?千百万聪明的读者难道认识不清?文学作品的功能是帮助读者认识生活,既然有人已经写了,读者也认识清楚了,自己再多费笔墨写这些不言自明的东西何益?何味?于是,我否定了不少原来想写的东西。

大的变化,有目共睹的东西不是不应当写,应当写,也值得写,但要大手笔才能写得深刻,写得生动。我的文学素质很差,正面去写巨大的变化力所不及,可又要写东西,怎么办?只好在生活中寻找自己的出路。寻找是不容易的。后来,在鲁迅文学讲习所学习时,一位老师讲道:创作最难的是认识生活,作者只有善于肯定自己认为没有价值的素材,从被自己否定了的东西中找出有价值的因素,才能有自己独特的发现。初听这话不在意,也颇难理解,后来一次又一次的事实教育了我,我才发觉这几句话大有学问,算得上创作上的一条真经。

但是,要做到这一点太难了。因为一个人对生活的看法,受到一定的政治的经济的道德的经验的制约,这种制约入了心入了骨,形成了一种观念。这种观念又会使自己产生一种顽固的偏爱,偏爱必然会产生偏见,偏见必然会产生排他性,会使自己的眼光只能看见自己爱好的某一点,而看不见自己不爱的其他更多的东西。正像农村中烧石灰的人一样,只认识一种能烧石灰的石头,就认为只有这种石头才有价值,才有用处;认为别的石头都没用处,都没价值。哪怕是价值连城的宝玉,只要不能烧石灰,在他们眼里也都是废物,也都要把它们拣出来扔掉,扔掉了还一点也不可惜,绝不肯费力去研究一下扔掉的石头是不是比石灰石的价值更高。作者从生活中选材也是如此。什么素材有用,什么素材无用;哪是精,哪是芜;吸收什么，排斥什么，几十年形成的观念会不假思索地做出判断，这种判断又使自己决定对生活取什么舍什么。取得的不一定都没用，都不好，但舍掉的可能更有用处，更有价值。错在对舍了的东西不介意不可惜，错在对舍了的东西懒得想一下是不是真是废料，是不是不该舍。作者有两个悲剧，一是对取的不怀疑，二是对舍的不怀疑，这两个不怀疑往往会使自己难于有独特的发现。为什么应当怀疑一下呢？因为，我们取舍的标准常常是以大家共有的观念为依据。我们同代人受过同样的教育，经历过同样的遭遇，有着差不多同样的是非善恶标准，而且水平也相差无几，对事物的看法也大致相同。如果停留在同样的看法上，产生的作品必然会雷同化，抢先写出来的可能会被利用，你如果写得晚了一步，就是比先发表的好些，也没有再利用的价值了。

世界上有长得一模一样的双胞胎姊妹，有一个模子铸出来的千百万不差分毫的产品，这些人和物都有存在的价值，都会受到人们的欢迎。唯独文学作品不行，它的排他性最强，可以说是"唯我独尊"，绝不容许有相同的第二个存在。第二个如果出世，必定会遭到人们的斥责、唾弃，甚至讨伐。为了避免雷同化，为了自己的作品不当第二个，就不能轻易相信自己的选择。特别是有目共睹的东西、没有特色的东西，还是回避一下为好。要多去想想自己认为没价值的东西，多去想想自己舍弃了的东西，要反复地去看、去想。看看这些东西是真的没有写的价值，还是自己没有认识到它的价值。任何事物都有它自己的不同面貌，为了弄清它的真面目，不仅要正面看，还要从反面看，从这个侧面看可能是块废料，从另一个侧面看可能就是个宝贝。有用的东西往往一眼看不透，往往被无用的外表包着。正像聪明的农民出门，在明摆着的口袋里装着厚厚一沓废纸，鼓囊囊的，还时不时用手捂住，好像钱就在这里，而把钱用破麻袋装着，扔在脚下，任人践踏，好像这破麻袋毫无价值。生活有时也会玩弄作者，使你只看到金玉外表，而把真正有价值的东西掩盖起来。实践证明，光凭自己的直觉去判断事物的价值，就会上当，就会丢掉一些可贵的素材。不下力研究自己还不认识的事物，就不会有新的突破，就没有新的发现，也就没有了创作。

认识生活是困难的，不是主观上想认识就能认识得了的。熟悉生活并不等于认识了生活，长期在生活中泡着的人并不等于有了生活。像不识字的人虽然占有大堆书籍，但两眼漆黑，视而不见，书里写的什么一字不知，书对他毫无意义。作者和生活的关系也是如此，不仅要占有生活，熟悉生活，而且要认识生活，才算真正有了生活。否则，生活虽然丰富，但也是毫无意义的，毫无用处的。我曾见过一些作者，长期住在农村却去写城市，写他们没有见过的事情。为什么如此奇怪？他们说，农村的事情没有意思，没有什么值得写的。真是这样吗？当然不是。问题是对生活没有认识。认识生活的能力从哪里来？主要还是读书，政治的、哲学的、道德的、经济的、文学的，各样书籍都要读一点，学问家不一定是作家，作家一定得是学问家。学问是显微镜，是望远镜，它能帮助人们看清事物的真面目，使你能做出正确的选择，免得把没意思的东西当成宝贝去大做文章，免得把值得大做文章的材料白白扔掉。

这说着容易做着难。我虽努力去做，可惜底子太差，见效甚微，至今在生活面前还是一个瞎子，黑白不分，是非不辨。有幸的是有时得到一点名师的指点。每逢文艺界朋友聚会，大家谈天论地，我也凑热闹说一些自己的所见所闻，只是当作笑料说的，当作趣闻怪事说的，说之前并不认为这些事是块材料，说之后也只是笑笑而已。

一些好心的朋友听了却正色地告诉我:"你谈的就是一篇小说。"于是我怔住了,然后顺着朋友们点明的思路想了想,果然还真有点味道。我本来扔了的东西,朋友们给我捡了起来又还给我。我写的小说多半来自这些失而复得的材料。问题这还仅仅是一半。当我津津乐道自己打算写的东西时,朋友们反而觉着乏味,劝我算了,不要枉费笔墨。对这些好言忠告,我除了感激就是自责,自己竟然不认识自己的东西,这太可怜了。天长日久,我希望自己也变得聪明一点,于是就和自己的偏爱做斗争,努力从偏爱中解放出来,平等地看待生活,不要看重这一部分,轻视另一部分。整个生活对创作的人来说,都是有用的,美的有美的用处,丑的有丑的用处,应当对整个生活都有情,都去爱,这样才能得到收获。

当然,和偏爱做斗争也不容易。明明已经被自己认为没有价值的事物,又偏要去找出它的价值,这是自己和自己过不去,会感到别扭,甚至不情愿。情人眼里出西施。对自己爱的人会越看越美,连缺点也能看成美的;对自己不爱的人会越看越丑,连优点也是丑的。想发现自己爱的人的缺点是困难的,想发现自己不爱的人的优点也是困难的。这不仅有观念上的问题,更有强烈的感情因素。生活和作者的关系也是如此。生活对每个作者都是平等的,一视同仁,把自己的一切都奉献给作者,绝不会厚此薄彼,谁愿取什么就取什么,任你自由挑选。不公平的是作者,作者对生活往往采取厚此薄彼的态度,总要肯定一部分,否定一部分。因为每个人的爱好不同,眼光不同,在选择生活素材上各有千秋,选得准和选得不准,造成了作品深浅高低的差别。常常出现这种情况,读到一篇好的作品,自己不由捶胸顿足:"这种生活我也有,会比他写得还生动,为啥自己当时就没想到这是篇小说的材料?"为啥? 就为当时没有认识到这个材料的内在价值。惋惜已经晚了。为了解决这个"为啥",就应当常常去重新认识自己认为没有意思的材料,把贬低了的、抛弃了的素材再回头一顾再顾,莫把黄铜当黄金,更要小心把黄金当黄铜而抛弃了。

独特的发现常常存在于被人们忽略的事物之中,淡而无奇的东西虽然清淡,却奇在其中,因为清淡不被人们注意,一旦写出来人们便会感到新鲜。轰轰烈烈的事情,翻天覆地的事情,固然是文学创作的对象,但这种突变和巨变终究是非常时期的生活。随着安定团结的局势持续下去,正常时期的生活就成了文学创作的主要表现对象。但正常生活往往平淡无奇,要在平淡中发现可写的东西,就更要认真细微地认识生活。

这就是我在创作中最大的难题。我希望得到同行的朋友们指点。

原载《文学知识》1986 年第 3 期

读书与创作

俗话说:会看的看门道,不会看的看热闹。这是讲的看戏。读书也如此。回想我自己读书,即属于看热闹的一类。虽然也读了一点书,但多是为了欣赏或解闷,没有从中学得应该学到的东西。如读一个小说,我也感动过、流泪过,同情书中的好人,憎恨书中的坏人。也曾引起过我很多联想,促使我去思考一些问题。可是,我从来没有认真去研究过一篇作品,它是用了什么手段使我产生了爱和恨?它是如何刻画人物,如何表达感情,如何打动读者心灵的? 这些我全然没有研究过、探讨过,当然也就谈不上从中学到了什么技巧。有人可能讲这是过谦之词,因为我也曾写出过几篇东西嘛,但这绝不能证明我在文学创作上有素质。因为,一个腹内空空的作家,往往会因为对某一段生活有特殊感情,也会写出一两篇作品来,但是,没有丰富的文学知识,肯定不能成为一个有成就的作家。

我写不出好的作品,因素很多,读书不求甚解也是一个主要因素。

一个大作家讲,桌上的书要少,肚内的书要多。这大概是读书的经验之谈。有人虽然读过很多书,叫博览群书吧,可是读了不研究，不汲取其中的精华，读过就忘了，于己无补，虽读千部书，腹内无一页。有人虽读书不多，但每一部书都能吸收，学习人家如何巧妙构思，如何深化思想，如何刻画人物，如何运用语言，等等，从这一部书中学到很多东西，并且发挥开去。虽然他读书不多，却读一部当十部用。正像有的人吃得不多不好，但吸收能力很强，身体很壮很棒。有的人吃得好又多，但吸收能力很差，身体很瘦多病。读书大概也是这个道理。

学习写作最重要的方法之一是读书。不要指望从创作经验谈中去找门道。因为一个作家最精彩的经验就是他写的作品，没有什么比他写的作品更能体现他的经验了。他对他自己大概是最不保守了，他所有的经验和技巧都会表现在他的作品中。因而，想学哪个作家，最好的办法就是读他的作品。

通过认真读书，对某个作家作品的分析，一定会发觉这个作家的特点和擅长之处。这样学到手的感性东西，会比无血无肉的几条经验更有益于自己的创作。

1981 年

做生活的有情人

生活是创作的源泉。这是真理。可是,我一直在生活中泡了几十年,却常常找不到泉水,偶尔找到一点,也是涓滴之水,过眼即干。这是为什么? 相反,一些城里的作家下乡走一趟,回去之后就写了一篇又一篇佳作,得来全不费工夫。这又是为什么? 难道生活也是看人端菜碟? 难道生活就真的对城里人多情,对乡下人绝情吗? 这个问题曾经折磨了我许多年。

前几年报纸上有一则消息,说是山东有兄妹两个,一天在地里做活,拾到了一块金刚石,献给了国家,不仅受到奖励,还安排了工作。不少人看到这则消息,羡慕之声不绝,怨恨自己为啥就碰不到一块金刚石! 听者中有个老头,反问道:"你就是碰见了,知它是一块宝吗? 说不定你会把它当成一块石头踢开了。"这话使我受到启发,识宝的人会见而得,不识宝的人会见而不得,这就是认识能力在起作用。搞创作也是如此。没有识别生活的能力,对生活中的大量创作素材就会视而不见,见而不得。我在读别人作品时,往往会拍案叫绝,高兴之余又常常惋惜不已。高兴人家写了我想写的东西,惋惜的是不足为奇,我也碰到过类似的人和事,可就没想到这可以写篇小说。这个不足为奇正是奇之所在,奇就奇在为啥别人能认识到这点生活的价值,是块好料,而自己也见过,却为啥没认识到这是块好料,就把它抛开了。

从这些事情和感受中,我终于找出一个答案:认识生活的能力,往往决定一个作家的水平,也决定着作品的深度。

认识不了生活,虽常年泡在生活中,也会感到生活的贫乏和枯竭,没有东西可写。有时候创作欲望一冲动,就去编些自己认为很有价值的东西,而这些东西往往自己并没有深切的感受。我见过一个初学写作的青年同志,他很勤奋,也有才华,从文字功夫上看,也不乏文学细胞。他在乡下做活,却去写工厂;他见的都是农民,却去写工人或是大学教授;他生活在田野里,却去写高楼大厦。结果是一篇一篇都被编辑部退了回来。他很苦恼,为此还得了失眠症。我问他为啥不写熟悉的农村生活,他说,乡下的事平淡无奇,都是些不值得浪费笔墨的东西。果真是这样吗?不对。乡下的生活也充满了矛盾和冲突,也有五光十色、丰富多彩的人物,也能表现时代的精神。不要把一块一块摆在面前的金刚石随便抛开。

什么样的生活才值得去写,也就是如何发现生活中的创作素材?在这一点上,我走过不少弯路,有过不少教训。过去,写东西不是从生活出发,而是从报纸上的社论出发。现在要搞什么运动了,或是有什么重要指示了,就根据这些编个故事,安排几个人物,有拥护的,有反对的;经过一番争论,让拥护的人物胜利。自己还认为这样写一定能投中,因为题材重大,又配合形势,结果是不中的多。通过读一些大师的作品,我才逐步认识到从概念出发是作品失败之母。任何作品都是表现社会生活的。重大的迎合形势需要的题材,如果真正熟悉,有切身感受,这当然很好,但题材重大了并不等于作品就有了分量。从生活出发,写自己感受很深的东西,不要怕题材和事件小,以小见大往往更能增添作品的分量。小人物小事件也能表现重大的社会内容。契诃夫的《变色龙》,题材可算小了,写一个警察对待一条狗的态度,但却写出了沙皇俄国腐败专制的社会面貌。在读这篇名著的时候,我就想到了一个问题,如果我碰上了这件事,会不会看出其中的社会意义,会不会当成一个笑料而抛开?问题就麻烦在这里。一个作者,如果只能看到人人都能看得清的大事,不能从微不足道的小事中发现它的内涵,那就很难办了。这和检查身体有点同理。整个人是不能化验的,但只需验一个人身上的一个细胞,就能判断清楚这个人的体质状况。要写构成整个社会生活的细胞,才能写出深度。况且,就是重大的题材也要靠细节描写去完成。

如何从生活中发现创作的素材?这是个涉及面很广的问题。正像地质学家找矿一样,要有理论指导,也要有实践经验。要认识生活,就要学点马列主义的基本常识,多读点古今中外的文学作品;还要关心社会生活动态,努力培养自己的欣赏水平,这样才有助于识别生活中的精华。我们都在生活中泡着,每天都会碰到许多人许多事,眼见的耳听的,无奇不有,无所不包。搞创作的人一定要做一个对生活有情的人,不能对生活漠不关心。对耳闻目睹的人和事,哪怕小至一句话,都要掂量掂量,前后左右想想,把这些人和事放到整个社会生活中去衡量一番,看看有没有社会意义。不要把金子当成黄铜抛开了,也不要把黄铜当成金子去大做文章。有时候看不清,有些事也不是一眼就能看穿的。生活并不厚此薄彼,厚此薄彼的往往是自己。我写过一个短篇小说《黑与白》,这个故事的原型是真实的。我曾把它当作笑料,讲给许多人听,然后大家笑一阵也就算了,从来没有认真想过它的内在含义。多少年以后,我又和一个同志谈时,他指点了我,说是可以写成一篇有分量的小说。这时我才认真想想,这个笑话里不仅有笑,更有辛酸,有丑恶,也有希望,这是光明和黑暗斗争的独特表现。把它再放到社会中对照一下,生活中不乏此类人和事。于是,我把它写了出来。

从这件事我想到一个问题,粗心大意对待生活,拿生活当笑料,对生活无情,生活也就对你无情。生活是一本无所不包的百科全书,要读好它并不容易。一定要像攻学问一样去认真读它。不仅要读懂它的字面,更要弄懂它的内涵。再重大的事件,都是通过具体人的具体言行表达出来的。

问题不仅在于认识能力高不高,更重要的还在于是不是下决心去认识它。写作是艰苦的劳动,认识生活也是艰苦的劳动。要捕捉住生活中的细枝末节不会是轻松的。只有热爱生活,才会去努力认识生活。一对爱人在热恋时,特别是欲订终身之前,每一次相会之后,到了夜深人静,就会把这次相会再想十遍八遍,对方的每一个眼色、每一句话、每一个动作,是什么意思?是肯定的语气,还是话外有话?话外之音又是什么?为了这个,正面想想,反面想想,不仅想这次的,还会把以往会面时的言行联系起来想。往往能得出几个不同的结论,而这几个结论又互相矛盾。不少人因为弄不懂爱人的一句话一个眼色而辗转难眠。我想,搞创作的人对待生活中的细节,也要有这个热劲、这个恋劲,也要去进行反复分析研究,找出它正面的反面的东西。只有这样做,才能有所收获。要相信,生活绝对不会辜负苦心人!

认识生活还要善于发现生活中的新意。否则,作品不是似曾相识,就是公式化。就说搞生产责任制,这是伟大的变革,全国东南西北都在搞。这里边的学问多得很。不少人在写,写它的优越性,写人民的欢乐,写人民的希望。这是相同的题材,别人写了,自己还能不能再写? 也能,也不能。不能的是如果还照直写,肯定不中。说能,是要发现它的新意。世界上任何一件事物,虽然以前曾有千百人观察过描写过,可是总有前人没观察到没描写到的地方和部位。一个作者就要去发现去描写这一点。一张桌子,你从桌面上的摆设去写,我从抽斗去写,面积有大小,但深度则没有高低。这不仅是选材的角度问题,更重要的是告诉读者一点他没有看过的东西。这几年写"四人帮"迫害人民的东西不少,好的当然很多,但也有套路文学,不外乎如何受迫害摧残,如何家破人亡等,看得多了也有点俗。《奔流》上一篇小说叫《笑》,内容是"四人帮"为了表现自己的功德,派个记者去拍摄一幅人民在笑的照片。于是,面前展开了一幅图:"四人帮"在制造欢笑。痛苦把人们的心都折磨碎了,笑起来的样子比哭还难看。我看这并不比描写"四人帮"制造痛苦的作品浅薄。这就是发现了新意,也就是观察生活的角度与众不同。一哄而起,别人写啥咱写啥,这是省劲的办法,却也是下策。任何一件事物,都有不同的角度;任何一个作家,都有不同的感受。你对这个角度感兴趣,只要认真观察,避开前人描写过的角度,同一题材也能写出具有新意的作品。问题在于要认真去寻找、发现生活中的新意。

创作一定要尊重生活,切不可瞎编。瞎编的东西首先就给人一种虚假的感觉。虚假本身就不美。当然,生活中有些真的东西也不美,甚至丑恶。但是,美的东西一定是真的。所以,只有认识了生活,才能对生活加以选择。选择那些对人民对社会主义有利的东西来描写,才能使作品有益于人民。

生活本身是丰富多彩的,是变化无穷的。要想认识它没有捷径可走,只有多读书勤思考,做生活的有情人!

原载《中岳》1982 年第 5 期

路边的话

我爱文学,却不会写稿。我读书很少,肤浅得很,没有学问的人是当不了作家的,我虽偶尔发一两篇稿子,也只是身边的生活记录,称不上文学作品。我和文艺打了快三十年交道,如今每写一篇稿子,都还得从头开始摸索,找不到一条能顺顺当当走下去的熟路,常常是原地踏步,有时还一篇不如一篇。

因为我还没走上文学之路,只能谈点路边的话。

我是一九五四年开始学习写稿的。我在部队得了肺结核病,治了很久,这一年带病回乡了。我上过简师,在部队又当过文化教员,回家后我就想去教学。我找了几次教育科,一个刚直的领导拒绝了我的要求,批评我说:"你想把肺结核传染给儿童吗?这可不道德!"我想想这话有理,就打消了这个念头,在家里养病闲住。

人不可一日无事。闲也折磨人,每天焦躁不安,想着总得干点什么,又没事可干,闲得急了就读书。那时候书不多,农村里也难借。只有从部队带回来了几本青年必读之书,《钢铁是怎样炼成的》《普通一兵》等,我读了一遍又一遍,还把它们整章整章地抄录下来。那时心上还没有茧子，书中的人物深深地打动了我，在我心里注入了新的生机。当时的肺结核病是很怕人的，人们谈"核"色变，好像得了这种病就必死无疑。我心里也很悲观。可是读了这些书之后，心情开朗不少，对生活又充满着希望。恰巧这时又看到了一本《河南文艺》，上面登了一则征稿启事，于是萌发了写稿的念头，就自不量力地开始写稿了。

逮个麻雀还得费个柿皮，写稿也得多少有点资本才行。从部队回来带的复员费早花光了，还没笔没纸，怎么写？拿鸡蛋去换个笔尖，折根扫帚棍当笔杆。没有纸，就找来邻居家学生娃的旧练习簿，翻过来用铅笔画上格子，就解决了资本问题。

写什么呢？不懂文艺的人也没有框框，就见什么写什么。那时候社会空气尚未被污染，大家对眼前的贫困没有牢骚不满，对未来充满了希望和信心。人们都很善良，人们还不会猜忌、歧视和仇恨，有的只是关心和友爱。村里的青年人没有因为我成分不好而歧视我，也不害怕我把肺结核传染给他们，一有空就来我家里玩，来了就唱民歌、讲故事，夸奖村里的新人新事，贬驳村里的坏人坏事。他们唱的讲的打动了我，于是我就写民歌，写寓言，写小说，写大家的欢乐，写大家的气愤，写完了就念给大家听，他们听了就七嘴八舌地议论。我和他们都不懂文艺，不知道啥是主题，啥是形象，但却懂得像不像。他们听得认真，说得直爽，有啥说啥，也不怕我脸红。我自己也没感到过脸红，因为我没意识到自己是个舞文弄墨的作者。就这样写了念，念了大家议论，听完议论就改，改完就寄给了《河南文艺》。寄出去巴着能登出来，可又想着八成不会登出来，总觉着变成铅字登到书上是非常神秘的，最后只希望有个回信就算抬举了。

谁知有一天突然寄来一本《河南文艺》，上边竟然有我一首民歌。我高兴坏了，一天之中我不知道看了多少遍，还叫我爱人看，叫我的青年朋友看。接着又寄来三元钱稿费。老天爷，还给钱哩，真是喜出望外！当时我的大女儿才出生半个月，得了肺炎，一天死过去几回，正愁着没钱治哩。有了这三块钱，我把她抱到街上，打了一针青霉素，救活了她的一条命，我的妻子高兴得都哭了。这说起来是题外话，可是和我以后写稿的关系极大。原来，妻子心疼我身体不好，多操闲心没益，她认为写稿不是凡人的事，想登稿是做梦娶媳妇。这一登，从此支持我了，家里活地里活，她都争着去做，腾出工夫让我读书写稿。农村没有闲天，早晚都有活做，有个空蘸把草喂喂猪，猪也能长点膘，多卖几个钱。可是，读书写稿都不能立竿见影。要想有所得，首先得有所失。家里人如果舍不得支持一点工夫，读书写稿也就难持之以恒了。家里人忙死忙活，见你稳坐读书写稿，他们如果不甘心为你多承担一份劳累，能不眼红，能不气不吵？一个农民作家难处很多，如何处理好家庭关系就是一大难。你写稿是为人民服务的，这不假，但首先是家庭为你服了务，保证了你的温饱，你才能去为人民服务。所以说，一个农民作者要想坚持创作，得首先过家庭关。一九五六年我第一次去汉口改稿，回来时我用稿费给妻子买了不少衣服，这不是拉拢收买，我是从心里感激她。人心换人心，八两换半斤，我对她好，她更支持我，在任何困难情况下，她都主动承担一切家务，不辞劳累，支持我创作。多年来，我在农村见过不少有志青年，聪明过人，决心从事创作，可是和家里搞不好关系，被家里三吵两吵只好撒手不干了，真可惜。

当个农民业余作者，有得天独厚的地方，就是在生活里泡着，这也正是后天不足的地方，生活面窄得很。我写了几篇稿子以后，就觉着肚子里空了。自己局限在一个小村里，周围就那么几个人，见得少,听得少,怎么办? 走出自己的村子去采访,还是去外地生活一段? 这对一个社员来说都是不可能的。正在我着急的时候,驻队工作组要找人复写材料,这是白尽义务,没有任何报酬,我主动承担下来了。那时候的工作组才真叫工作组,他们当中上有县委书记,下有一般干部,谁也不搞特殊。白天,他们和群众吃一样饭,干一样活儿,研究工作都放在夜里,一熬就是半夜。夏天蚊子咬,冬天冻得腿脚发麻,可是没一个人叫苦。他们的这种精神也感染了我。我跟着他们跑,陪着他们熬,从来没想过自己是白尽义务,是吃亏,反而觉着自己沾了大光。他们每天夜里开会碰材料,介绍每个村子里各种人物的活动情况,讲得生动有趣。生活原来这样丰富多彩,我听得入迷。那么多生动的材料,真是信手拈来都成稿。我写诗歌,写曲艺,写小说,写通讯报道。生活日新月异,天天向我提供新素材。生活真是创作的源泉,写不完,写不尽,有时候一天就能写一篇小说。虽然我还不懂文艺,不知道什么叫深度和厚度,写的多是浮光掠影,可我终究写的是生活。我写歌颂的,也写批评的,思想上没忧没虑,写得轻松愉快,因为生活本身就没忧没虑,就轻松愉快。

可是不久我就不敢再真实地写生活了,就开始编造了。这是受了一个人的影响,这个人就是李文元。我第一次到外面改稿,也是第一次参加文艺界活动,是《长江文艺》约我去汉口改稿。到了那里,安排我和一个剃光头的人住一起,经介绍才知道是李文元。当时他已发了不少作品,有些还翻译到国外,很有点名气,我读过他的作品,却没见过面。这是初交,我对他佩服得很。我们在汉口住了一个多月,他改的什么稿子,现在都忘了。不久,省文联通知我们去写稿,我又和他一同到了郑州。他年纪比我大,已经是老作者了。到了省文联,大家对他都很热情,记得到郑州的那天晚上,苏金伞老师在家里请我们吃了饭。然后我们又住到一个屋里写稿。我写了一篇小说，名叫《和好》，当时没采用，以后发表了，是反映高级社取消土地分红优越性的。他写得很快，没几天就写成了小说《柳暗花明又一村》。当时反响很好，不少同志赞不绝口，很快就发表了。我很羡慕，心里想啥时候才能赶上他。

谁知回家后没有多久，突然从报上看到了批判李文元的文章，说这篇小说是毒草。接着又听说他被打成了右派，送到西华劳改去了。农民本来是不打右派的，可是把他打了，足见这篇文章毒得超过政策了。我吓得不知道出了多少身冷汗，没想到写稿也能当上反革命！我可真有点后怕，自己没当上反革命，不就是差那一篇文章吗？我庆幸自己总算没跳到"崖里"。塞翁得马，焉知非祸！

从此以后，我一提起笔就想起李文元，提醒自己不要因小失大，为了一篇稿子去当终生的反革命，于是，再也不敢如实地反映生活了。生活本身是什么样子，这不是主要的，也是不应该去写的；主要的是生活应该是什么样子，才是应该去写的。在这种思想支配下，我就抛弃了身边丰富多彩的生活，开始了生编硬造。编造也容易，也真难，不仅要避开生活中的真实矛盾，就是用词用字上也颇费心机，不敢马虎一点。我写过一个中篇《贫农代表》，里边有个贫农和中农吵架，用了个形容词，说是吵得"天昏地暗"。"文革"中，有人查出了这句话，说："天是社会主义的天，地是人民大众的地，为什么说是昏暗的啊？"于是斗我打我。现在讲起这些和说玩笑一样，可这都是真的！

我又开始写生活，是在粉碎"四人帮"以后。记得是一九七七年冬天吧，省文联开创作会，我也参加了。在这个会上，听了传达，又叫大胆反映生活。我很高兴，因为自己是个土作者，没有多少学问，写的稿子能站住脚,就是全靠一点生活。散会回去以后,一气写了三篇小说,《河南文艺》用了两篇。这几年写了点东西,虽然质量还低得很,但写的都是亲身经历的生活,是真情实感,不是硬编的,所以写得顺心顺手。

现在我最大的苦恼是缺乏对生活的认识能力。我常年在生活中泡着,看到听到感受到的不能算少,可是身在宝山不识宝,把许许多多宝没看在眼里,没拾到篮里。我读了别人的一篇一篇作品,第一个反应就是后悔,生自己的气。那些作品中的生活我也有,那些素材我也能说上一堆,甚至比别人说得还生动有趣。可是,我为什么就没想到那是块好料,更不要说去写了。我创作上不去的悲剧就在这里!每天去寻找材料,真是守着宝山去要饭。我也见过一些青年作者,和我得的是一个病,总认为身边熟悉的生活没有价值,身在农村反而去编一些城里的故事,费了好大心思,结果并不美妙。

我写了这些,说是路边的话,实际上离文学之路十万八千里。最后我却想提一个不离谱的建议:刊物上要是能开辟个专栏,专门讨论如何认识生活,请行家写些短文,帮助身在宝山的人认识宝,我想对繁荣创作还是有益的。

原载《奔流》1983 年第 7 期

我的小井

俗话说:"一方水土养一方人。"我信这话。

作为一个作家,我是不够格的。我的文化程度低得可怜,且家住深山,常年多见树木少见人,交通不便,信息不灵,没有同行之间的交流和探讨,使我成了一只井底之蛤蟆。这些,对于搞创作都是不利的因素。为了有利于创作,最好的办法是改变这种状况,不过这无异是一种幻想。我不能使时光倒流,从头学起;也无力易地而居,住到文学氛围活跃的地方。既无法改变处境,又要搞文学创作,只好在不利的环境中求发展,避开自己的所短,利用自己的所长,为自己的创作找出一条路。找来找去,没有别的路可选择,只有走深入生活这条路,写我们这个地方与众不同的生活。

三十多年来,我一直在一个小村子里生活,与群众同欢乐共患难。多数时间里,我处于生活的最底层,比当时的"四类分子"的处境还要差得多。因为,他们是死老虎,打不打他们无关紧要,我却是一只半死不活、时死时活的老虎,理所当然成为打的重点。我常说,全大队的"四类分子"应该感谢我,因为我承包了全大队的一切打击,才使他们得以幸免。这种生活对我来说,除了痛苦的一面,也有幸运的一面,这就是赐给我一个真正深入生活的良好机会。当人们全不把我当成一个人时,当人们认为我不能对他们有丝毫的不利影响时,他们竟然当着我的面商量如何盗窃集体,商量如何炮治①某个人,甚至当着我的面研究如何往死处整我。当然,还有更多的好人,他们也常常当着我的面商量如何玩弄上级,对付错误的命令和瞎指挥,商量如何破坏一场斗争会。好人和坏人都不背着我,都把我当成了没有知觉的一块石头或一棵小草。善良和野蛮,愚昧和聪明,愤怒和欢乐,失望和希望,这一切都赤裸裸地展示在我面前。不幸的遭遇给了我幸,这幸就是使我有机会认识了活生生的社会,认识了活生生的人。虽然,有很多年我被剥夺了一切权利,没有读过一本纸印的书,但却天天在读无字的书。当然,我认识到的只是一个小小的山村,比起轰轰烈烈的大社会是微不足道的,但这对我的创作来说却是一口汲之不完的小井。

每当我拿起书阅读时,看到别的作家写宏伟的场面、叱咤风云的人物,我就像看到了汪洋大海中的远航巨轮,在顶风破浪前进。我羡慕佩服之余,便自叹不如,不由为自己的无才无知感到深深悲哀,真想搁笔不写了。可是,欲罢不忍,再想想,也终于为自己找到了一点点安慰之词。我的面前没有汪洋大海,自己也没有驾驶巨轮的能力,我只能身在高山上的小井里,但从这小井里也能看到日月星辰,井里有春夏间丛林绿染的倒影,也有秋冬的一片两片落叶,使我能感受到四季更替,感受到冷暖的变化。自己没条件跳出这口小井,再恨这口局限了自己视野的小井,不屑于写这口小井,那才是自己

---

① 炮治:豫西南方言,指摆治、整治。

真正的悲哀。何况,地球是各种地形组成的,如果全是汪洋大海就不成为地球了。井水虽少,又没有狂风巨浪,但终归也是水,同样能反映出世间冷暖,井水的时深时浅、时清时浊也能反映出晴旱雨涝。文学创作需要汪洋大海,但都写汪洋大海和远行的巨轮,也未免太单调了。天不转路转,常看汪洋大海的人,偶尔遇见一口小井,说不定会感到这也是世间一景,也会不由自主地捧起井水喝上几口。一想到这些,我就爱我的小井,并决心努力写好我的小井,不再为身在小井中而感到悲哀了。

这就是一个井底蛤蟆想说的话。如果说这是重复阿Q的语言,那么,我想多少有点阿Q劲头也没多大坏处。

原载《文艺报》1986年4月26日

走深入生活的路

今天我向大家汇报深入生活的问题。主要讲两点:一是作文要尊重生活,二是做人也要尊重生活。

我想倒过来讲,先谈谈做人要尊重生活。

我们这个社会正处在伟大的变革时期,生活像万花筒,复杂得叫人眼花缭乱。美好的,丑恶的,改革的,保守的,为公的,为私的,振奋的,沦落的……形形色色,无奇不有。如何看待这个无所不包的社会?仁者见仁,智者见智。生活中常有这种现象:三五人私下坐在一起,谈起当前弊端,你一件我一宗,滔滔不绝,骂爹骂娘,怒形于色,觉得这个社会似乎一团漆黑,一无是处,使人感到绝望,无可奈何,只好全盘西化了,除此之外再也没有办法救中国了。或者换一个场合,三五人坐到会议桌上,说起巨大成绩,你一条我一款,津津乐道,眉飞色舞,喜形于色,把这个社会说得尽善尽美,一无错处,使人感到可以尽情乐观了,可以满足了,再也不需要改进了、前进了。公说公有理,婆说婆有理,而且都信誓旦旦说自己讲的是真事是实话,使你不得不信,使你不得不气,使你不得不喜,结果使你无所适从。不是好绝了,就是坏透了;不是光明得没有一片阴影,就是黑暗得看不见一线光明。面对这种是是非非何去何从? 几十年的风风雨雨告诉我,对社会的看法不仅有关国家人民的命运,也关系着自己的命运,是万万不可弄错的。面对这种大是大非之争,绝不能被人愚弄,任人摆布,不可轻信张三的,也不要轻信李四的,更不能相信自己的,因为人总是有偏见的。实践证明,相信自己常常会毁了自己。我只相信生活,尊重生活,生活是常青的,生活是实实在在的,好的就是好的,坏的就是坏的。一切言论和看法都无法扭曲或掩盖生活的真实面貌,一切言论在生活面前都会现出真假,生活本身会判断出谁是谁非,这种判断是驳不倒的,是终审。

为了端正自己的思想认识,为了做一个不太糊涂的人,也为了创作,我经常到乡下去向生活求教。

近几年,除了一个乡没有去,我走遍了全县。我发现百分之七八十的农民吃上了白馍。我问了不少人家:"常吃吗?"对方多卖弄地说:"还能是光过年吃?"得意之情溢于言表。这对城里人而言不足为奇,我在一篇小说里写过一个细节:一个乡下姑娘去城里走舅家,舅问她现在生活怎么样,她扬扬自得地说:"现在可美啦,天天吃白馍,可美极了!"她的两个老表听了笑得喷了一桌子饭,嘲笑她道:"吃个白馍都算美极了! 啥年代了,吃个白馍都算美极了! 哈哈哈……"这个姑娘脸红了,哭了。白馍是什么? 小麦面蒸的罢了,有啥稀罕,但我心里的白馍可不是这么简单。一九七六年,也就是"莺歌燕舞"的年代,我从广州回到家里,第二天带着儿子进城,他当时有十岁吧,路上我说:"娃子,今天爹口袋里有钱,你想要啥买啥,你只管说吧!"我说了就有点后悔,口气太粗了,他要说出我买不起或舍不得买的东西多难为人。他想了半天,攒足了劲说:"我啥都不想要,就想买个虚腾腾的白馍吃!"没想到他会说出这个,说出这个我一辈子也不会忘记的要求。我们村是西峡县的"乌克兰",也就是县里的粮仓,一个生在粮仓里的孩子,一个像我这样说起来也算个作家的人的孩子,最大的要求最大的欲望竟然是吃一个白馍!听了他的要求我的心一阵刺痛,差点哭了。可是,十年后的今天(十年算个什么,在历史的长河中只是眨眨眼的工夫),农民的孩子向往的再也不是白馍了。

别误会,我说这些并不是为了回忆对比,仅仅回忆对比没有什么意思。我只是想说一点,应当从白馍中思考一些远远超过白馍的东西。还是这片土地,还是党的领导,为什么小麦面粉多了?这不仅仅是政策好了,更重要的是这种好政策的来源,这种来源的惨痛代价,这种来源的动机,这种来源的巨大勇气,这种来源冒着的巨大风险。它要改变多少观念,它要克服多大阻力?这个源头就是为了人民。从这里我看到了党心向民,民心向党。一个国家,特别像中国这样的大国,自古以来就为吃饭发愁,早先的历代帝王大叫民以食为天,新中国成立后又以粮为纲,都想叫人民吃饱。如今绝大多数人丰衣足食,从而使我树立了一个大的信念:在党的领导下,沿着社会主义的道路走,我们国家的日子会一天比一天好。

当然,生活中也不全是喜剧,也有悲剧。我在深山区寨根乡和陈阳乡的访问中,看到少数人的生活还非常贫穷,一天两顿糊涂饭,山菜煮玉米糁,饭黑得像臭青泥,看了叫人恶心。那里山高天寒地少,又交通闭塞,再加上历史上乱砍滥伐导致水土流失等种种原因,造成了长期贫困。贫穷还不可怕,只要想摆脱贫穷,经过努力可以逐步富裕起来。可怕的是一些人没有追求,没有欲望。我问了几个人,我说:"日子可真苦啊!"他们竟然大眼瞪小眼地说:"就这怪美,可比以前强多了!"在穷惯了的思想支配下,冬天靠房檐晒暖,夏天林荫里乘凉,没办法也不愿想办法、找门路增加收入,改善自己的处境。当我听到他们说"就这怪美"时,心情很沉重。过着这种生活还心安理得,还感激不尽,还自得其乐,这说明了什么?能说明他们是吃苦而不叫苦的好百姓吗?能责怪他们愚昧落后吗?事情恐怕不是这样简单。不过,我也想到自己的责任,如果做思想文化工作的跟不上,不能帮他们排除甘于认穷的思想,不能激发他们内心的进取力,不能改变他们的精神状态,单单靠外力来扶贫是很难奏效的,难以让他们很快富起来。

农村也有骂娘的,说明骂娘不是城里人的特权。我前几天下乡就碰到一位。他是一个模范,在方圆附近很有点名气。他说了现在社会的许许多多坏话,说得很气愤,很真切,很具体。他举了一些人做例子,说如今是"贼"的天下,共产党如今亲"贼"了,而他一个模范却受到了冷落,却穷困得活不下去了,没人理他了。我听了他的遭遇,后来又深入了解了一下,才知道了真相。他说的只是他这一部分的真,没有说出另一部分的真。他们住在山上,当年山下有个邻近村子很穷,村民凭两只手已经不中了,养活不住婆娘娃子了,就又多长出了一只手,经常来他们山上偷树偷柴。村里急了,就选派他来护林。他生性有点愣,有点横,啥也不会干,就会"觉悟"。村里斗人数他能撕开脸皮,出手也狠。他干了护林差事,也确实负责,逮住了偷树贼一点也不客气。不管你是天王老子地王爷,绳子斧头扁担没收了不算,还把贼五花大绑游山示众,大家都叫他镇山虎。附近的人谁不去山上砍把柴割点草?大家都怕他,没少拍他的马屁,想方设法给他一点小恩小惠。他的的确确立了功,保住了一片青山,当上了模范,奖状没少得,逢年过节还给他特殊一下,送点肉呀菜呀,还有救济粮救济衣也优先给他,还时常上广播,喇叭里没少吹他。他政治上光荣,物质上较别人富裕。他过得精精神神,颇有点高人一头的优越感,是个得意人物。得意得在家里也不可一世了,回到家里往床上一躺,奓拉着腿,叫老婆给洗脚,稍不如意就往死处打。可是,如今山林承包了,更可恨的是山下那个村子富了,再也没人半夜三更上山来偷树了,有的人还成了文明户,上了广播。那个节目本来是他的,现在被别人占了,这个别人还是他整治过的人。因为没有了偷树的贼,他也跟着没有了施展威力的机会,政治上不再光荣了,经济上没有实惠了,他又啥也不会,日子一下子跌了下去,人上人突然变成了人下人,连老婆也跑得没影了。他成天串门子混饭吃,大家不但不怕他不敬他了,还讨厌他,背地里叫他混山鼠。他认为他的沦落都怪山下人不当贼了,有几个被他整治过的贼如今成了人物,见了还嘲笑他几句。他受不了这个打击,自然产生了怨恨。他希望什么?最好山下那个村子让一把大火烧了,烧穷了,再来山上偷树。这可能吗?能使他满意吗?这能怪谁?只能怪历史了。历史是有情的,它不断造就自己需要的人;历史也是无情的,它不断抛弃自己不需要的人。这个人的不满只好叫他不满了,如果被他的不满所打动,也跟着不满,自己就要被人民不满了。

还想再说一件事,也是一个模范的故事,也是我最近下乡听到的。一个姑娘参加修一座小水库,修水库当然要宣传发动,说修好了将来如何如何美,美极了。她读过几天书,她相信了,还想着自己将来也如何如何美,夜里有电灯可以看书了,村里还有水浇地,还能养鱼,可以吃大米干饭烧鱼汤了,闲了还能和爱人去水库上驾小船乐一番。希望使她产生了力量,她干得很出色,献出了青春,做出了成绩,还评上了模范。水库修好了,也真发了电,也真浇了地,也真养了鱼,好日子也真来了。可是,家里把她给弟弟换了个亲,她的丈夫比她大十几岁,还是个秃子,还是个文盲,还有点二百五。母命难违,姐弟之情难却,她抵挡不住种种压力,只好嫁了。她要没有过美好的希望,没有一点新思想,认了命,逆来顺受地和男人过一辈子也就罢了。可是,她有过美好的希望,也有点新思想,又不多,她一见这男人就厌恶,不愿和男人同房,男人就说:"我妹子都给你兄弟睡了,你不给我睡?"男人强占了她,她就去投了水库,投在她亲手修的水库里,投在她希望给她带来幸福的水库里。水库本应当给她带来美好的生活,没想到会结束了她的生命,这是一个悲剧。我听了这个故事,心灵受到极大震撼,常常不能平静。修水库没错,是好事,大好事。可是,仅仅建设物质文明是不够的,不提高人们的思想素质,不加强精神文明的建设,不清除封建的形形色色的腐朽思想,物质文明和精神文明就不能平衡,人们同样得不到真正的幸福。这就要靠我们思想文化工作者的努力了。

生活出活的思想,活的思想不断教育着我,使自己对社会有一个比较公正、比较全面的看法。要看到我们社会的光明面,改革前进是我们生活的主调,想问题、说话、写文章都应当尊重这个主调,要牢牢把握住这个大的背景。看不见人民欢乐的生活,无视社会的进步,无视广大人民生活的不断改善,必然会否定党的领导,背离四项基本原则,使自己失去信心,失去正确的方向,变成迷途的羔羊,从而说出错误的话,写出错误的文章,做出错误的事。同样,也应当看到生活中的消极现象,意识到自己的责任,同不良现象做斗争,清除前进路上的垃圾,为精神文明贡献自己的微力。

现在再回头谈谈第一点,作文要尊重生活。

党一再提倡和号召作家要深入生活,我是坚决拥护的。本来我可以挪挪窝，到地区或者省作协去，但我不愿离开生活。人民是生活的主人，是生活的创造者。作家不深入生活，就不能了解人民，文艺还怎么为人民服务？不写人民关心的事，不写人民的欢乐和苦恼，尽写些与人民无关痛痒的事，就会远离人民。作家冷淡了人民，人民也会冷淡作家。不仅如此，作家离开生活，凭主观瞎想必然会编造出歪曲生活的作品，就会毒害读者心灵，造成思想混乱，有害于社会主义建设。我一直告诫自己，并和县文联各协会的同志们共勉：不赶时髦，不去迎合什么潮流，尊重生活，老老实实地反映生活、表现生活。既不虚假地美化生活，更不恶意地丑化生活，把活生生的生活奉献给读者，让生活本身去说话，让读者自己去思考。这就是我创作的信条。

学问家不一定是作家，但作家一定得是学问家。我没学问，不具备一个作家的素质。我能写点东西，都是沾了生活的光，是生活帮了我的大忙。如果没有对生活的了解，我肯定连一篇作品也写不出来。前面说，我不愿离开生活，就是因为这个。这几年各级领导和文艺界朋友对我的一些作品给予了关注和肯定，我知道这是为了鼓励我继续走深入生活的路，并不是我的作品真好。这些作品不论从思想性和艺术性看，都远远没表现出我们沸腾的生活。今后我还要走深入生活的路，永远尊重生活、写生活，包括前边讲的几件小事，都要写出来，来回应大家的期望和鼓励。

原载《南阳日报》1987 年 4 月 16 日

坐井观天，
坐天观井

我家住在山里，山里多草木，多见树木少见人，天长日久，我就成了草木之人。再加读书少，见识浅，像坐在井里的蛤蟆，一直认为天只有碟儿那么大，要是比碟儿大了，就怀疑不是天了。

前年有幸，跳出了小井，随作家代表团去南方参观访问，才知道天大得很，大得没边没沿。不说五光十色的城市，单说新村之新就叫我看得像在做梦。农民心大眼高，不是多收三五斗就谢天谢地的农民了，也不是多得三五毛就沾沾自喜的农民了，他们开创新领域，建立大业绩，不再是弯腰弓脊的奴隶了，竟成了顶天立地的大丈夫。看看他们住的，多是千姿百态的小洋楼，屋里的摆设不是缺啥有啥，而是世上有啥他们就有啥。他们也穿西装，也大声说话，还吃罐头，还喝可口可乐，还吸外国香烟，有的农家还请有保姆。屋里那个干净劲，那个整齐劲，那个豪华劲，比县里宾馆最高级的房间还高级、还舒坦、还阔绰。我看了将信将疑，难道这真是农民的家？过去一想到农民就想到了贫困，农民和穷、脏、乱是同义词，从没想到农民也能为自己创造如此美好的生活。我惊叹不已。一路上都迷迷糊糊，常常夜里不能成眠。发了财有点钱为啥不攒着？当农民吃个白馍就行了，为啥要过这种日子？这种日子像话吗？农民过这种日子还算农民吗？咋看咋不顺眼，咋想咋别扭。我把这些想法告诉了同伴们，大家笑了，笑得很开心，反问我："为什么城里人过这种日子你就认为应当了？"我说："因为……因为……"因为什么也说不出来了。我开始否定我自己，我想大概是坐井观天坐长了，超过了白馍水平就接受不了，超过了白馍水平就认为不应当了。我发觉自己落后了，跟不上时代了。

后来回了家，又跟几个同志去深山区访问。这是全县百分之十的贫困乡中的一个，土地很少，因为种种原因林子又被剃光了头，如今是要树没树要地没地。我们去一队家访问，这家人在当地是有头有脸的人物，爹是老党员，儿子是会计，用"文化革命"的术语来说，"党政财文"四大权中他家就掌握了"党""财"两大权。可是，屋里一贫如洗，不要说没有八十年代的东西了，连二十世纪初的东西也没有。我找了半天，才在外面窗台上发现了一双半旧的解放鞋，这就是这家人现代化的东西了。再看看吃的，玉谷糁煮山荆叶，一锅黑糊糊，到了今天，竟然连个白馍也吃不上，我不由叹息："没想到真苦啊！"

主任惊讶得大睁两眼，不知所以地反问："咋苦？不苦啊，可比以前美多了！"他这一说，大家也好奇地看着我。我的脸红了，心虚了。人家自己都不嫌苦，你为什么说人家苦？整整一天，我都闷闷不乐，农民为什么对这种生活过得心安理得，难道以苦为幸福才是真正的农民？夜里同伴们听我说了思想，一阵哈哈大笑，说："你别出去跑一圈，回来就坐天观井了！"我发觉自己又错了。

这两件事过去几年了，可我一直忘不了。坐井观天不对，因为你会认为比碟儿大的不是天；坐天观井也不对，因为你会认为小如碟的不算天。这都不合实际,不合时宜,还会讨人嫌,弄不好还会犯错误。于是,我就开始寻找自己屁股应当坐的位置,但又很难找到一个正确的位置,只好不断地移来移去了。这就是我近年来的创作心态。

原载《河南日报》1987 年 10 月 3 日

这条路

作家是什么？我一直不明白。

我算作家吗？我一直怀疑。

当初，我写稿的时候并不知道世上还有作家这个行业，我之所以写稿是因为别无选择，所有的人生之路都堵死了，只剩下了这一条路，不由我不走，只好自不量力铤而走险了。当时，我患肺结核，这种病比今天的癌症还骇人。人们看见我就远远躲开，好像和我面对面说上一句半句话，我就会把死亡带给他，我就会拉上他一同奔向鬼门关。我想教学，领导批评我，你这个人思想真坏，能产生这种想法，你这不是想残害下一代吗？我只好种地，可又常常咳血，天天发烧，浑身瘫成一堆泥。要不是怕死，气都懒得出一口，哪有力气种田？我还能干点什么？只能干一件事，就是天天躺到田埂上晒太阳，美其名曰"日光浴"。其实是在天天等死，谁知不死还不想死，等得人发急，只好读书。也没有什么书可读，只有从部队带回来的两本书，一本是《钢铁是怎样炼成的》，一本是《普通一兵》。我读，我抄，把振奋人心的句子和段落抄了厚厚一本。我被书中的人物感动了、激动了，不仅添了活下去的欲望，也萌生了写点什么的念头。当时,没有想过当什么作家,因为还不知道有作家这个行当,只是想着不白活一场,不被人们看不起就心满意足了。一句话,想活个人样。

可是,当想活个人样时却没了活个人样的条件了。写东西得有笔有纸有墨水,可是我什么也没有。从部队带回的一点复员费和医疗费早花光了,早成了一无所有的无产阶级了。一贫如洗,比洗得还干净。于是,用鸡蛋去换个蘸水笔尖,绑个扫帚棍算有了笔,又买了二分钱一包的墨水粉,又从邻居家学生娃那里找来了用过的练习簿,翻个身用背面没写过字的纸,就这样开始走上了创作之路。

我这人浑身都笨,只有一点还比较聪明,就是知道自己是哪个坑里的泥巴,知道自己才疏学浅,一开始就没敢洋洋洒洒写什么可称为作品的文字,只写些民歌和寓言。当时我们的国家刚从旧社会脱胎出来,文化不普及,写稿的人不多,我算钻了这个空子。大概是一九五四年,也可能是一九五五年,《河南文艺》第一次把我写的字变成了铅字,只有四句二十八个字,现在记住的只有两句十四个字:"高高山上一棵槐,姐妹两个采花来",后两句是什么,再也记不起来了。

这四句民歌的发表救了两条命。一条是我女儿的命,当时我穷得不能再穷了,女儿落地时没油点灯,是照着麻秆亮生下来的。可能是受我肺结核的影响,落地五天就得了惊风,也就是肺炎。没钱治,只好请跑江湖的郎中扎旱针,可怜才出生五天的小生命就挨了一针又一针,越扎越重。眼看她的一条小命刚刚来到就又要走了,《河南文艺》忽然寄来了三元钱稿费,才有了给她治病的钱。附带说一句,原来我不知道写稿还给钱,可见我无知到何等地步了。当时一角钱能买十二个鸡蛋,四句民歌能换三百六十个鸡蛋,顶上我家喂的老母鸡全年下的蛋还多,这对我不能不算个大数目。福从天降,我喜出望外,当天把女儿抱到街上打了 ·针盘尼西林,也就是今天的青霉素,她才险死还生。另一条命是我自己的命,原先一天到晚总想着自己是个得了绝症的人,活着难,活着苦,活着也没益,越想病越重,只求早死早安生。自从这四句民歌发了,便有了一点不知天高地厚的幻觉,想着既然能发四句,说不定就能发八句、发十六句。于是就有了这么一点点野心,为了实现这野心,就一心扑到了学习上,读书,写稿,除了这把别的都忘了,连朝思暮想的肺结核也靠边站了。生命的欲火旺了,烧干了肺结核的空洞,病也就渐渐地轻了好了,一直到今天还在活着,还想继续活下去,因为今天比当初好到天上了。

当个作家得有学问,可我底子太薄,只上过初中。得有才华,天没赋我;得有技巧,我笨得日怪。对于创作的必备条件,我算得上一个标准的无产者,一无所有。这不是故作谦虚,我是个人,也想骄傲,可惜没有骄傲的资本。我到同志家里去做客,刚出门就忘了人家住在几楼,是左边门口还是右边门口。我睡觉醒来,常常弄不清是早上起床还是午休。有时正在走路,忽然忘了是从哪里来到哪里去。糊涂得可怜。我写稿完全靠的死抠,一篇小说几千字,我能想几年改几年,从来没有过一挥而就。真是比造字还难。当然,我也有优势,这就是生活。我生活在最底层。底层意味着什么?这是很多人难以想象的。我在农民眼里是个什么东西?一时是朋友,一时是敌人;一时是天上的神仙,一时是地狱里的小鬼;一时是值得学习的榜样,一时又是应该打倒的罪人。我什么也不是,一个平凡的光头百姓,一个普通到了极点的人。我一直是我。从人们对我不断变换的看法中,使我有可能从上从下、从左从右看清了人们的各个侧面。这是天赐良机,使我这个死眼无珠的人有幸看到了丰富多彩的人。我把看到的各种各样真人真心真事抄了下来,不想竟成了一篇一篇小说。有人说,老乔还没进入文学,他的那点东西全是靠的生活,算不了作家。这话我服,服得五体投地。因为这话准确无误,一句话把我完整地总结了。生活是我的恩人,包括挨打受气,包括十冬腊月不准生火做饭只准吃生红薯的生活,我都视为创作上的救星。因为有了这些生活,我才知道了什么是人和人是什么。我看见了人是什么样子,我也希望人应当是什么样子。生活太生动了。我知道自己学识贫乏,就依靠生活来弥补自己的不足。生活中有许多不用编织的故事,我把这些抄了下来,不想竟成了小说。我对自己有了评价,不是作家,是抄家。我也常常生自己的气,气自己没学问,生活中有许多好文章大文章,苦于没有两只巧手,抄不出来。我感到对不起创造了生活的人民,不能把他们的活动真实地记录下来,白白浪费了许多好生活。

回顾走过的路,我一点也不后悔。别的路可能比创作这条路好走,走着美,可是自己不能走也走不了,因为没那个本事,也没那个条件。凭才华精力,这希望都有点不自量力,不过,挣扎吧!

原载《金色少年》1990 年第 5 期

没有一二三

什么是小说？小说怎么写？这玩意儿不敢有条条框框，有了一二三就坏了，就很难写出小说了。我五十年代学写小说，那时虽然没定出小说法，可有个无形的法，入了心，入了骨，一直左右着我。一直到今天，一提笔写就心不由己、手不由己地照那个老路走了，走得很顺。有时写了几页，有时写了几千字，看看还是那一套，只好撕了重新写。每写一篇都在拼命地挣脱自己的枷锁，自己解放自己最难。我发觉了一个秘密，七十年代至今，新作家写的小说又多又好，除了他们素质高，他们的最大优势就是心里没框框，没有小说该怎么写的无形枷锁。历史是个包袱，经验也是个包袱，包袱背得沉了，就压得走不动了。我就是走不动了的一个，现在不过还在挣扎着爬行罢了。

我不是不愿跟上队伍，只是心里老有个小说一二三。不仅写，还要看，还要听。对生活凡符合一二三的就看得清，不符合一二三的就视而不见；听别人讲什么，符合一二三的就听得津津有味，不符合一二三的就成了聋子。从认识生活到选择生活再到表现生活，都被一二三框得死死的，新鲜的生活吸收不了，这就是我的悲剧。好一点的是我还认识到这是悲剧,没有把悲剧当成喜剧,没有把该扔了的东西当成宝贝死死抱住不放,我今天才能写出点东西。

我还有个不如年轻作家的致命弱点,就是一个"怕"字。天下不怕的人大概不多,从我的记忆中查来查去,一九五九年有个彭德怀不怕,"文革"有个张志新不怕。不怕是不怕,却被不怕毁了。别人今天怕不怕我不知道,反正我还怕。提起笔就不由得怕,再好的语言,再好的细节和情节,我都要三思四思五思,看看想想会不会叫人捉住把柄,分析来分析去,要觉着可能留下祸根,就把它删了扔了,一点也不可惜。"文革"前,我写过一个中篇,写到一个中农和一个贫农吵架,吵得天昏地暗。"文革"中有人分析,天是共产党的天,地是社会主义的地,"天昏地暗"不是反党反社会主义是什么?为这四个字,我挨了十年斗,挨了十年打,差一点家破人亡,痛苦万状,苦不堪言。今天看似笑话,谁知会不会还有这一天?为一句话一篇小说断送了饭碗,断送了性命,划得着吗?何况"文革"时还年轻,要是老了再来一回,可就和人世拜拜了。理智也知道不会再有了,但潜意识总有个不怕一万就怕万一的心理在作怪。写起小说不是千方百计在创造什么艺术,而是在千方百计躲避一切是非。自己也知不对,和别人比比自愧,愧了又有自作聪明的安慰:别人别能,他们是不知道厉害,没吃过家伙。就这样装能,自己写的东西便弱人七八分了。

我常想,不知道写小说要有个一二三,也不知道写小说还会惹祸,心里要没有了这一切,这样的人、这样的心一定会写出好小说。

原载《文学世界》1993 年第 4 期

感觉不良

写了一辈子东西，说大话算是作品，说实话仅算作文。几十几的人了，又靠卖文为生，老说自己写的东西是小学生的作文，自己脸红不说，别人还会说是虚伪。为了给自己抹粉，也为了让别人说声真诚，就硬着脖子承认了是作家是作品。

我这人土里生土里长，没上过几年学，也没读过几本书，更没研究过土夫子和洋夫子，不敢冒充秀才。要说创作经验，一点也没有。经验是什么？是把成绩和成就总结起来，供别人学习、供自己陶醉的东西。这东西是个好玩意儿，越总结成就越大，越总结缺点越少。我不会总结，也没这个宝贵习惯，便找不出自己的伟大、自己的辉煌，便总是没有信心，越写越发现自己不中。这不是虚心，我也是个人，也很想自我骄傲骄傲、自我陶醉陶醉，可惜没那个本钱。我写稿写得很难，常常为了写一句话找不到合适的词，写了撕、撕了写，有时候能写十几遍还词不达意，可见我笨得够水平了，可见我肚里空空了。好不容易写出来了，发表了，有人说不错，我听见了，马上就会想到宾馆饭店里的酒席，人们吃多了山珍海味，吃腻了，火腿烧鸡端上来，人们不动筷，忽然上了一盘烤红薯,便筷子乱伸,便都说这才是好东西,吃得很香。我想,我的作品就是那盘红薯。我便自我安慰,自我得意,红薯走运了,总比背运的大肉好,总算人们爱吃。连这样的良好感觉也只能维持三五分钟,就又想:我真是块好吃的红薯?我写了一辈子,又是在大山里苦熬,是不是人们出于怜悯才叫了声好,或是见我写得可怜,像穷人端出的酸菜面条,出于礼貌,再不好吃也得说句好吃好吃?我就是这样不断地怀疑自己,没有点滴自信,写起东西便不由得一字一句想来想去,像做字一样,写得很累很苦。

这样说了,很有点犯嫌疑,好像在故作虚心。当然,我也多少有点小聪明,这个小聪明,就是逃避。有逃避灾难的,有逃避自由的,有逃避爱情的,我是逃避自己文化的不足。什么派,什么流,什么主义,让人眼花缭乱,好不好?好!虽说有些我读不懂,可我不想落伍,也想学,不能走在潮头,走在潮尾巴上也算潮过。我学了两年,底子太差,贵贱学不会,就泄气不学了,就又走老路。我想,都去潮了,我在潮外头,物以稀为贵,说不定还是个稀罕物哩。这也算是投机取巧吧。我投了取了,这也是无奈,并不是不想往高枝上站。有一段时间,表现自我很时髦,我也很想自我一下,却不知道自我在何处。人活在世上,就是有天大的本事,一个人也活不成,自我只能存在于千万个自我之中,才能活成,才能成个社会。这样说很可怜,连表现自我是什么都不懂,还妄谈自我,叫人笑掉大牙。笑吧,活个人不能白活,能出个洋相让人笑笑,也算一大贡献。

在文学这个汪洋大海中,东西南北的潮来潮去、潮涨潮落,我入不了潮,潮也不要我。想来想去还是走自己的路,还是老老实实写生活。不是说文艺要为人民服务吗?生活是人民创造的,写生活就是写人民。生活是一本很厚很厚的书,这本书要啥有啥,酸甜苦辣,喜怒哀乐,无所不包,无奇不有,有情节,也有细节。都说天下文章一大抄,就是指的抄生活这本厚书。抄什么,怎么抄,就看会抄不会抄了,会抄的抄出个佳作,不会抄的抄个平庸之作。生活对任何人都是公平的,都是一样的多情,不会因为你的地位高低就眉高眼低。我没慧眼,读生活这本书常常读不懂,难分好坏,往往把好的漏了,把不怎么好的抄上了,结果常常平庸,心里老感觉对不起生活。

原载《新闻爱好者》1993 年第 12 期

从小说到故事

我是写小说的，写故事是外行，讲故事的写法是班门弄斧。几年来，写了几篇，承蒙读者厚爱，给我评了奖，我感激感谢，也愧不敢当。

说经验一点也没有，只说几点体会。

一是巧。故事全靠情节吸引人，情节要有起落，首尾要有反差。起落要大，反差要强。情节要曲折，不曲折吸引不了人，但一直曲折也就不曲折了。要有张有弛，一波未平，一波又起。未平也好，已平也好，让读者松口气，以为解决了，忽然矛盾又起，使松了的心又紧了，更加想看个究竟。当然，未平的波和已平的波都得是后一波的伏笔，不能另起炉灶，才能使故事深入发展，才能推向极致。短篇故事特别要情节简单紧凑，不可用众多的情节去讲一个故事，但细节一定要丰富，动人动心，避免忽东忽西乱了读者的注意力。一条路走到底，走走可以歇歇，歇歇是为了走得更有力又花样翻新，可以走八字步、四方步，可以慢步、快步、跑步，咋走都行。但到结尾时一定不能再走四方步，得来个冲刺，结尾才有力、才精彩。

巧，除了情节新巧之外，还有一个更关紧的巧，就是首尾要针锋相对，用文学术语讲,就是要相反相成。讲好,好到底还是好;讲坏,坏到底还是坏,就没有意思了,就没有故事了。往北走了九十九步,看得清清的是往北走的,到了第一百步忽然发现是往南走的。巧处是那九十九步,得叫读者相信是往北走的。难就难在第一百步怎样才能否定前边的九十九步,否定得自自然然,否定得合情合理不出人意料。一路步步是谜,轻而易举来个回马枪,把前面的迷雾全扫光了,仿佛阴雨中突然看见了太阳。

再一个是圆。编瞎话编得滴水不漏,一点也不勉强,虽不是真的,一定得像真的,符合生活的规律,全在情理之中。这两年有个说法,纯文学胡思乱想,通俗文学胡编乱造。两者是一个病,就是不符合生活规律。写故事不离奇不引人,古怪也不行,叫人一看就知道是假的,不信。胡说八道、云天雾地、异想天开、露蹄子露爪都不算好故事,一定得是生活中可能发生的事,叫人读了会相信是真的。曲折是故事的本性,可信则是故事的生命。戏不够,神仙凑——现代故事不能用神仙了,得用生活和智慧来补充。宁可少点曲折,也不能叫人不信。故事是写人的行为,人的行为也不能不合人的本性,太出格了就不是人了。瞎编,就是闭着眼不看读者的脸色。读者不可欺,读者都是有脑子的,会想,会思考,会分辨真伪。反对伪劣商品,也包括伪话伪故事。

还有一点是深,也就是思想性。中国的民间故事传下来的,多是劝人行善,鞭挞邪恶,这是中国佛教文化的特点,也是人类希望的寄托。写故事也应该有感而发,也应该帮助人们分辨善恶。故事应该新,新了才有吸引力,因为人的本性就是喜新厌旧,追求新奇。光新不中,还得深。不论扬善,不论打恶,都得有自己的独特发现。我写故事《争祖先》,唯一使我感到满意的一点,是人们对不存在的鬼都肯施舍几张冥纸钱,可是对公家就露出了狰狞的面目。对公家不如对鬼,叫人痛心。单纯的离奇曲折没有多大意思,得给读者留下点什么。不论大小,总得有点发现,把别人没意识到的东西揭示出来,这也是深,也就是帮助读者认识生活。这是所有文学作品的功能,故事属于民间文学,也应有这个功能。

故事是一门专门的学问,我只是才学着写,没有什么研究。大家是写了多年的老手,我和大家比,只是个小学生,是上了岁数的小学生,还希望大家多指教多帮助。

原载《故事家》1994 年第 7 期

乱弹一通

我来谈创作,是不知天高地厚。我这人读书很少,浅薄得要命。作家是要有满腹才学的,要博古通今,上通天文,下晓地理,古今中外的事都要懂一点。因为描写的对象是整个社会,这样才能认识社会,认识生活,才懂得什么是金银珠宝,什么是坷垃粪草。如山东有个人在种地时发现了一块金刚石,因此受到中央奖励,安排了工作,不少人羡慕。要是碰见个不认识金刚石的人,就会一脚踢开,他就会见而不得。一个是见而得,一个是见而不得,这就是认识能力在起作用。搞文学创作没有学问,对生活中的金银珠宝也就会见而不得。我们读小说,读了好作品,往往拍案叫绝,既高兴又惋惜。高兴的是作品写了我们想写的东西,惋惜的是:"不足为奇,我们那里也有这种事,可惜我咋没想起来这可以写篇文章!"这个不足为奇也包含了奇,奇就奇在为啥别人能认识到这个生活的价值,认为这是块好料,而自己却没放在心上。这就涉及一个认识生活的能力问题。有学问的人能在生活中发现许许多多创作的矿藏,人家才能一篇又一篇地写出东西。

我不属于这一种作家。我是个草木

之人,读书很少,认识生活和喜欢生活的能力很差,只凭着自己的一点亲身感受和激愤写了一点东西,这种激愤之情一旦消失了,也就不一定能写出东西了。因而叫我来谈创作,只能是乱弹一通,浪费大家的宝贵时间而已!

今天要逼公鸡下蛋,蛋是无论怎么也下不出来,只能干叫几声了!

一、先谈谈对生活中的真善美假恶丑的认识问题吧。

首先讲明,我讲的大部分是鹦鹉学舌,好的东西都是听课听来的,废话错话才是我自己的。

作为一个写小说的人,工作的成果即作品,不外是反映客观事物中的人、事件、共性、个性。创作中的一系列问题,最根本一条还是认识问题。写什么,怎么写,从哪个角度写,写到什么程度,这和作者个人对客观事物的认识特别有关系。认识生活的能力决定作家的水平,也决定一篇作品的深浅。

生活中充满了真善美假恶丑,这六个字概括了丰富多彩的生活内容。我们写小说就是写这个的。要分清这六个字可不是一个简单的事情。真善美,真是基础,作品中的人和事允许概括,也允许虚构、塑造,但一定得是真实可信的。作品是反映生活的,如果一篇作品的内容,人们读了认为生活中没有这样的事,就引不起共鸣,相反会引起反感,就要骂你是胡编的,这个作品就失去了感染人的力量,就没有生命。所以真是基础。当然,不是真实的东西都可以写,一定要加以选择,选择那些善的美的东西来写。这里要强调一点,真实的生活好认识也好写,但生活的真实就难以认识也难写了。所谓真实的生活就是生活中有过的人和事,这是谁都能认识和发觉的。所谓生活的真实,就是这个生活不仅真实存在,更主要的是它有没有普遍意义,有没有思想意义,这就要研究一番了。我们的作品在

"文革"前和"文革"中所反映的大多不够真实或完全不真实,这样的作品年轻同志没有看见过。我自己就写过这样的作品。我曾写过一本《西峡游记》,出版社出版了,想一想自己也脸红,吹牛! 人民在困难中挨饿,我们写了什么?"左"的东西在每个人身上都有过,都为"左"的东西喝过彩。所以,认识真实并不容易,有时候认识了还要有革命者的勇气。说实话是中华民族几千年形成的美德,可是没想到说实话也需要勇气,这是个悲剧!

说到这里,我想,真这个字也表现了人物的复杂性。我们写东西,往往简单化,好人就是好人,坏人就是坏人,这真是一分为二,写好人就全好,写坏人就全坏,天下有这样的人吗? 我不敢说没有,恐怕就是有也不会太多吧。就说对真字的态度吧,中国人爱诚实,爱得要命。我们平常评论人,开口第一句就是这个人老实不老实,找对象,交朋友,搁伙计,都要先问问这人老实不老实,教育孩子也要老实,恨那些不老实的人。可是,人们爱老实也不一定不恨自己太老实。丈夫在外边说了老实话,回到家妻子就埋怨他不该说实话。"文化革命"中我吃了亏,有人编瞎话斗我打我,搞得我差一点家破人亡。我恨死了说瞎话,就教育孩子一定要说实话。几年过去,孩子也真老实了,爱实话实说了。可是有一次,别的小孩偷了人家苹果,人家追问是谁,我孩子说了实话,说是谁谁摘的。这一下扒了豁子,人家找上门又哭又闹,我就狠狠打了孩子一顿,说他不该说实话。你看,生活就是这样复杂,想叫孩子说实话,孩子说了实话又打他,不许他说实话。你能说我不爱叫孩子讲实话吗? 反过来,你能说我爱叫孩子讲谎话吗? 后来,我就写了篇小说《平常不平常》。

我这样讲,就是说写小说要写真实一点,写出人物的复杂性。我看,最老实的人有时候在特定环境下也讲谎话,最不老实的人在特定环境下也讲实话。写文章讲究这个真实,才能叫人可信,才能叫读者说一句:"真是这样!"世界上简单的人是没有的,我们不能把人截然一劈两半,光写他好的这一半或坏的那一半,那就不是个囫囵人了。如陈奂生上城,多老实个人,他的愿望简单得很,没有非分之想,就是想买个帽子嘛,可是,他却蹭了宾馆的被子。那个县委书记多好,可是,他没想到一夜三块钱,竟使陈奂生丢了帽子。谁是好人? 谁是坏人? 叫读者想想嘛,不要好就绝对好、坏就绝对坏,那小说还有个啥意思!

有了真,作品才能站住脚,但真的东西不一定都值得写。写东西讲个意念,你总是想表现一种意念吧,这就要有个选择。我们是社会主义文艺,作品中的正面人物总要寄托着作者的理想,你认为什么样的人才好,什么是应当歌颂的? 你希望人们都变成什么样的人? 这有个理想、情操、感情的问题。挨过斗的人,曾经失去人们同情的人,就希望人间充满同情,希望人间充满爱,因为人间要是充满了爱,他就不会挨斗了,就是挨了斗也有人同情嘛。我在一个大队采访,听到那个挨过整的支书讲他去外县参观的事,县委书记请他看戏。这可了不得,我感动得很,因为在我挨整中有人不准我家生火,有人就偷偷送给我一盒火柴。这盒火柴将使我记一辈子,每次见了他就敬重他。我希望人们在别人垮台时都能给垮台的人一点温暖,于是我就写了《贵客》。如果我没挨过斗,没有过困难,就体会不到那个支书看戏时的心情,也想象不到那个县委书记的可贵之处。这点素材,别人可能认为很平常,可在我却感动不已! 我认为他是个善人,好得很。可是,有人却认为他这样做失了立场,是不善,是大恶。所以,这就有个感情的反映。我想,大多数人会认为是善的。中国人常说见死不救一场大罪,中国人民的心是善良的,又说君子记恩不记仇,受人滴水之恩当以涌泉相报。我总想在一篇作品中,要写一点善良的东西,批判一点狠毒的东西,大家都要这样写,你一点我一点,善良的东西会越来越多,我们的社会就会美好了。我想,假如我们这个社会人人充满善心,我们人人都会多活几年,都会过得愉快一点。现在,朋友之间、家人之间往往提醒对方:小点心,那货可坏得很,可不能叫他捉住了把柄!弄得人说个话也要察言观色,往往话到口边留半句,成天提心吊胆防着对立面别坑害自己。要是人人同情人、关心人,我们生活会增加多少乐趣啊!

再谈谈美。美有美学,是个大学问,我不懂,不敢谈,我只讲讲生活中的美。这个美字也复杂得很。找对象,要找美的,谁都想找个长得美的,谁都不想找个丑八怪。可是,我们中华民族的审美观念有它独特的标准。生活中的例子不好举,有美人的家庭并不一定都幸福。中国人赞成心灵美。妲己不美,殷纣王不会宠她,可是,留下千古骂名。老包长得美不美?特别是他和陈世美往一块儿一站,简直是不能比,一个是小白脸,细皮嫩肉,潇洒风流,一表人才;一个是比锅底还黑,连说话都粗声粗气,要是谈恋爱准能吓跑姑娘。可是,老包千古流芳,陈世美遗臭万年。我还没听过谁说陈世美好老包坏,这足以证明中国人热爱心灵美。丑的并不见得不美,美的不见得不丑,这里不仅有个外在和内在的问题,还有个观察事物的感情问题。常话说,情人眼里出西施,虽然长得不如西施,可是有了感情,就会越看越顺眼。相反,仇人眼里出丑妇。有的服务员很凶,虽然她长得很美,可是你一眼就能看出她的丑。哈,看看她那两只眼瞪得和牛蛋一样,或是看看她那嘴张得像血瓢一样。再一点,外在的美随着年华的逝去,那个美就会变得不怎么美,甚至会变得丑。只有灵魂美才是永恒的。谁能说佘太君不美?虽然她百岁了。所以,我们创作者要写出人物内心的灵魂美,不要把笔墨过多地花在外表描写上。

美只有和真善统一起来才算真美,真善不一定等于美。凡是真的都美吗?打人骂人是真的,他就不美。善者好也,一个好人,听话听到盲目服从的程度,上级说亩产一万斤,他说:对对对,是两个五千!听话又老实,是个大好人,从不打别板,可他就不美。因为,他说的不是真话,就不美。

二、谈谈如何认识生活。

首先,有了生活并不一定就能认识生活。那么多大作家常年住在城里,他们一年两年下乡跑马观花一圈,回去够写几年。相反,一个作者常年泡在生活里,却没什么写,苦恼得很。这是为什么?这好比我们家乡有人拾老龟,从石门到城里一拾一布袋,我们成年在河里却看不见一个,气死人!这就要求我们认识生活。认识生活要有点基本功,这就要学点马列,多读点文学书,培养自己的欣赏水平。欣赏家不一定是作家,但作家一定得是欣赏家,不然,就会把银子当成老鸹银,把老鸹银当成真银子;把黄铜当成金子,把金子当成黄铜。我们搞创作的人,不能对生活漠不关心,对眼前的事都要掂量掂量,前后左右看看,看看是黄铜还是金子。有时看不清,就要分析一番,也就是分析生活。水平低的人,特别像我,也不是一眼能看穿的,像《黑与白》和《气球》,我就是当成笑话看的说的,从来没想到是块创作的料儿,可是说了几年以后,再认真想想看看,才发觉这是块料儿。

再一点,大事、特殊的事,往往被人注意,小事、平常事不被注意,而那小事、平常事才往往是真正的好料。因为小事、平常事才是生活中大量存在的,才有普遍意义,才能表现人物。像《变色龙》,像《小公务员之死》,要叫我们遇到,会不会只当成笑料?事情就麻烦在这里,所以才没东西可写。我们碰到一件事一个人,就要想想它的内涵性和外延性。莫要小看小事！

其次，在创作中认识生活。谈到创作，就会想到往稿纸上写字。这是结果，不是开始。一个作家讲，每天碰到每件事、每个人都要进行一番创作。根据这个人的这句话这个行动，前边给它伸展一点，后边延续一点，把它编出一段，你试试，要不了一年就会大有成效。只有在这即兴创作中，才能逼你去思索和挖掘，使你发觉这点生活的意义和可取之处，加深对生活的理解。

还有个重新认识生活的问题。"反右"和"大跃进"，当时认为是块金子，经过学习和实践，今天重新认识就不同了。对许多记忆中的东西，也可以不断进行重新认识。

观察生活，分析生活，认识生活，喜欢生活，还有个敢不敢写的问题，这就要看如何理解了。

还有最主要一点，作品不中原因很多，但普遍一点是似曾相识，你从生活中能不能发现新意，这是一个作家成熟程度的标志。世界上任何一件事物，虽然以前曾有千百人观察过描写过，可是，它总有前人没观察到没描写到的地方。一个作家就要去观察和发现这一点。一张桌子，你从桌面上的摆设去写，我从抽斗去写，这不仅仅是个角度问题，更主要的是要告诉读者一点他没看过的东西。像李天岑的《笑》，别人写"四人帮"制造了多少痛苦，可是他写了"四人帮"想制造欢乐，这一点并不比描写痛苦浅薄。这是个角度问题，角度不同选材也不同。

再谈谈构思。布好，剪不好，也不好看嘛！剪得好了既省布又美观。文章中过程很多，这和剪裁大有关系。构思很难，要巧，要有悬念，才容易表现人物和吸引读者。怎么构思，这没准，一篇得一个样！

本文系 1990 年夏天郑州大学讲座稿

小草

我是作家吗？我不敢相信。一位名人讲过，学问家不一定是作家，可作家一定得是学问家。我有学问吗？一个相当于初中毕业的人，竟然搞起创作，真是有点不可思议。可是，我还是不知天高地厚干起了这一行。

我是一九五四年开始写稿的。这是别无选择的选择。路，只有这一条。那年，我从部队带病回乡，害的肺结核，常常咯血，我幻想着去教小学，我希望能到大山里去，当一名小学教师。我找到了县里教育局局长。我记得是晚饭的时候，在饭场里，有许多人在吃饭。我对他倾诉了我的愿望，他听了沉默了许久，说："你这种想法道德吗？你患肺结核去教小学，你想过没有，你会不会传染给儿童们？"他是对的，虽然言辞有点刻薄。我失望了，彻底失望了。我还能做什么呢？

我家在农村，农村全靠劳动活命。我成天瘫得软绵绵的，什么也做不动，也懒得做。好的是我还有个老婆，她原来不知道我有肺结核，后来知道了也不嫌弃，属于活是谁家人死是谁家鬼的妇女。全靠她做活养活我。我哩，专职害病。记得是春天，我天天去麦地头躺到田埂上晒太阳,听说太阳浴治治肺结核,我就追着阳光晒活尸。天天如此,活得没一点点意思。觉也有睡完的时候,醒了就想着病,想的天数多了,也想烦了,不想再想了,再想也不死,想它啥益?后来,就读书。我从部队上带回两本书,一本是《钢铁是怎样炼成的》,一本是《普通一兵》,我读了又读,被书中的人感动了,我就抄其中的章节,抄了满满一本。忽然萌发了也想写的念头,不是从书中学到了写稿的技巧,是学到了如何对待人生。人应该活得有点意义,不可白活,不可活成了寄生虫。于是,我就开始学着写稿,因为只有这个劳动不需要出大力。说来也可怜,当时已经身无分文,家贫如洗,常常半个月没盐吃。写稿虽说不要大的本钱,总得有个笔墨纸张吧。老婆拿了几个鸡蛋去供销社给我换来了全套工具,买了一包墨水粉,用个空瓶把墨粉和了,又用个竹扫帚的小枝把蘸水笔尖绑了。笔有了,墨水有了,只缺纸了,又去邻居家学生娃那里找来了旧练习本,翻过来用背面。一应俱全了,就开始写了。

我这个人有千种毛病万般缺点,还有一点长处,就是有自知之明。自己算老几,竟敢想把手写的字变成铅字?我从一二三开始,先写民歌,听老百姓唱了,我就搜集了写上。也是命好,当时解放不久,农民文化低,写稿的很少,叫我碰上了,要是现在再弄这玩意儿说啥也不中了。我写了个民歌,投到《河南文艺》,只有四句,现在还记得前两句"高高山上一棵槐,姐妹两个采花来",送去不久就登了,得了三块钱稿费。我高兴坏了,为自己的字能变成铅字高兴。这在村里是没有过的事,村里人都说我上书了,也为那三块钱高兴。当时一角钱能买十二个鸡蛋,三块钱能买三百六十个鸡蛋哩。当时,我刚有了大女儿,正害着肺炎,也叫惊风,烧得迷迷糊糊的,没钱治病,叫个跑江湖的郎中扎旱针,越扎越厉害。有了这三块钱,我把她抱到街上打了一针青霉素,打了一针就好了,钱还没有花完。我上了书,又救了女儿一命,这使我发现了自己的价值,觉得活着还多少有点用。于是,我就一心扑到了读书写稿上,接着写剧本写小说,一直写到了今天。

　　回过头来看看自己走过的路,还真是有点后怕,当初要知道作家这个活儿如此的难,也就不敢胆大妄想了。不过,我一点也不后悔,当初要不是全身心地投入创作,精神就没有寄托,一天到晚想着病,悲观失望,说不定早死了。"天生我材必有用",这话我不敢说,因为我不是个材,我只是一株小草。小草也不可自己看不起自己,因为材有材的用处,小草也有小草的用处。都是个生命,只要自己不抛弃自己,活着都会有益处的,何苦自暴自弃呢?

原载《文化艺术周报》1992 年 1 月 11 日

想起"狼来了"

——关于《笑城》的
回信

●

李作祥同志：

来信拜读。拙作《笑城》引起您的兴趣，我十分高兴，十分感谢。您对《笑城》的看法，可说比我的初意要深刻得多。特别您的设想，使我受到了启发，受益匪浅。我甚至想根据您的启示，再写《笑城》的下篇。

《笑城》是今春写的。当时在外地一个小城参加一个笔会，闲来无事去街上走走，见商店里摆满了飞鸽车，却没有买主。我感到奇怪，随便问一个正在买杂牌车的人，我说："怎么不买名牌车？"对方很不礼貌地看了我一眼，接着又哼了一声。除此之外，一个字也没说。但这一眼一哼给了我莫大的刺激。那眼神里包含的东西太多了，好像我是个天外来客，好像我是个骗子，好像我是个二百五……一连多天，那个可怕的眼神一直盯着我，缠着我，使我感到了冷，感到如芒刺扎心。后来，我打听了一下，原来那飞鸽牌车子是假的。我大惑不解，就问："明明知道是假的，为啥还卖？为啥还光明正大地卖？"对方好似比我还大惑不解地反问："这坏啥事？这有啥稀罕？"回话中还夹有一丝笑意，笑得叫人可怕，好像这事很正常，好像不这样卖假才是反常的。

于是,我想了很多,当前的,历史上的,许许多多往事都涌上心头。作为一个过来人,都曾有过一颗纯真的心、诚实的心。可惜,随着日月的转移,如今这纯真的心、诚实的心没影了。是自己把它丢失了,还是被谁偷走了? 应该把它再找回来。可是到哪里去找? 中华民族有一个传统的美德——诚实。诚实的人容易相信别人,相信人胜过生命。可是,这种美德如今换成了什么? 人,再诚实的人,当他被一次次欺骗之后,他的诚实也会变了质。这种变是坏事,也是好事。不欺骗别人是美德,可是,一直愿意被人欺骗而不加怀疑,恐怕就不算美德了。于是,我就写了《笑城》。

您说,想起了"狼来了"。我也读过此文,还是很小的时候,当时只当成一个笑话来读。当然,也受到了启蒙教育。为人不可说谎,说谎会害人,更会害己。您提起此文,令我想了许多。好像"狼来了"只是吓小孩的,大人们与此无关,此是一。还有,暂不谈那个可悲的小孩,他是咎由自取,狼吃了他不亏。我倒想说说大人们,他们被骗过几次之后,便假作真时真亦假,当狼真来了,他们也不去搭救了,结果小孩被狼吃了。他们心里做何感想? 他们会后悔,会惭愧,会埋怨,会痛心一辈子。他们一定会说:"为什么他哄我们时,我们信以为真? 为什么他在说真话时,我们倒认为是假? 我们要再相信一次该多好!"可惜,他们被骗怕了,失去了信任的耐性,结果演出了悲剧。这怨他们吗? 也不见得。相信吧,可能是假的;不相信吧,可能是真的。真真假假乱了套,使人的心也乱了套,不知该如何才好。《笑城》的结尾写道:"小城的人们……都很高兴,都很骄傲,都很自豪,互相祝贺道:'不错啊! 好啊! 咱们的小城全睡醒了,到底也没哄住咱们一个人!'小城笑了!"可我写到这里时哭了。为什么哭?

我也说不清,只觉着小城的人可怜可悲可笑可恨又可爱!他们醒了吗?他们没醒吗?似乎是醒也没醒,没醒也醒了。他们的精神负担太重了,是值得同情的人。

正像您说的,《笑城》还有许多不足之处,也有可能写得更好一点,可惜由于水平所限,就这样匆匆发了,如能引起读者一丝联想,也就算大幸了。

谢谢您的指教!

顺祝大安。

乔典运

1986 年 10 月 30 日

原载《鸭绿江》1987 年第 2 期

创作与生活

——给朋友的
一封信

××同志：

您好！

您几次约我谈谈创作，盛情难却，我当面都应允了，到写时又后悔了，因为肚里没水，倒不出来。写小说是一回事，谈创作又是一回事，这是两门不同的学问。谈创作得有一点学识，我没有。没有学识的人谈学问，就成了马戏团的小丑，得有点滑稽的才能，我也没有，所以只好有负您的错爱了。

想想，不会写也得写点什么，要不就显得我这个人不识抬举了。于是，我就硬装好汉写了。写的是创作和生活的关系，人人皆知的老生常谈，老掉牙的话题。我写小说，是因为我笨，不会干别的，正因为当时的历史条件，不准我干别的，上策中策都走不通，才走此下策了。我没学问还要写小说，有人问我有什么巧处能处。没有，一点也没有。纸印的书我读得不多，可我天天读生活这本活书。生活是一本很厚很厚的宝书，无所不包，无奇不有。我的小说不是自己创作的，都是在生活这本书中抄的。有人把写小说讲得玄而又玄，神秘得很，雾天雾地，我不敢说不赞成，我只能说我听不懂看不懂。我听不懂看不懂,是因为我没学问。我常想,没学问的人看不懂听不懂的东西,大概才是真学问,所以我也不排斥,就努力去看努力去听,想从中得到一点真经,有时也真得到一点,我就很高兴了。

我写小说写得很难、很苦,一篇小说往往写几十个开头,往往写几年,改了又改,几千字的小玩意儿,倾尽了全部心血。老婆说,看你写稿比生娃子还难,真可怜人!可怜就可怜在我太没学问了。前边说我的稿子都是抄的生活,抄的还这么难吗?难。生活中无奇不有,无所不包,丰富多彩得叫人眼花缭乱,看一眼是这样,再看一眼又成了那样,看十眼也难以看透。再说,也不是所有的东西都可以抄,也不是随便抄一段就成了小说。你得为自己负责,你更得为社会负责,你得为读者着想,你就不能乱抄。抄什么才好?有学问的人眼明,一看便知。我没学问,往往十看百看选不准抄什么,难就难在这里。还有个怎么抄的问题。棉花不等于布,棉花得纺成线才能织成布。生活不等于小说,得把生活中的细节理成线才能编织成小说。纺线织布得有技术,把生活理成线编成小说得有技巧。抄什么怎样抄,都得有点学问。我的老师讲,学问家不一定是作家,作家得一定是学问家。没学问要当作家真是自讨苦吃,难死个人。

李準写过一篇小说,叫《李双双小传》,里边有句俏皮话,叫"先结婚后恋爱"。我和同龄人搞创作时,新中国成立不久,整个社会文化水平低,我们是先创作后读书。现在怕不中了。现在的青年人,都是先恋爱后结婚。现在搞创作,也得先读书后写稿了。这是时代的要求,是潮流。

我写了一辈子小说,认真想想,没有什么值得总结的经验,只有一条教训,就是读书太少,先天不足,竭力想把作品写得好一点,可是不能,有时想得怪美,可是底气不足功力不够,表现不出来,想的和写的相去十万八千里。每次稿子写完,都感到莫大的遗憾。有什么办法?只有永远遗憾了。

想谈的还有一些,正在往下写时,忽然有人请我去陪客。穷住闹市没人问,这句话我体会最深了。一个大年下,没一个人来过我家,也没一个人请过我。好孤独,我感到自己已经不在人世了。好不容易有人请我,虽然我不会喝酒,但还是逮住这个机会放下笔去了。

这是个文场,都说不会喝酒,只好边吃边谈了。因为互不熟悉,话题不便涉及国事,更不能涉及人事,经过大家不断探索,终于找到了共同语言:谈论吃喝。这是一个人人感兴趣的话题,争相述说自己在某地某地吃过什么稀罕物。我是倒数第二个发言,前边的人都说得神乎其神,我怕我再说什么也引不起大家的兴趣,何况我也真没吃过什么仙物。我想了想说:"我在东乡吃过一种红薯,又甜又软,吃到嘴里像喝蜜一样。"我说完了,人们以为还没说完,停了停有人问:"就这?"我说:"就这。"没想到大家一脸不高兴,顿时冷了场。我说的是实话,大家却觉得我在嘲弄奚落人,在挖苦他们说的吃过什么。

主人发觉我败坏了大家的情绪,就赶紧催最后一个人说说吃过什么。这是一位陌生的长者,看样子很有点身份,他笑了笑,说:"我吃过囫囵小猪,在广州。"这真是一语惊人。长者看看大家专注地在听,就接着说:"这可是贵重菜,招待总统才吃。母猪怀孕到五十天,把母猪杀了,从肚里取出没长胎毛的小猪,做成了这道菜。人家那馆里做饭的手艺非常高,端上桌时,小猪在盘子里立着,头昂着,眼睁着,尾巴还乱摆,和活的一样,就差没跑没叫。那肉又嫩又香,噙到嘴里就化了,肉吃完了,骨头架还站在盘子里不倒。"他说得眉飞色舞,不住咂嘴,好像余香在口。大家听得流涎水,频频称奇,夸对方口福不浅。

回来的路上，我问同席的某君："你在广州待过十来年，吃过囫囵小猪没有？"某君是个粗人，淡淡地说："球，那不叫小猪，那叫乳猪。别听他胡球吹，根本不是那种吃法。"我说："不论咋吃，为了吃个小猪杀一头母猪，一下两条命也未免太残忍了！"某君笑了，说："你真的信了？按你这样说，戏里唱铡陈世美，唱一回真铡一个活人？"我说："我小时候可信，看了《铡美案》就想着唱戏的可怜，唱一次得死一个。有一次我还和几个同伴跑到戏台后面，看他们把死的陈世美埋在哪里。"某君哈哈大笑道："现在你不信了，还有小孩信。球，真的假的都是戏，真的假的都有人信，信比不信强。"

回到家里，我还在想着某君的话。显然他吃过乳猪，他也不信那位长者说的。那位长者是胡吹的无疑了。可我又想起某君在酒席上听长者讲话的神情，没有怀疑，没有嘲笑，更没有当面纠正长者的话，反而好像自己没吃过，连听说过也没有，听得十分专注，听得一脸新鲜感，还不断地"哎呀、哎呀"，来表白自己今日方开了眼界。我想，我和某君认识多年，只是认识个表面，今日才认识了他的心，太虚伪了。可又想想，某君才真是个好人，大好人，如果他当面拆穿长者的话，那会是一种什么场面？一定会使长者难堪，使客人扫兴，使主人难以下台，这才是真正的残忍。

某君这种宽容的态度，使我想到了我已经写了一半的创作谈。从头再看一遍，不外是我在酒席上说的吃红薯，不外是那位长者在酒席上说的吃小猪，要是变成了铅字，得到的也只能是类似某君的宽容。

想到这里，我就把写了一半的稿子扔进了炭火里。我想这才是这稿子最合适的去处，我顿时感到了解脱。

真对不起！

顺祝大安。

乔典运

正月十七

原载《躬耕》1990 年第 2 期

辑四　为人为文

散文集

苏联文学鼓舞我
们前进，引导我
重新走向生活

六年前我得了肺结核病，党一发觉就立时把我送进了医院。那时，我刚参加工作不久，党却给了我优厚的生活条件和良好的治疗。一方面我感到受之有愧；另一方面因自己革命人生观尚未树立，每天脑子里一直想着："完了，年纪轻轻得了肺病，非死不可！"思想上的悲观苦恼缠得自己的病越来越重。就在这时，党支书坐到了我的床头，他是为大家流过鲜血的人，右耳上面的头皮有枣那么大一块凹进去的深疤。他抚摸着我的额头，又轻轻地把洁白被子拉得齐住我的双肩。我看了他一眼，说："你为什么不戴口罩？"他摇摇头，说："不用！"我就也是哀求也是命令地说："你戴上口罩吧，我是肺病呀！"他微微一笑，说："我知道。疾病在不害怕它的人的身上是无能为力的。你能克制住自己的思想不去考虑病吗？"我摇摇头。他又说："那不好。你应当学着把自己的思想引导到别的地方去。"他从口袋里掏出一本书，放到我的床头，说："你每天看几页吧，看看保尔是怎样对待生活的！"

我是不爱读书的人，只是随便翻开了《钢铁是怎样炼成的》，并不打算读完它。

可是，读过两三页之后，我简直忘了是在读书，整个身心都沸腾在火热的斗争中，每一页书，每一行字，都在我面前展开了一种崭新的生活，我那因疾病而冷却了的心，被熊熊的烈火又烧暖了。我一鼓作气把它读完了，书是合上了，可是，保尔的英雄形象却永远活在我的心中。此后，我一遍又一遍地读着《钢铁是怎样炼成的》，保尔的英雄形象在我心中更加明朗了，而一个新的思想也明确了。我从保尔的英雄一生中悟出了一个道理：为什么保尔在艰苦的战争年代里，在凶残的敌人面前，在冰天雪地的森林中，在病魔像一个铁环紧紧地箍着他的时候，他不但没有倒下，反而被锻打得像钢铁一样坚强，像宝贵的金子一样闪闪发光？为什么有些人——包括我在内——经过一阵微寒，或是有了头痛脑热的小病，甚或在风和日暖的日子里，仅因没有某些便利的条件，就畏缩不前，像臭青泥一样地软倒了？这两种迥然不同的后果是怎样得到的呢？

原来，保尔的活着，是为了使人们因为他的活着而得到益处。他认为个人的事情丝毫不能与集体的事业相比。他每天思考的是如何把自己的一滴汗、一滴血，甚至当他的肉体不能行动，只有思想受自己支配的时候，他还考虑着把自己的一切都贡献给社会主义祖国和人类的解放事业。所以，他才能经受那么沉重的考验而更加坚强，这也是他始终保持着高度革命乐观精神的力量源泉。可是，像我这种人呢？我活着是为了我自己，在风吹草动的时候，在头疼发热的时候，马上就撇开了集体事业，首先考虑自己的利害得失，是进是退全以私利标准行事。所以，狂喜和烦恼是反复无常的，当然也就说不上经受什么考验而不倒！

从此，也就是从六年前起，保尔的光辉形象一直在鼓舞着我，我也越发感到个人主义的污秽和可耻，并且决心向保尔学习。我开始懂得了生活的真义,我读书,我工作,把自己投入火热的斗争中。当工作紧张的时候,生活也就感到充实,眉头也就展开了,胸怀也就宽阔了。说也奇怪,把精力集中到学习和工作上之后,慢慢地把病也忘了,病也就慢慢地轻了、好了。当然,我向保尔学习得还不够,还差十万八千里。但是,英雄的保尔却教给我一条比金子还宝贵的生活法则:当你处处为集体事业、为大家着想的时候,你就有了快乐;当你处处为个人打算的时候,你就会感到苦恼。这几年来,我的思想一空下来的时候,马上就会接触到病和其他个人问题,包袱也就来了,这时候自己就赶紧把思想引向学习或工作上,不让它在个人主义的泥窝里打滚。这也说明我的思想需要不断地改造。

保尔光辉的一生,是我们青年一代永远学习不完的。我愿遵循着他所引导的道路向前迈进。

同时,我也想谈谈《钢铁是怎样炼成的》这本书。我是喜欢这本书的,它在我的身上输进了革命的血液,鼓舞着我的学习和工作热情,并且,我也在这本书的启发下开始学习写作。我感谢奥斯特洛夫斯基为我们写出了这一部伟大的革命史诗。我们知道保尔这个人物形象就是在他自己的事迹基础上塑造而成的。我不能分析这本书的高度艺术水平,这是我能力所不及的,我也不必引证那些英雄的事、英雄的话,这是大家所知道的。但就奥斯特洛夫斯基写这本书的动机,对我来说就是一个深刻的教育。他病着,并且病得很重很重,肉体的痛苦每一秒钟都在残酷地折磨着他,他不但毫不诉苦,还把痛苦踏在脚下,以坚韧不拔的巨大毅力完成了他的巨著。他是为了什么? 为了生活的享受吗? 不! 即使他不写,苏维埃的政府和人民也会给他优厚的生活。是为了扬名声吗? 也不! 他从来没有这样想过,即使他不写,他为苏维埃政权的创立付出了血汗,他的好名声也是会被人们称颂的。他是为了自己的人民,为了自己的祖国,为了伟大的共产主义信念! 虽在病中,却要在自己所能做的事情上去为共产主义事业砌上一块辉煌的金砖! 为了把自己的每一个思想跳动贡献给全人类的解放事业,为了这,他才开始了神奇般的写作,毫无私念。这种纯洁高贵的写作动机,将永远成为我检查自己工作学习和写作态度的准绳,成为我学习的光辉榜样!

原载《奔流》1957 年第 11 期

**解放思想，
努力学习**

●

在第四次全国文代会上，听到了邓副主席的祝词，受到了华主席的接见，党中央又制定了一系列繁荣文艺事业的有力措施，多少人拍红了巴掌，流下了幸福的眼泪。抚今追昔，使人悲喜交集。十年啊，灾难深重的十年，给人们留下了什么？留下了条条鞭痕，留下了痛苦的记忆！

往事不堪回首。在那寒冷的茫茫长夜里，文艺园地一片凋零，不仅摧残了百花，连一棵小草也不容生存。那时，只有"江记"文艺披着最最革命的外衣，每天在愚弄人民、戏弄人民、嘲弄人民。在三年困难时期，人民咬紧牙关在吃糠咽菜，而文艺却在高歌卫星上了天，粮食堆成山，说人民正在过金桥上天堂。在十年"文革"中，人民和干部遭到不断的毒打惨杀，经济走到了崩溃的边缘，文艺却又在高歌鸟语花香艳阳天，撕破喉咙大唱特唱东风劲吹红旗展。这些根本不是文艺的文艺，成了耍笑人民的工具。人民恨死了这谎话文艺、马屁文艺。提起这些，就使人感到阵阵心疼。这耻辱的年月过去了，愿它们永远永远过去，再也不要复返了！

新的一章终于掀开，文艺的春天来到

了。邓副主席在祝词中讲到,人民需要文艺,文艺更需要人民。讲得真好。人民需要文艺讲出自己的心声,为人民说话。而文艺离开了人民就像被折下的鲜花,失去了土壤和水分,肯定会很快干枯消亡。作为一个作者,一定得和人民同甘共苦,乐人民之乐,忧人民之忧。一篇作品一定要说人民想说的话,不能再用谎话冒充浪漫,假话、大话和屁话千万不能再讲了。要揭露那些确确实实存在的社会弊病,为向"四化"进军扫清障碍;要歌颂那些确确实实存在的功绩,为向"四化"进军喝彩鼓劲。逃避矛盾是没有出路的,战斗、前进是充满风险的。这就需要作者对人民有深厚的感情,更需要有表达这种感情的胆量和勇气,才敢于解放思想,才敢于打破禁区,创新才有文艺。

几千年的封建主义影响,"四人帮"留下的种种余毒,使我们的社会滋生了各种各样的弊病。对于这些,我们要揭露它、医治它。刮骨是手段,疗毒才是目的,为的是我们的社会更健康一些,向"四化"进军的步子更快更大一些。在揭露这些弊病的同时,一定要有治好病的信心。

华主席为首的党中央粉碎了"四人帮",给我们创造了医治伤病的条件;又率领全国人民向"四化"进军,使我们有了幸福前途的希望。这两点是最根本的。我们一定要珍视这两点。因而,我们不仅要敢于斗争,还要善于斗争。思想要解放,创作要大胆。但为解放而解放,为大胆而大胆,也是于事无补的。诅咒不能治病,只能使病更重。看出了病,还要找出得病的原因,开出治病的正确药方,治了病救了人才是看病的目的。这不仅要有胆量,还要有个正确的态度,更要有点学问才行。这就要求我们搞创作的努力学习才行。多少年来不准谈技巧,结果使文艺变得越来越模式化。思想要新,技巧也要新。文艺贵就贵在出新上。似曾相识,看了头就猜出了尾,这样的作品比作医药至多算个甘草汤,什么病也治不了,慢慢地谁也不愿吃了。

　　参加这次文代会,和别的同志相比,我深深感到自己懂的东西太少了,水平太低了。不仅对生活不能深刻理解认识,就是肤浅的认识也缺乏表现的能力,因而自己的作品显得浅薄无力。今后,决心加倍努力,学习政治,学习技巧,使作品有所提高,来报答党和人民的培养和关怀,争取在向"四化"进军中不掉队!

原载《南阳文艺》1979 年第 5 期

热爱生活，
认识生活

生活是文艺创作的源泉。这句名言总结了古今中外的创作规律。巧妇难为无米之炊，没有生活，很难设想会写出真正的作品。

生活中充满了喜怒哀乐、悲欢离合的故事，到处都有真善美与假恶丑的斗争。只要深入生活中，想要什么素材就有什么素材，取之不尽，用之不竭。

当然，还有个认识生活的问题。路边有块石头，第一个人经过时，可能视而不见；第二个人经过时，可能把它踢到一边；第三个人经过时，却发现这是块金刚石，便欣喜若狂，载宝而归。于是，第一个和第二个人便会自叹自怨道："我比他看见得还早，为啥我就没想到这是个宝？"在创作中也是如此，我读别人的作品时，就时常产生这种悔之不及的感觉。一次又一次懊悔之后，我才发觉，仅仅泡在生活中还不中，还要认真研究生活、分析生活、选择生活。为了从生活中寻宝、得宝，就要提高自己认识生活的能力，不然就会把金刚石当成顽石踢开。

如何提高自己认识生活的能力？毛主席在讲话中早给我们指明了道路：要努力学习马列主义，要努力学习古今中外的文学遗产,这样才能认识生活。

　　我学习创作已经二十多年,虽说一直泡在生活中,却一直写不出一篇像样的作品。认真总结一下教训,原因很多,但主要一条还是认识不了生活,这就是我创作中的致命伤。今后当不断重温《在延安文艺座谈会上的讲话》,从生活中挖掘宝藏,使自己的作品新一点、深一点,为"四化"建设尽点微力。

原载《躬耕》1982 年第 2 期

兴奋之余

我作为参加过河南省第一次青年文学创作会的幸存者，应邀参加了河南省第二次青年文学创作会。这是检阅二十八年来，特别是三中全会以来河南省文艺队伍的盛会。在会上，青年作家们的活力感染了我，我似乎也变得年轻了，有劲了，"话"也多了。

一九五六年，河南省第一次青年文学创作会召开时，南阳地区去了五位同志；二十八年后的今天，南阳地区参加省二次青创会的多达十八人，为全省之冠。从这两个数字中可以看到我们地区文学创作的发展和繁荣，作为南阳地区的一个老作者，我心里感到了满意和自豪。不仅队伍扩大了，在质量上也是喜人的。省文联主席南丁同志在工作报告中，历数了河南省文学、戏剧、曲艺等创作中的珍品，这些珍品中属于南阳地区的占了很大比例。仅从河南省青年作家优秀短篇小说选集《他喜欢谁》中，就可以看出我区文学创作的繁荣，这个集子共选了二十九篇，南阳地区就有五篇，占六分之一强，这真是个大丰收。

在会上，每听到领导和同行夸奖南阳的创作时，大家心里就升起一股感激之情,感激南阳地委和各级党委对作者的爱护和培养。写作本来是一种艰辛的劳动,可是,得到这种劳动权利也是不容易的。一些作者曾经有过不愉快的遭遇,有时艰难地写了一点东西,刚刚受到社会上一点好评的时候,就会受到来自极左的压力,明的暗的一齐来,企图让上级剥夺作者的劳动权利。每当这时,地委和各级党委就保护了作者的写作权利,并从各方面给作者创造了方便的工作条件。与会的作者每谈及此,无不交口称颂:丰收靠的党。

创作是一种复杂的艰苦劳动,作者本人当然应该勤学苦练,但更需要社会上帮助作者解决一些工作上、生活上的实际问题,才能使作者经常保持旺盛的创作势头。在这次大会上,刘正威同志代表省委作了重要报告,决定采取许多重大措施,使河南文学创作大繁荣。与会的作家无不兴奋,精神为之大振,决心大显身手,为河南争光。我区的作者群更是干劲倍增,决心为南阳地区文学创作大繁荣做出自己的贡献。

但在高兴之余,也感到了压力的沉重。在这次会上,洛阳地区和其他一些地区的文联负责同志及青年作家们,既向南阳的作者们表示祝贺,又提出了友谊的挑战,要在下一次会上比一比。是啊,在全省第三次青创会上南阳还能像这次一样受到好评吗?我相信,我区的作者是争气的,将为"四化"写出最新最美的文章。

原载《南阳日报》1984 年 12 月 3 日

心宽了，劲来了

参加中国作家协会第四次会员代表大会归来，很多同志问我有何感想，我说："心宽了，劲来了，想写了！"

多少年来，创作被认为是一个危险的行业。因为，生活是创作的源泉，创作要反映生活。生活是丰富多彩的，构成生活的基调是矛盾，是真善美和假恶丑的斗争，是光明和黑暗的较量。可是，由于历史上的种种原因，假恶丑和黑暗在作家心里成了禁区，笔下不能触及。否则，反党反社会主义反人民的帽子便会一顶接一顶戴到头上。伤害了作家事小，重要的是文学事业失去了生机。单一的美化和歌颂，也是对生活的歪曲。不和假恶丑斗争的真善美必然不真不善不美。回避矛盾，企图美化生活的作品也会变成和假恶丑同流的假大空，虽然也出现了许多作品，却没有了文学。十年浩劫中的文学事业就是如此而已。

这次代表大会上，胡启立同志受党中央书记处委托向大会致祝词，不仅肯定了作家队伍是一支好的队伍，是一支可以信赖的队伍，还指出了过去党对文艺的领导存在的一些"不大正常"的失误，这使大家又感动又感激。特别是提出要给作家以创作自由,更使大家感到了我们的党、我们的国家更加成熟了,更加伟大了。这个祝词庄严宣告,从今以后给作家"松绑"了。这个祝词必将大大解放文学创作的生产力。这个祝词是我国文学事业进入大繁荣的里程碑!

文学创作的不正常现象已经宣告结束了,帽子没有了,棍子没有了,作家们大显身手的时机来到了。一个作家该怎么办才不辜负中央的信赖和期望呢?从北京回来后,我一直感到压力很大,过去写不出来好作品还有个托词,怕这怕那,怨东怨西,以后再写不出好作品责任就全在自己了。中央给了自由,自己会自由吗?站惯了会坐吗?从外在的捆绑中解放出来容易,从自己几十年形成的观念中解放出来就难了。生活在不断更新,文艺观念在不断更新,创作队伍也在不断更新,固守被淘汰的东西必将使自己也遭到淘汰。警钟已经从四面八方敲响,心中不免又急又慌。还有,如何珍惜这个得来不易的创作自由,不乱用这个自由?创作自由绝不意味着可以随便写了,而是意味着更加认真严肃了,严肃地生活,严肃地创作。这一系列问题都在考验着自己。我深知自己思想水平低,又缺乏文学细胞,要想不掉队是很困难的。今后,一要努力熟悉新的时代,二要努力学习新的思想,三要拼搏。只有这样,我这个笨鸟才能跟在这个队伍的后边前进。

原载《郑州晚报》1985 年 2 月 1 日

别忘了脚下的热土

●

西峡县文联成立以来,县委、县政府十分重视和关怀,给作者的创作提供了有利条件,给作者的创作开辟了广阔的天地,激发了作者的创作热情,写出了一批反映时代生活的作品,为养育我们的故乡热土唱出了一支支赞歌。

作为一个作者,当我们拿起笔的时候,不要忘记了我们脚下的土地。是它,给了我们五谷杂粮、山果泉井;离开了它,也就离开了我们生命的依托。更不要忘记在这块土地上生活并为之献身的人民。唯有他们,才是我们进行文学创作的主体群像。写他们丰收时的欢乐,写他们跋涉时的艰辛,写他们的追求,写他们的爱憎,写他们的理想……这是我们责无旁贷的庄严使命。

好在,我们这些年轻的作者正是这样地做了,把对故乡热土的歌吟看成了自己的责任,这不能不使人兴奋,尽管他们的作品还显得稚嫩。最后,我仍用"别忘了脚下的热土"这句话作为小文的结尾,愿与年轻的作者共勉。

原载《南阳日报》1985 年 9 月 26 日

笑脸常开

我和《奔流》有不解之缘,是她把我培养成了一个作者,把我引向了爱读书爱写字的路。我常想,如果不是她,我会成为另一个人。另一个什么样的人？可能成为好人,也可能成为坏人;可能高升了,也可能沦落了;可能还活着,也可能早死了。只因为走了这条路,那些可能都不可能了。对这条路,我不庆幸,也不后悔。

我和《奔流》共过欢乐,也共过患难。我爱她。每想起她,就想起邙山上的"母亲"塑像。我在中国作家赴粤访问团会上曾戏言:"河南是中华民族的文化摇篮,是中国人的妈。"愿妈妈健康长寿,再也无忧无虑,笑脸常开,儿女们也就高兴了。

原载《奔流》1987 年第 4 期

从头学

什么是小说？我越来越糊涂了。小说怎么写？我越来越不会了。

过去的一年，我写了许多开头，有的写了一两千字，有的写了四五千字。开始写时很兴奋，认为很有味道，可是，写着写着怀疑了，写这些啥意思，有值得写的价值吗？于是就毫不可惜地扔掉，从头再写别的。就这样不断开头，不断否定，在否定中过了一年，结果一年辛苦一年空，一字未成。

怀疑使我苦恼，苦恼使我思考。我究竟怎么了？怎么那么多怀疑？我终于找到病因，又好像什么也没有找到。一个从五十年代过来的作者，因循守旧的东西太多了，框框条条太多了，要想一劳永逸地摆脱这些太难了。可能今天摆脱了，明天又背上了。作家和生活是什么关系？是表现真实的生活，还是制造虚假的生活？生活本身是复杂的，复杂的生活包含着复杂的思想。可是，写作单一惯了，提起笔就想排斥什么，就想注入什么，硬要赋予一种什么什么意思，结果生活不肯听从自己的意志，也就写不下去了。这一年我白过了，也没白过，我终于明白了一点点：一个负担过重的人，被压得歪歪扭扭走不动,突然放下担子,可能连走也不会走了。因为,压惯了,不会轻松。

我不仅要继续熟悉新的生活,还要适应新的生活,学会在没有负担的情况下走路,这就是我的努力目标。

原载《奔流》1986 年第 1 期

活水长流

生活是创作的源泉。读古今中外名作，不论什么派，不论什么主义，无不是写的生活，我信这个，我才有勇气走上了写作之路。

我写了几十年东西，实说，我没有写作的条件。一位名人讲过，学问家不一定是作家，作家一定是学问家。我没学问，只上过初中，不要说写书了，连书中的字也认识不全，到如今还常常分不清"掉"和"丢"，还常常把"地"和"的"弄混，可见我浅薄到家了。就我这个水平能写点东西，全是沾了生活的光。

关于生活，作家不应当只是去体验，体验到的是皮毛，只能看到外在的表象，看不到实质。只有深入生活，身心俱处在生活之中，把自己化作生活中的一员，才能读懂生活的真面目，才能写出人民爱读的作品。

我不懂什么描写自我、抒发自我等玄而又玄的理论，因为，我不相信"自我"生活在人和物俱不存在的空间，真要这样还有"自我"这个人吗？"自我"既然也活在人群中，那么他的思想、感情、认识、观念等，也是来自生活。他也是写的人，也是写的人和人的关系。这世上还没有不和他人发生关系的人,除非他是神仙,就是神仙也要和别的神仙发生关系。这是愚见,智者会笑话:看看,浅薄到如此程度。这嘲笑,我乐意接受。反正,这是主张写生活的。我说我的写作沾了生活的大光,这不是故作谦虚之词,确实是这样。生活中有许许多多很生动很鲜活的故事和情节,任何有才华的人是凭空想象不来的,虚构不出的。歌德说过:"现实比我们的天才更富天才。"这话也是真理。我没有天才,也没有学问,我就是靠着现实生活的天才弥补了我的笨拙和无知。

生活是一本很生动很厚实又很普及的书,凡是活人没有不读的,都在天天读时时读,读了都会有感想,都会产生感情,只是这种感想和感情全然不同。同是这一本书,读了有人喜,有人笑,有人怒,有人骂,可见生活这本书厚度之深、内容之丰富了。有人说,一篇好文章一百个人读了,有一百种不同的感想,生活这本书比好文章还好一百倍,一百个人读了可能有千种不同感想。作家得读熟生活这本书,生活不仅能给作家提供取之不尽的素材,更重要的是能给作家以启迪、以活力,使你的思想插上翅膀,使你生发出许许多多丰富的联想,便有了创作的冲动,便有了作品。

自古以来,文学作品多于大漠中的沙子,篇篇都不一样,不是作家的脑子里花样多,全是因为生活在天天翻新。生活是活水长流,才使作家们有了源源不断的新作品。当然,生活不等于作品,不是有了生活就自然有了作品,还有认识生活、选择生活、表现生活等后期工作。但生活是创作之根,这是不能否认的,没有根是不会发芽开花结果的。

在纪念毛主席《在延安文艺座谈会上的讲话》的同时,要学好小平同志最近的谈话。改革开放使中国大地进入了大好的春天,到处洋溢着蓬勃生机，到处充满了活力，人民的创造性得到了大解放大发挥，贫穷即将成为历史，富强即将成为现实。我们只有扎扎实实深入生活，为改革开放写出新的篇章，才不负作家的使命，在祖国繁荣的同时，创作也一定会繁荣起来。

原载《南阳日报》1992 年 5 月 20 日

感谢《南阳日报》和宛西制药厂,特别是少宇和耀志对文学事业的关爱,给南阳作家提供了这个深入生活的机会。

"文学与时代"是这个笔会的主题。文学是时代留下的脚印,反过来文学也可影响时代的走向。

我们这个时代的主旋律是什么?是科技兴国。我们要实现现代化,追求又新又好的物质文明。在精神上追求什么?这就不是一句话能说明的了。现在人们常说,人心不好了,社会风气不好了,言外之意就是人心不古。这个古是什么意思?标准是什么?有个对照物,这个对照物就是我国的传统美德,是我们这个文明古国几千年形成的为人之道。现在有些人的为人之道背离了"人"字,人们才有了不满。

想起了日本。日本是个发达国家,发达在教育和科技的先进,从这一点上讲,日本是我们的明天。可是,他们在精神上却崇尚和学习我们的昨天,甘当我们的学生。他们崇拜我们的汉文化,学习"三国",把"三国"的故事作为各种行为的指南。

我们生在南阳,"三国"的故事多在

一点倡议

南阳,南阳是汉文化的老家。前些年,南阳地委领导和南阳作家就倡议研究汉文化,有了起步,却一直没走开。最近重读了"三国",觉着"三国"不仅是军事、政治、商业的教科书,更是人际关系的教科书。撇开别的不说,只说为人之道,"三国"写了魏、蜀、吴三种为人之道,曹家的奸诈,孙家的小肚鸡肠,刘家的义和诚,实际上是否定曹孙两家,肯定刘家。直到今天,我们心中的为人之道还是以刘家为楷模。刘、关、张贫贱富贵始终如一地做人交友,我们心里是很赞赏、很欣赏的,是我们对人对友划分是非善恶的标准。

说到这里,不由说到了宛西制药厂。这个厂子原来得了重病,没治了,快死了。孙耀志当了厂长,把它弄活了,弄发了。这是时代的必然,但也有很多孙耀志主观的东西。通过多年来的观察和了解,孙耀志身上有很浓重的汉文化气质,影响了全厂上下讲义、内外讲诚,在人际关系和业务关系上有很多类似"三国"的情节。大家通过采访会感受到的。我有个不成熟的建议,我们通过采访和创作,是不是可以探索一下汉文化如何使这个企业得到了发展发达,作为南阳研究汉文化的起点?我想如果能系统地写一些东西,使汉文化在它的老家再现辉煌,对弘扬民族美德,对发展经济,对改善社会风气,都是一件很有意义的事。

再次感谢《南阳日报》和宛西制药厂,为南阳作家朋友们提供了这个学习、研讨的机会。

原载《南阳日报》1995 年 5 月 13 日

我的影子

感谢《郑州晚报》的厚爱,发表了拙作《我的故事》,已经连载了六十篇,占用他们宝贵的版面发表我不宝贵的文章,除了感谢,还有几分惭愧。

我是得癌症后开始写的。说句戏言,我现在属于"癌症专业户",不到三年工夫,先后得了咽癌、肺癌、淋巴癌,动了几次大手术。写不动小说了,又技痒难忍,就在死亡线上写了这些不成文章的文字。写这些并不是想说过去怎么不好,只是想印证一下现在比过去好多了。人人都有过去和现在,只是不同罢了。我的过去和现在是什么样子? 从肉体到灵魂都没样子。过去有两个我:一个是我的身体,一个是我的身体的影子。我常常想,那个身体不是我,那个影子才是我,因为我的作为只配是个影子。如今马上就会没有了身体,影子也要消失了。消失之前总该弄点什么,闲着等死怪难熬的,于是我就写了我的影子。没想到这些文字发表后,得到了不少读者的关注,杨兰春、王世龙等老朋友又写信又打电话,鼓励我写下去,还向我索要已发部分的复印稿。更没想到这些文字帮我治了癌,几次住院动手术,人地两生,求医有门却没熟人,医生护士一看我的名字就问,《郑州晚报》上《我的故事》是你写的？话里眼里流露出了关爱和热情,马上亲近了许多。大难不死,《郑州晚报》帮了大忙。滴水之恩当涌泉相报,这恩虽无力相报却会记在心头。

已发的六十篇,王嘉贵先生不仅给每一篇加了题目,还对文字做了调整润色。编辑很忙,六十篇不是个小数目,我和嘉贵先生不熟,他能如此费心,为他人做嫁衣,这种精神着实叫我感动感激。

我还会得第四个癌吗？得与不得我都会把《我的故事》写下去,以谢读者和编者的关爱。

原载《郑州晚报》1996 年 10 月 8 日

《康熙大帝》
和书记
●

前些年,偶然读了《康熙大帝》,觉着写得很好,生动,深刻,文采也好,作者是位才子。我不认识写这部书的作家,只听说是南阳人。不由想起了诸葛亮,南阳大概真是块藏龙卧虎的宝地。我想去拜访他,想了几年也一直没去,因为我怕见生人。

后来,地委开了个座谈会,他参加了,我也参加了。会不大,见了就认出来了。他胖乎乎的,没有什么派头,很热情,开口就说人话。说人话的人好交心,我们很快就谈上了。他谈了自己的经历,谈了创作。我由佩服他的为文,进而佩服他的为人。他上学不多,当过兵,转业后在市里当干部。在看重名利的今天,不争名于朝,不争利于市,也不玩个痛快,却一头扎进学问里,研究红学,又钻清史,终于写出了《康熙大帝》。凭这志气,真算个人物了。不过我也看得出来,他过得很苦,是心里苦,心里缺雨水,因为年纪不大头发就脱落得不像个样子了。

后来,他写出了《康熙大帝》第二部,给我捎了一本,我一口气读完了,觉得比第一部写得还好。他在走上坡路,我像看到了他在艰难地爬坡,一步一挣扎,一步一喘气，他一定累坏了。我不由得又想起了他的头发，大概已经变成秃山了。

近日去南阳又见了他，没想到他却一头黑发，成了青年头。我好生郁闷，文章写得越来越好，身体应当越来越差才正常，他是怎么搞的？我问他有什么窍门，他给我讲起了气功，什么逆呼吸法，讲得津津有味，还劝我也练练试试。我嘴里答应了，心里却不以为然。练气功？得有那份心思才行。我想，他除了练气功，总还有点别的什么吧？在闲谈中，我才知道是因为他的心情好了。

市里有位书记和夫人亲自抬着煤气罐给他送去，当他深夜里爬格子时，书记和夫人给他送去啤酒，等等。煤气罐值几何，啤酒值几何？这心意确实千金难买，万金难换！用官话说，这是鼓舞，是力量。其实，是他的劳动得到了承认，得到了尊重。

一个人吃了苦，别人漠然视之，还认为他不苦，这味道比他吃的苦还苦。一个人吃了苦，得到了同情，承认他吃了苦，他吃了苦也就不觉着苦了。人生得一知己足矣！理解了才有友情，何况不仅理解，还有尊重，还有关心，还有夫妻两个抬着煤气罐的形象。这除了很动人之外，还是一阵春风，一场春雨，冲洗净了他心中的劳累和苦恼，催发他心底升起了一股股灵气，这书就自然写得越来越好了。

写到这里，我仿佛看到有两支笔同时在同一张稿纸上写着《康熙大帝》，一支是他的，一支是书记的！

原载《南阳日报》1988 年 8 月 2 日

心在文中

小说有没有作法？我不知道有，只知道无。几年前，某地重金请人讲授小说作法，据说听了就会写出优秀小说。我是学写小说的，常常为写不出写不好而苦恼。这消息好比喜从天降，吸引了许多青年人，我也去了，想取得真经。果然名不虚传，讲得头头是道。其中有一章专讲"灵魂的结构"。听了题目，我不由吓了一跳：灵魂也能结构？像拼盘一样能拼出个灵魂，可真是天下奇谈。自从听了这个讲授，我更加不相信小说有作法了。

后来，我在和南阳县作者李克定的交往中，忽然发现了真正的小说作法。我们一年之中只有少数几次见面，我去外地开会路过南阳时，偶尔去看看他。如今社会上流行一种不好的风气：空谈、闲话，津津有味，一说一晌。可我每次去看李克定时，他不是在读书，就是在写作。有时也扑空，是他下乡体验生活去了。他可真算是与书为友，用字说话了。我们每次见面，寒暄几句之后，他就谈近日读的书、写的文章，谈得很深很诚，征求我的看法。我自叹不如，又感到奇怪，他为什么会进步得这么快？

后来，我才了解到了。他是个青年

人,正处于青春的年华,他对待青春却与人不同。他有一个幸福的小家庭,按一些人的做法,每天傍晚领上爱人逛逛公园,看看电影,尽情享受一番爱的乐趣。他不,偏偏爱独来独往,每天晚饭后,常常一人去汽车站、火车站领略人世间的各种滋味。来回十几里路,都是步行,边走边想着心事,一些稿子就是在这低头时想妥的。他们夫妻两个住着一间小屋,是卧室、书房又是厨房,冬天还好过,夏天如蒸笼。在别人看来没办法安身,可他从来没有过不满足。更有甚者,以工代干要转正式干部了,他完全符合政策规定的标准,却不闻不问。好心的同志劝他向领导提提,说这事非同小可。他听了只淡淡一笑,说:"何苦又费工夫又费口舌,只要能写稿子就行,写不出东西就是转个干部又如何!"他就是这样的人,除了创作,一切都是身外之物。

李克定的文化程度不高,只上过小学。"四人帮"被粉碎后,短短几年工夫,他就发了三十来篇小说,有些作品在省内外受到了好评。他是天才吗?不像,他在处理个人问题上常常是糊涂的。莫非真有什么小说作法被他得到了?最近我见他时,向他讨教真经。他只说了一句话:"我知道自己笨,不敢分心,不过心在文中罢了。"

好一个"心在文中"!这大概才是真正的小说作法了。再想想,这不仅是小说作法,也是干一切事的做法。一个人能够摆脱金钱、家庭、地位的纠缠,迷到自己热爱的事业中去,总会有所收获的。

原载《南阳日报》1984 年 9 月 12 日

独特的发现

写小说这碗饭难吃,难在不能有章法,不像窑里的砖,一个模子脱的,连模子都得一个样。文学作品不行,不能重复,不能雷同,连似曾相识也不中。有人写了一百篇作品,读者可能全没有印象,只知道你常写东西。有人写了一篇作品,读者可能像数家珍一样永远记着你写了什么。李天岑写的小说不多,却篇篇有他自己的独特发现,都是在别处没看过的"这一个"。我知道李天岑十几年了,一直忘不了他,是因为读了他的小说《笑》。

当时,文学界流行"伤痕文学",写荒唐年代发生的事如何残酷,写人民如何悲惨,千篇万篇涌到读者面前,多了就令人感情麻木了。就在这时,天岑发表了小说《笑》,一反字字血、声声泪的流行写法,从更深层次揭示了"伤痕文学"要揭露的那个年代的社会问题。一个记者下乡搞录音采访,大队干部奉命编造了一大串丰功伟绩,为了证明是真好不是假好,好得莺歌燕舞,需要配上又甜又脆、婉转动听的欢乐笑声。大队派了一群姑娘去完成这个神圣而又容易的光荣任务,给了丰厚的物质鼓励,记高工分,还让吃白馍。黑大叔又做出丑态百出的滑稽相,想博得姑娘们银铃般清脆的欢笑。可惜姑娘们只会假笑嘲笑傻笑,重赏之下也不会真笑甜笑了。读了这篇题名为《笑》的小说,我真想大哭一场,还有什么迫害比使人民不会笑更残酷更伤情?《笑》震撼了我,我就打听李天岑是何许人,这才认识了他。

隔了许久,又读到他的《苇塘边,有那么一条狗》,构思更妙,通过一条根本没有的花狗,活灵活现了小镇上伪人性的流行,讽贬了世态的炎凉,击中了一个时代民风的要害,听到了作者对真诚的大声呼唤,激起了广大读者良心的波涛。文艺界的朋友议论到他时,都说照此发展下去,他会成大气候。可惜,他越写越少了,虽少,但还都是精品。

读天岑的小说,能读出他对生活的热爱和激情。他了解人民群众的苦与乐、爱与恨,他不是在一旁体验生活,他自己就是生活中的一员,对生活有很深很广的积累,并有深刻的认识,因而,他创作时对生活就有了很大的选择余地,每次都有独特的发现,不仅不相似他人的情节,更可贵的是不同于他人的感觉,是真正的创作。

后来,不常见他的作品了,连人也少见了,十年才见过一两次,大家为他写得少而惋惜。他说,工作第一,创作只是业余爱好,有感了有空了写一点。这样也好,专门写作的人有感无感都得写,强挤难免会有平庸之作。业余写作没有压力,有了真情实感有了独特发现才写,写一篇是一篇,虽然少,但都是精品,不靠数量靠质量。一个作家一生能有几篇给人留下印象的作品就不错了。

天岑用自己的创作证明了业余也能写出好作品,这也是今后繁荣文学事业的好路。

原载《河南日报》1995 年 4 月 23 日

圆了的梦

黎丽叫我给她的小说集写个序,我好为难。我写过民歌,写过寓言,后来写小说,写了一辈子也没弄清小说为何物。写序是名人名家的事,我一文不名,岂能冒充好汉。不过,我还是答应下来了,因为我们是邻县,算得同乡;又都是县文联的作者,算得同行;还有一点,我是她的忠实读者。除了这三点,还有点私心,这几年我的创作日渐干枯,极愿多读些青年人的作品,从中汲取点活力,使枯树上能长出点青枝绿叶。

我一气读完了《娘事》,我忘了我是在读书,仿佛是在生活里,那一个个人物在和我握手,在和我讲他们的喜怒哀乐。我看到了受苦人的苦,看到了享乐人的乐,感受到了春天的暖,感受到了冬天的冷。我的心忽而欢快忽而震颤。《娘事》这个中篇,写活了一群生活底层的人物。赵春奎千里为父复仇,经历了种种磨难,结果发现杀父者是自己恩人的父亲,是自己情人的祖父。面对恩人和情人,赵春奎的心灵经受了残酷的折磨,最后还是为母为父报了仇。那个最叫人心碎的三娘,爱上一个也爱她而受世俗偏见不能爱她的人。三娘爱得发痴犯傻,为了心中的爱人,至死不渝,结果殉情而去。虽说一生没有一次真正的婚姻,没有真正做过女人,却比做过女人的女人活得有滋味。《娘事》是个大悲剧,那么多人一个个全死了,秦少伯死了,爱少伯的三娘死了,连千里复仇的赵春奎也死了,为孝为情为善为恶的都死了。这是时代的悲剧,死了的不是某一个具体的人,是整个旧社会。

《官欲》讲了两个副县长,为了争当常务副县长,双双挖空心思使上了做官的诀窍,制造对方的谣言,妄图搞臭对方使自己爬上去。为了爬上一个台阶,置同志之情全然不顾,嘴上叫哥哥腰里掏家伙,恨不得一口吃了对方。这种事情司空见惯,但在黎丽笔下却写得活灵活现,使我们对这两个副县长又恨又怜,难道爬半级比整个人格还贵重?堂堂的汉子看起来正人君子,竟然演出狗咬狗的丑剧,官乎?人乎?多亏上级英明,使他们两败俱伤,为人民唤回了正义!

读完了这个集子,似乎走进了大山里,看到了大自然的风景。虽然没有大江东去的磅礴宏伟,也没有牡丹的富贵华丽,却有漫山遍野一朵朵小小的山花,让人看个不够,更有一股股野香迎面扑来,使人心神为之清新。

深山出俊鸟。刘黎丽是从伏牛山深处飞出来的又一只俊鸟,愿她飞得更高更远。

原载《南阳日报》1995 年 10 月 4 日

大山之子

这是一本大山里的人写大山人的书，朴素、清新，充满大自然的鲜活，读后，好似看到一群群从深山老林跑出来的少男少女，他们起得太早，走得太急，顾不上梳洗打扮，脚下还沾着泥土，身上还挂着绿叶，头上还落着花瓣，就迎着朝阳从大山里匆匆地奔下来了。

中华民族有五千年的悠久历史，自称和人称都是文明古国。可惜，藏在八百里伏牛山深处的西峡县，却因山太高了，林太密了，地太穷了，路太小了，诗书一直走不进普通百姓家，落后了整整一个时代。直到解放前夕，不少人家逢年贴的对联，还不是字，而是把碗沿抹上锅灰在红纸上印出一个个黑圈圈，活像一串没有眼珠的大眼，瞪着天瞪着地，祈求天地神灵给它们点上眼珠。新中国诞生后，才在老林里、古庙里诞生了千百座学校，千家万家才第一次有了书本，有了第一代读书的人，原本只有百鸟唱歌、狼叫虎啸的深山里，开天辟地响起了琅琅书声，书使千秋万代埋藏在大山下的能量一下子爆发了。深山不再只盛产林木野果，深山更出俊鸟，短短的四十年，大山的儿女进入了学府，然后，一群又一群的新人，走下了山，走出了县,走出了省,又怀着厚实的智慧和力量走向了全国的四面八方,奋斗在各条战线上。父辈没见过书的儿女当教授,父辈没见过暖水瓶的儿女当了科学家,父辈是睁眼瞎的儿女当了作家。还有各种各样的专业人才,他们正在奉献自己,用自己的成就报答养育自己的大山,来证明故乡西峡在为祖国奉献。更多的儿女则在用自己的聪明才智和滴滴汗水改变家乡,他们使沉睡了千万年的大山有了电,有了路,有了栋栋大厦,有了机器轰鸣,有了崭新的美好生活。还有如今在校读书的小弟弟小妹妹,他们如饥似渴地汲取知识,培养美德,学赖宁,学雷锋,使自己德智体全面发展,成长为二十一世纪的新人。他们是祖国今天的花朵,是祖国明天的栋梁。

大山变得美丽了,生活变得美好了,这一切美好都来自千百位美好的园丁。他们远离温柔的家,年少进山,白鬓未归,走荒山,住草棚,吃苦而不叫苦,把对家人对祖国的爱奉献给了大山的儿女,把爱和心血一滴滴注进了千百个少年的心田,默默滋养着一株株幼苗成材。他们是伟大的,因为他们用自己的青春唤醒了古老的大山,使大山人活得像了人,不愧于时代的人。山里人忘不了他们,每一个学生都是一块活的丰碑,铭刻着他们的丰功伟绩,他们将和大山一样永存。

1985 年

本文系西峡县教育局选编的《沃土新苗》序

好人兰建堂

现在说谁是好人,好像有点轻看了。不过,我还要说建堂是好人。

我和兰建堂初识于何时?一非巧遇,二没惊人之举,没有留下印象。在以后的交往中,一没相互送炭添花,二没相互落井下石,也没留下印象。走运时一杯茶,背运时茶一杯,淡淡地来往了四十年,四十年才品出了悠远的味道:建堂是个好人。

建堂是写曲艺的,一直写了四十年,团结了一批志同道合的作者,把南阳写成了全国有名的曲艺之乡。建堂的曲艺写得如何?曲艺专家和爱好曲艺的老百姓有口皆碑,轮不着我这个外行人说三道四。建堂也会写小说,也会写散文,却不见异思迁,没有动过嫌贫爱富的念头,四十年不改初衷,一直献身于人民群众喜闻乐见的曲艺,可见他对人民对曲艺的热爱了。

建堂和我都是业余作者,属于文字之交。文字是带刺的,是咬人的,大风大浪中交往了四十年,四十年竟然没有相互扎过咬过一次,也算得一小奇迹了。本来有机会扎一下咬一下的,是建堂不扎不咬。

六十年代初,蒙建堂错爱,把我的小

小说《秋香的喜事》改编成曲艺《挑女婿》。《秋香的喜事》只有三百来字,写农村两个青年干部爱上了一个姑娘秋香,一个拿公家的东西大献殷勤,一个对公家的东西一毛不拔,秋香爱上了后者。要说,我写的已经很革命化了,可惜是两个追一个,属于三角恋爱,"三角恋"犯当时的王法。于是,有人斗志昂扬,写了几万字的大文章来批判这个小文章,说这戏是大毒草,罪大恶极。面对沸沸扬扬的讨伐声浪,建堂既没有挺身而出,也没有一字推诿洗刷自己之言。又一次,我们一同参加一个盛会,回来后建堂叫我汇报。不久,大风吹来,想把这个明会吹成黑会,眼看大祸大难临头,建堂还是没有一个字推诿洗刷自己。可以嫁祸于人而不嫁,这就是人品。

建堂做人从不带秤,不时时事事称人,不会今天称你重五两,就交;明天称另一个重五两一钱,就拿你这五两的当贡品,去换五两一钱的欢心。身处是非之地,不是是非之人,这就是我心中的建堂。和建堂交往,放心。

四十年交往中,没有听建堂夸过谁,也没听建堂损过谁。人,贵在对人不生恶意,不以私心私利对人好云恶云,更贵在不随心说人坏话,特别是假坏话。建堂不是不会做小人,是不齿不屑。不屑做小人的人,就是干不了大事也是大人,是真正的人。

建堂是个好人,是我做人的老师。

1994 年

原载《兰建堂曲艺作品研讨会论文集》

这片肥土

钱,是一面宝镜,照亮每个人的灵魂,是人是鬼可以照得清清楚楚。它可以使人增光,也可以使人减色;它可以使人幸福,也可以使人痛苦;它可以使人成为一个功臣,也可以使人成为一个罪犯。在如今这改革的年代里,钱的作用更是妙处无穷了。城乡人民的创造性空前高涨,只是多少年来的贫穷使他们腰里没铜不敢胡行。于是管钱的银行突然间成了改变经济生活的主角,演出了由穷变富的一场又一场好戏。它贷出三百五百、三千两千元,便使一户人家一个村子一个单位的智慧得到了发展的条件,人们便可以大显身手,创造出千百倍于三百五百、三千两千的巨大财富,使无数人摆脱贫穷富起来。在这金钱的周转运行中,最能展示人际关系的曲折与复杂,最能揭示人们灵魂深处光明与黑暗的搏斗。文学是反映生活的。金融界的变动关系着千百万人的命运,可惜它被文学界忽略了,反映得很不充分,实在令人遗憾。最近有幸读了《鞠躬》这一反映这方面生活的小辑,顿觉耳目一新,这真是一个良好的开端。

石丹的《背面》,写了信贷股长余炎的一生。他没写改革,却又真写了改革。

老余不老也不年轻,嘴角上已经画了两个很大很深的括弧,他挨村挨户走着,探听着,处处拉扯农民一把,把农民从穷坑里拉出来。他四面打听,八方探询,为农民找到致富的门路。他为了农民,忘掉自己。可是,那些混世的业余侦探之类的人物却没忘记他,把他的每一根汗毛每一个细胞都加以丑化,担来一桶一桶的污水泼在他身上,想用污水淹死他。这篇小说不长,却运用了"相反相成"的创作手法,正面文章反面做,通过从各个不同的侧面攻击中伤老余,结果使老余的形象更加光辉,让我们看到了一个透亮的灵魂。王新丽的《茶馆》,通过通信员小卫每天提水倒茶的次数多少,虽然只写了通信员小卫和茶馆老板的对话,只写了茶馆生意的兴旺和清淡,但却反映了银行领导干部的作风大转变,立意很新,手法非常巧妙,结尾又留下了余味,使人想到了昨天也想到了明天。范恒文的《四个水果糖》,写了两个银行职工对待人民两种不同的态度,使我想起了两句话:你热爱人民,人民就热爱你;你冷淡了人民,人民也就冷淡你。人民虽然无职无权,可是人民有感情,有爱憎,人民是不可得罪的。其他的一些作品也写得不错,读后使人开阔了眼界。当然,这些作品也有不足的地方,就是显得有些嫩,像初春的嫩草,相信它们会茁壮成长为一片绿原。

银行的生活丰富多彩,是文学创作的一片肥田沃土,只要耕种,就会丰收,就会结出硕果。

原载《躬耕》1988 年第 1 期

南阳人

　　南阳,南阳人,在中国在世界都很有名气,因为南阳这块风水宝地养育过许多千古不朽的伟人。发明浑天仪的张衡,写出《伤寒论》的张仲景,足智多谋的诸葛亮,还有很多很多。他们使历史生辉,也使今人得益。浑天仪使人类由迷信步入了科学,知道了天,知道了地。《伤寒论》还在天天治病,救中国人,也救外国人。孔明先生更使世人入迷,多少洋人用"三国"来发达自己的事业。如果没有南阳这块土地,便不会有这些伟人;如果没有这些伟人,南阳的历史将是一片空白,南阳也就默默。人是不会千古不朽的,千古不朽的是他们对人类做出了千古不朽的贡献。南阳和南阳人合为一体,成为中华民族灿烂文化中的明珠,闪闪发光,永远。

　　历史是昨天,昨天诞生今天,今天南阳这块风水宝地更加肥沃,又养育出了许许多多风流人物,可谓遍地英雄。他们继承了先人的智慧,奋斗,拼搏,创造出了不是浑天仪的浑天仪,不是《伤寒论》的《伤寒论》,一个个不是孔明胜似孔明。他们使南阳的风光越来越美,古老的土地得到了新生;他们使南阳人的生活越来越好,饥寒交迫已成过去。南阳不忘祖先的光辉业绩,更看重今日的张衡、张仲景和孔明,这些新生活的创造者同样会载入史册。

南阳作家协会成立后的第一件事,就是组织作家为这些社会主义当代英雄模范先进人物立传。建设者创造了新生活,新生活呼唤着作家。生活是创作的源泉。南阳作家素来热爱故乡、热爱生活,更热爱新生活的创造者。他们在各条战线默默地生产、默默地创造,作家有责任使他们的丰功伟绩闻名于世,使世人了解正是他们用心血和汗水灌溉着南阳大地,是他们使这块宝地结满了丰硕的果实。多姿多态的生活风采,必将化为多姿多彩的作品,建设者和作家的结合将会塑造出无愧于祖先、无愧于时代的南阳人。

1990 年

本文系报告文学集《灿烂的群星》跋

辑五　战地歌

散文卷

……灌河社三里湾磨盘山下水库就是战场,在这里一切都按照战斗的方式进行。

——摘自日记

磨盘山上红旗飘

一 钢铁硬骨头

房外是淅淅沥沥的雨声,屋内还是漆黑一团。突然,山谷里响起了急促的钟声,沉静的工棚顿时喧嚷起来:"快起!快起!"连长叫排长,排长叫班长,班长叫战士,催促之声此起彼落。在各工棚子里席地而睡的男女社员,一骨碌起了床,扛起工具向门外拥去。家具互相撞击发出的叮当声,门框被挤得咔咔嚓嚓的响声,互相吆喝快些走的人声,好像十字街口的闹市。出了门,上面是雨,下面是泥,但谁也没有想到是下雨了,仍和天干地净时一样,一个个争先恐后地向前跑去。在工地俱乐部前面的平场上,哨子在尖锐地响着,指挥员大声地招呼:"一连站在这里!二连站在这里……"一声"立正",霎时鸦雀无声,混乱的人群站得整整齐齐,开始报告人数。一连连长,这个当了一辈子农民,平时好说好笑的人,现在规规矩矩,严肃得和战斗指挥员一样。他向前大跨几步，立正敬礼，大声念着报告词："一连连长报告：全连应到工七十人，实到工七十人。报告完毕。"然后又是敬礼，才归回本连排头。队列里的战士肃静得像移不走的大山。谁能想到这就是散漫惯了的农民呢！

各连报告人数结束后，指挥员向战士做了简短的动员："同志们，新的一天开始了！今天下着大雨，战士比往常更苦，我们是躲雨呢，还是和雨争夺时间呢？"话没落地，战士庞明五挺胸站了起来，说："做不做在于我们，雨可管不住我们！我们和山河交战，怕雨的不算好汉。小雨大干，大雨硬干，下刀子也要顶住干！"队列里马上活跃起来了。壮言豪语像机关炮一样喷射出来："雨，淋不透钢铁的英雄，只能淋化那些软弱的人！""雨，只能浇湿我们的衣服，浇不灭我们修建水库火热的心！"

冲锋了。工地上好像万马奔腾，大车快马加鞭势如蛟龙，担石头的来往穿梭快步不停。雨声淅沥，人声轰隆。冷雨大了，战士们个个衣服湿透了，寒气逼人，但雨水和汗水却满脸直流。这时，工地上响起雄壮的战歌：

> 向山河进军，
>
> 我们真光荣，
>
> 三里湾里修水库，
>
> 吃苦也高兴，
>
> 我们多吃一点苦，
>
> 子孙万代享幸福！
>
> …………

歌声激昂，震天动地，压住了雨声，也赶走了寒冷，温暖了战士们的心。

二　山石害怕了

英雄社里出英雄，

英雄库上炼英雄，

英雄做出英雄事，

英雄里面选英雄。

这是抬石头的战士们发出的壮言豪语，他们可真算得起"当代的大力士"。他们说："要抬抬大的，小的不过瘾！"

过去抬石头的杠子正当中都要刻上一道印，叫作"良心印"，抬时要把绑石头的绳子放到印上，错前一点，前面人不依，错后一点，后面人不依，都怕吃亏。如今可大不相同，人人争着要多抬，人人争着抬大的。庞明五这一天患了流行性感冒，又烧又冷，头疼得就像锥子在挖，眉毛都皱成一疙瘩了，却还要去抬石头。套圈的人给他套了个稍微小些的石头，他用脚踢了踢，不屑地说："就叫我抬这个？这像话！"套圈的人仰起头怀疑地看了他一眼，摇摇头，无可奈何地说："天数长着呢，有病少抬一点吧！"他却不理会那人，径自走开，拣了一个六七百斤重的大石头，四个人抬起就跑，边跑边唱："抬石头修河坝，不抬小的光抬大。修起水库坚如钢，子孙夸我力量强！"套圈的人呆呆地站着，看着他那个烧劲，又好气又好笑。这一天庞明五抬了不少石头，累得他不轻，休息的时候，坐在他旁边的一个小战士羡慕地说："好家伙，抬这堆石和一座小山一样，庞明五今天挣的工分可不会少了。"庞明五好像受到了莫大的侮辱，脸唰地一下红到脖子上，一句把他驳了回去："你就记得工分！你不要拿你的心来猜别人的心。哼，要不是为了社会主义，今天身子不美成这号样，给我一百分我也不干!"话虽不多,只羞得这个小战士满面通红地跑了,引得旁边的人哈哈大笑。

说起抬石头,还有一个小故事。水库附近有一个大青石,去年冬天,八个人抬了半天,它好像钉在地下,连动也不动一下。前几天六个人把它套上绳,个个躬着腰,一声喊:"起!"抬上就跑。一旁的人都感到奇怪,石头还是那个石头,也没有轻了四两,为啥去冬八个人拿它没有办法,如今六个人抬着却行走如飞呢! 莫不是有神仙相助? 好事的人就去问那抬石头的英雄,他们用快板做了回答:

> 为了大跃进,
>
> 越干劲越大,
>
> 山石害了怕,
>
> 低头来听话!

三　花木兰出了征

谁说妇女不如儿男? 在灌河社今年的宣誓大会上,妇女排长王丰华代表女英雄们发下宏誓大愿:"男子能住工棚,我们也能住;男子能吃的苦,我们也能吃。水库修不好坚决不回家!"第二天妇女们就担上行李,抱上孩子,向工地进军。在进军的路上,她们唱着自己编的妇女战斗歌:

> 撂开针线筐,
>
> 走出灶火房,
>
> 宝宝莫要拉衣裳,
>
> 妈妈去打仗,
>
> 孩儿呀,别想娘,

为了你的幸福，

我要把血汗流在水库上！

说出来做出来，妇女在工地上大显身手，论担担得多，论跑跑得欢。按照指挥部规定：有小孩的妇女，夜间不做活，天明再起床。规定只是规定，却没有一个人执行，强制也不行。她们蛮有理由地辩护道："孩子哭叫他们哭几声，受苦也叫他们受几天，娇生惯养炼不出好钢。现在他们多哭几声，水库修好生活好了，他们长大了多笑几声就补出来了。"男子做活到半夜，她们也做到半夜；男子天不明起床，她们也天不明起床。同是一样做活，男子休息时，她们还得照顾小孩吃奶，真是更比男子劳累十分。可是你却休想从她们脸上找出一丝倦意。她们整天说着笑着，无忧无愁。她们不但不要别人鼓动，还要去鼓动别人。有几个青年妇女，每逢休息时就藏得没影踪了，开工时又钻了出来，一次，两次，三次……莫不是受不住烈火般的战斗，藏到一旁去擦眼泪了？有人存下心追上一看，哈！她们请初中毕业生在教跳舞呢，她们想神不知鬼不觉地学好后，来个突然演出，好使大家又惊又喜！

如今的妇女再不是丢下针线就是锅台的妇女了，一个个都怀着雄伟的理想。女排长王丰华在水库开工时，悄悄地对别人说："我能争取当个模范吗？"能的，她的理想已经实现了。她的孩子没有带到水库，在家中生病了，婆婆一趟又一趟捎来信，叫她回家，她听了只是眉头皱皱，丝毫没有回家的意思。恰巧天下着大雨，有的妇女就劝她："回去吧，儿是娘心尖肉，你不挂心吗？天又下着大雨，回去也好换身干衣裳，暖和暖和。"指挥员也催促她回家去看小孩，她断然拒绝了，说："要回等天晴了回去。现在下着大雨，正是最艰苦的时候，不能在这最苦的时候因为私事打退堂鼓！"这一天，她担得更多，跑得更快,她用加倍的劳动来冲淡自己的一时烦恼,来创造更多人的更长时期的快乐。于是,男人们也在妇女面前第一次伸出大拇指,并唱出了赞美妇女们的快板:

妇女出了征,

赛过穆桂英,

水库排战场,

女子打先锋,

白天去打仗,

夜晚奶姣生,

修好聚宝盆,

子孙乐无穷。

四 老少英雄留美名

一天,工地俱乐部编写的黑板报上,同时出现了两首快板。一首是表扬半瞎子老汉程金堂的,上面写的是:

程金堂,赛黄忠,

六十三岁出了征,

这天大家扛石头,

他精神抖擞显威风,

有人专拣小的拿,

他却专把大的争,

人家一步一步走,

他三步并成一步行,

扛得大,跑得凶,

打败了水库众英雄，

人人讲来个个夸，

送他外号叫黄忠。

另一首是批评青年程振华的，上面写道：

有个社员不听话，

名字就叫程振华。

连长叫他担石头，

他偏要去担泥巴。

别人走路快如风，

他一步三寸往前拧。

程振华，加油吧，

争取英雄人人夸。

说也好笑，程金堂和程振华是父子俩，黑板报出来后，程金堂老汉对儿子非常生气，一见了儿子就瞪着眼。他又跑去找指挥员，说："以后你们要好好给我管教振华这小子！"程振华看了黑板报，悄悄地从人缝里溜走了，他又喜又羞又怕，喜的是他父亲当了英雄，羞的是自己落伍了，怕的是父亲的斥责和同志们的笑话。整整一天，他担得多跑得快，可总是躲闪着父亲。到底没有躲开，夜里休息时，他被父亲美美地批评了一顿："你说你为啥不积极呢？我五十多了，水库修好了，我还能享受几天？还不是为你们做的！你才一二十岁，来日方长呢，难道说我们拼老命，你们坐享其成吗？再不下劲干，你小心着！"同志们也好心地批评了他，他自知理屈，沉痛地做了检讨，并要求大家监督他。以后他果然有了很大转变，他们排分配挖土时，死黄土板子硬得如铁石，镢头下去直冒火星，每挖一下虎口就被震得又疼又麻。别人挖一次，只挖下碗口大一块，他抡开镢头，一次就挖下盆那么大一块,挖得撂了棉袄,穿一件单衣,赤着双臂,汗水湿透了衣裳,又滴湿了脚下土。不但劳动好了,人也听话了。不久,他和父亲一起被选为老少英雄。于是,工地的黑板报上又出现了一首快板:

程金堂,程振华,

他们本是父子俩。

父亲劳动当英雄,

儿子劳动耍奸滑。

多亏集体力量大,

人人帮助程振华。

程振华,学了好,

父子一同逞英豪!

五 帅字旗空中飘

俗话说:千兵在于一将,强将手下没弱兵。这话没有假说,水库上搞得热火朝天,和挂帅的干部也有关系。不信你听:

区干出了征,

智谋赛孔明。

领兵去打仗,

自己当尖兵。

战士心喜欢,

跟着向前冲。

将强兵又壮,

旗开得了胜。

这快板是颂扬公社干部昝申定的。他出主意想办法,把原来队、组的生产组织形式,改编为连、排、班的战斗组织形式,鼓动了大家的情绪,加强了战斗力。他自己也背上了行李,和战士们一同住工棚,泥里雨里滚来滚去,不怕脏不怕累。说起他住工棚的事,还有一段风波呢。原来,他和他爱人一年没见面了,这一次他爱人跑一百多里来看他,刚团聚两天,就赶上变工地为战场的行动。他把爱人安置到社委办公室住宿,自己就搬到工地住了,日日夜夜,连个招呼也不打。爱人住在那里人地生疏,冷冷落落,不免流了几滴眼泪。他一听说就没头没脑地批评爱人不通情理,他气呼呼地说:"你这人才怪呢!这是冲锋打仗呀,要是正在前方和敌人拼刀子,你来了,我就撂下阵地,撂下士兵,退下来团聚吗?真是这样还会打败仗的!"说得爱人无话回答,转哭为笑。他的战斗精神也感染给了爱人,她辞别了丈夫,带病回乡参加建设故乡的战斗了。

写到领兵挂帅,怎么也忘不了支书张怀德。事有千件,只说一条。这一天他在工地担石头,累得满头大汗,数他跑得欢,数他的话多,他一个笑话接一个笑话地讲着干着,逗得大家笑得肚疼,人们忘掉了疲劳。他那瘦削的脸上一直充沛着乐观的笑容。到了夜间十一点钟放工的时候,他向指挥部请假回家,第二天一早又赶到工地,这时还没上工,他庆幸地说:"还好!我害怕来晚了!"他连夜回去干什么呢?他没有说。事后才听他的邻居无限感叹地说到这件事:他家中只有妻子和小孩,小孩病重得几天水米不打牙了,可是他却不肯离开工地一步,这天夜里,他请了假,连夜跑十多里路请来医生给小孩看病,看完了病,又匆忙地赶到了工地。

"干!"休息的时候,战士们听了这件事,二话没说,把膝盖一拍,猛地站了起来,用百倍的精神投入了战斗。

因此,颂扬他的快板在工地流传着:

> 英雄里头选英雄,
>
> 书记怀德是头名,
>
> 为修水库不顾家,
>
> 忠心耿耿人人夸,
>
> 哪里缺人哪里补,
>
> 件件武术都精通,
>
> 论文赛过诸葛亮,
>
> 论武赛过杨家将!

六 百箭齐发

跃进,全面跃进!为了修水库,忙得眼熬烂,腿跑断,每一分钟的时间都在火热的战斗中度过。可是能单打一的光搞水利化吗?战士们做了响亮的回答:

> 西瓜也要抱,
>
> 芝麻也要抓,
>
> 全面大跃进,
>
> 样样顶呱呱。

住在工地上的战士们都离家较远,虽说工地上修了厕所,但人多地方大,哪能处处都修上厕所呢?特别是夜间天冷,有的战士半夜起来大小便,不愿多跑几步,就洒在门口附近。粪是庄稼宝,浪费了叫人怎不心疼!第五排排长张俊昌看准了这个门道,就跑回原来生产队拿了几个粪桶,夜里散放到工棚门口,赶天不明就积得满满的。白天休息的时候,哪个地方人多,他就把粪桶放到哪里,每天都要积满儿担粪。这活儿虽然不重，却是个麻烦事，又是自尽义务，他天天如此，既做了工，又积了肥，可算得两全其美。谁料到他这样做的结果，也使别的排眼红了，各队都在工地上积起了肥。白天，千军万马在水库上搞集体劳动，深夜，各队打起火把往家送"体己"——肥料。苦战了一天的人们，为什么你们不躺下休息一会儿呢？你们在漆黑的田野里，在坎坷的路上，担着沉重的担子，深一脚浅一脚地奔走着，唱着雄壮愉快的歌声，使千年万代每逢夜晚就寂静的旷野也欢腾起来了！

　　也就是这些向山河进攻的战士，他们也正在向文化堡垒展开猛攻。他们唱道：

　　　　用肩担大山，

　　　　用心担书念。

　　　　英雄能重整山河，

　　　　占领文化也不难！

　　　　苦学苦练用心钻，

　　　　水库修好文盲扫完！

　　大地是纸，物物是黑板。你看，树上有字，墙上有字，石头上有字，锨把上有字，镢头上有字，钩担上有字，到处都是字。黑色物件上写白字，白色物件上写黑字。边做活边识字，每逢休息，三三两两围成一团，读书声琅琅。战士们掂起柴棒在地下写字。说起向文化进军，还有一段佳话。工地上开展包教保学时，高小毕业生梁海现和袁玉西争着包教张俊昌，二人争得面红耳赤。结果每逢休息，张俊昌一边一个小先生，这个教他个"水"字，那个教他个"库"字，忙得他顾东不顾西。他要忘了"水"字，袁玉西就自责地说："是我教你没有梁海现教得好，你才忘了。"他要忘了"库"字，梁海现就生气地说：

"咱没袁玉西教得好,他教的字你怎么都没忘掉!"一嗔一怪,把个张俊昌急得只好苦苦地学习,现在他已认识了一千多字。他打趣地说:"旧社会穷得不知学屋门朝哪开,如今我一个人却有了两个专职教员,这真是一步登天!"这话不假,水库上的文盲,个个都配备了专职教员。这些忠厚的英雄,过去谁也没有喝过墨水,可是他们在今天,都将成为有文化的人了!

七 一年苦万年福

工地就是战场。一声号令,犹如下山猛虎,猛打猛攻;一声休息,就如进入学堂,苦学苦练。人人精神奋发,个个生龙活虎。艰苦没有折磨倒一个人,是什么力量在支持着他们呢?

苦不苦呢? 我曾经听到一个叫王成新的战士说:"人不是铁打的,这么重的活儿,又是没明连夜地干,怎么不苦呢?"这时,他在河边打钻,他的手背被震得炸开一条条的血口,他抬起胳膊,用袖子擦了擦额头上的汗水,趴地下喝了几口河水,好像河水中有糖,他啧啧嘴,又抡起了十几斤重的铁锤,接着说:"可是一想到过去的灾难,一想到自己现在多吃一点苦,就可以使子孙后代安安乐乐地过日子,浑身的劲就来了。劲要不使出来,在肚里鼓包着,夜里就憋得睡不着觉!"在他对面正抬石头的李国珍接上说:"我们这一辈人最光荣了! 山河在我们手里翻了身,粮食产量在我们手里翻了几番,社会主义在我们手里建设好了。等我们七老八十了,对着子孙们也算得无愧了。再停几百年几千年,子孙们会从书上读到我们重新安排山河的故事。你说,这不就是最大的光荣!"

是的,因为我们所从事的事业是豪迈的,这种事业的本身,就是产生巨大力量的源泉。什么苦我们也不怕,什么困难也挡不住我们。逢山挡路要把山推倒,逢河挡路要把河斩断。苦,就是甜。在苦的面前,战士们的心情是什么样呢? 你听:

> 天冻地裂刺骨寒,
>
> 去修水库心发暖,
>
> 头顶日头身披火,
>
> 去修水库心发甜,
>
> 下雨修库心有火,
>
> 衣服湿了能暖干,
>
> 日毒修库心有泉,
>
> 好比喝了清凉散。

这是铁的证据。去冬河水结冰,战士们跳进河中,把水都暖化了。前天下雨,战士们衣服湿透了,就暖干它,暖干了又湿透,就再暖干它。他们家中都有三两身替换衣服,可是谁也不愿意耽误一分钟时间去换它。甚至像排长张俊昌本来拿有雨帽,他叫别人戴,别人不戴,他也不戴,雨帽扔在地下,自己淋着大雨。他说:"有苦同受,有福同享,大家都在淋着,我不愿一个人穿干的!"就是这样的农民战士,关心集体比关心自己更强百倍。把一切艰苦困难踏在脚下的英雄,没有什么能够挡住我们前进的道路,没有什么目标我们不能达到!

"当当当!"起床的钟声响了,新的一天又开始了。今天,我们将取得更大的胜利,把昨天的成绩远远地撂在后面!

你听,震天动地的战歌又响起来了:

> 前进在水库上,
>
> 我们浑身是力量。

左手把高山托起，

右手把河流掂走。

劳动的烈火通天红，

创造奇迹神鬼惊。

休说亩产双千斤，

我们要亩产万斤当英雄！

原载作品集《磨盘山上红旗飘》

河南人民出版社 1958 年 10 月出版

红旗下面发号令：

高山给我献宝，

河水给我立功！

我们举起手，

幸福花开满山红。

——西峡山区民歌

千山万山红花开

●

西峡，这是伏牛山下面的一个山县。山虽高，水虽深，可是它挡不住统治阶级伸向农民的魔爪。痛苦啊，山县的人民忍受着千年万代的痛苦：养下儿是老蒋的，挣下钱是保长的，打下粮食是地主的。剩下的还有些什么呢？一把血，一把汗，一把泪……

西峡，山水依旧，可是东风劲吹红旗招展，毛主席的阳光照亮了山区，面目更新……

让我们同着山区人民来欢乐吧，歌唱吧！唱歌先唱头一句："毛主席来了幸福来……"

唱吧，让我们走着跳着，高歌前进吧！

一　满眼稻谷黄似金

桂花飘香的季节。出了西峡城沿着

新修的西蛇公路往北走,大道两旁满眼稻谷黄似金,稻秆长得一人高低。从上面往下看,一个穗挤一个穗,密得扎不下绣花针;蹲下从一旁看,一根秆挨一根秆,稠得伸不进手指。随手托起一个谷穗数数,二百三十多个籽,比往年多了两三倍。眼前金光闪闪,实实喜煞了人。

> 旧社会,去他娘,
>
> 稻秆长有半尺长。
>
> 新稻收下还没尝,
>
> 地主收租抢个光。
>
> 如今稻子长得好,
>
> 攀住谷穗上天堂。
>
> 地是笸箩天是仓,
>
> 幸福生活没法讲。

越走稻子越好,到了五里桥,随便问一个社员:"今年这里稻子怎么这样好?"他哈哈笑道:"如今人们吃了大力丸啊!"

"什么样的大力丸呢?"我只当他是取笑,便开玩笑地反问。他笑眯眯地讲道:

> 人人都说天堂好,
>
> 天堂虽好没处找。
>
> 毛主席指出天堂路,
>
> 加入公社上凌霄。
>
> 上天堂,吃仙桃,
>
> 返老还童逞英豪。

他说:"就以北堂代老八为例吧,年过六十挂零,一个儿子年方二十,劳动好,觉悟高,老夫妻爱如掌上明珠。谁知天有不测风云,一九五六年秋天,儿子得下暴病,党和政府多方挽救,但医治无效死了。一双老人如被摘去心肝,三天一次,五天一场,每日间哭哭啼啼。怎能不哭呢?日后,有病了谁伺候?哪有钱医治呢?就是没病,老了动弹不了吃啥呢?天长日久,忧虑过度,就得下了心口疼病。社里分配他看水磨,但疾病常发,水磨也看不好。人越怕老就越老得快,两年工夫,可就弯腰弓脊了。谁知今年夏天共产主义早春来临,乡里办起人民公社,粮食实行了供给制,病了有公费医疗,老了入幸福院。代老八入了公社,愁脸换上了笑脸,说:靠共产党比靠儿靠女还保险。一夜之间,代老八的心口疼病没用药就好了,断根了,腰板又直了。现在除了看磨,还帮着食堂做饭,抽空帮木业组做犁耙。一个人干起了三个人的活儿。男女老少都不再为自己操心了,一心扑到生产上,这生产自然搞得火一般红。"

公社,就是建设共产主义的巨大力量的源泉!

> 金山再大能挖空,
>
> 银河再长能流净。
>
> 儿亲还会不养爷,
>
> 女大还会把娘扔。
>
> 公社好似聚宝盆,
>
> 财富越用越上升。
>
> 公社胜似亲儿女,
>
> 铁打的幸福乐无穷。

据说,城郊乡今秋的粮食单产每亩达一千斤以上,比往年全年的产量还超过一倍。这在山区真是千古奇闻。社员们在欢乐之余,情不自禁地唱道:

> 西峡丰收粮如山,

站在山顶往北看。

北京城里太阳红，

太阳就是毛泽东。

看见领袖招手笑，

看见党的指路灯。

坐着卫星到北京，

把心交给毛泽东。

城郊乡和全国各地一样，食堂、幼儿园、妇产院、缝纫厂都建立起来了。妇女们再不为油盐酱醋发愁了，孩子也不扯后腿了，心情愉快地投入了生产。新生活刚刚开始，可已经在她们心中生了根；旧的生活方式失去了，妇女们并不留恋。我随便问一个中年妇女，她的名字叫阎秀琴，我说："新生活能过惯吗？"她看了我一眼，说："为啥过不惯呢？从前的日子妇女们流着眼泪过。我有四个孩子，吃呀穿呀，锅台上转了就抱着针线筐，每天忙得晕头转向，没有空下地生产。可是男人家总以为这家务活不算劳动，一点不称他的心，就说吃他的喝他的，是他养活了女人。现在，我算一步上天，一样劳动，一样发工资，男人家没话说了。这才真是能和男人平起平坐了。"

几千年，几万年，

妇女围着锅台转。

为做饭，眼熏烂，

做针线，灯熬干，

丈夫还说吃他饭。

扒锅台，办食堂，

小孩送到幼儿园。

缝纫厂里管吃穿，

　　　　妇女高歌上前线。

　　　　工农业，都能干，

　　　　没人再敢瞪白眼。

　　女人不算人的时代永远过去了。妇女们可真是能干。党，解放了她们，她们把心交给了党。我访问了女专家程彩兰，她种的棉花一人多高，花桃累累，亩产一千一百多斤皮棉。她的心血都灌溉在棉田里。乡里群众中流传着她的故事：谁要在她的棉田里摘上一个棉花叶子，拿到她家中让她看，她就会丝毫不错地说出这片叶子是哪一行的、哪一棵的、哪一个枝的。我问她："你怎么把棉花种得这么好呢？"她并不正面回答，说："从前人们讲话时好说：顶天立地的男子汉。现在妇女也要顶天立地！"这话不假，新中国的妇女并不弱于男子，生产上有一半的任务就是她们在顶着。

　　　　掀掉妇女身上山，

　　　　妇女就能奔上天。

　　　　男女协力一齐干，

　　　　建设速度赛火箭。

　　在东坡根，看到了一排排全新的瓦房，我当是学校，问了问，原是共产主义新村。原来这里群众居住条件很差，一家几口人挤在一间破草房里，床、锅台和牛圈都在一起，屋内又黑又臭。这当然不讲卫生，可这怪谁呢。我参观了新村的王和振家，他们三口人，住了两间瓦房，前后都开有窗子，屋内光线明亮，桌子、椅子、床铺全有，摆设得十分整齐清洁。王和振没在家，他的母亲是一个慈祥的老太婆，听到问她有啥感想，她流泪了。这是欢乐和痛苦的感情交织在一起的泪。她说："从前住地主一间破草屋，今天撵，明天撵，成年串人家的房檐。到了夏天，刮风下雨魂都吓飞了，实怕那破房会墙倒屋塌，就抱着孩子蹲到雨地里硬淋。现在,没有说的,只盼望毛主席他老人家万年长寿!"这个社自己会烧砖瓦,木料也有,他们打算今冬把社员旧房子扒了,老墙土上地,统一盖成共产主义新村。现在,全社已规划好了新村地址,明年,村子就会在居住环境上展现新的面貌。

> 倒吃甘蔗节节甜,
>
> 加入公社如上天。
>
> 凌霄宝殿不稀罕,
>
> 新村胜似金銮殿。

二 听党话,穷湾变金川

走十五里,到三里湾,远远看去满湾绿林。几天不见,怎么就会绿林满湾?这三里湾是有名的穷沟,正如民歌中所说的:

> 三里湾呀三里湾,
>
> 青石板上种庄田。
>
> 拽断筋骨汗流完,
>
> 一亩一斗庆丰年。

走近看时,哪有绿林,原是人民公社农业中学的苞谷田。这苞谷又稠又高,好似一片林海,一棵秆上结四五个穗。这等庄稼真是天上难寻,地下难找。

> 远看松杉耸入云,
>
> 近看原是苞谷林。
>
> 穗如磙子喜煞人,
>
> 脚蹬谷穗进天门。

我到农业中学,请他们谈谈丰收的经验,他们谦虚地说没有经

验,倒谈了一段故事:

今年种秋的时候,农业中学学习了总路线,学生们干劲很大。

自从学过总路线,

人也变,地也变。

人们越变越喜欢,

黑夜白天都在干。

地翻五尺变肥田,

庄稼长得顶住天。

学生们提出要搞千斤玉谷田。正当这群生龙活虎的小伙子准备大干一场时,惊动了住在附近的李法全,他噙着长杆烟袋来到学校里,忍不住说:"听说你们要叫一亩地收千斤玉谷,这话可是真的?"

"哪个哄你不成?"学生小王调皮地说。

"哈哈!"李法全笑了,"一千斤?能收二百斤就好了。我在这里种了一辈子庄稼,最好的年景收过二百斤,还只碰到过一回。你们知道这是啥地?是屙屎不黐蛆的石头窖啊!咱这山区可不能和平地比。哼,一千斤?真想上天了!"

小王越听越不是味,瞪了他一眼,说:"我们有上天的天梯嘛,你能不叫谁上天?"

李法全开玩笑地在屋里四下看看,说:"怎么没见你们的上天梯子?"

"在这里面!"小王拍了拍胸膛,"总路线在我们心里,这就是天梯!"

李法全摇摇头走了,边走边说:"一千斤,把地下的土拢起来称称,也不够一千斤!"

就在这时,县委提出深翻土地,小伙子们首先响应,不分黑明地干了起来。这哪能算地啊，四指深的虚土下面全是大大小小的夹沙石，一镬头下去火星四溅，震得虎口麻疼麻疼的。但困难难不倒有志气的青年，他们把石头起出来，挖了四尺多深，挖着唱着。这时，李法全又来了，他蹲到挖过的土上，抓了一把放到鼻子下面闻闻，讽刺道："谁家死人了，请你们给打墓坑?"青年人听了心中好恼，便给他回马一枪，说："挖深深的，把保守思想埋下去，使它千年万代跑不出来，省得妨碍生产!"李法全胡子一翘一翘地气着走了。他逢人就讲："俗话说：人活九十九，没见深翻土，地翻一尺深，一亩收一斗。这里是山地，石头多，死搬硬套平地经验，将来非减产不行!"青年人听了这风言风语，就咬紧牙关翻得更起劲，决心要在山区打开一条通向丰产的路。他们把深翻的地分层压上青草，又把挖起的大坷垃烧成火肥。种时实行双株留苗，一亩地四千株，苗儿又肥壮又黑绿，看着喜人。李法全在地边转了一圈，说："胡闹! 常话说：苗密一把草。"青年人看着这苗儿浑身是劲，勤施肥，勤除草，玉谷长得叶厚秆粗。李法全转来转去，看着看着心里也活动了，可是嘴里还说："土地能有多大劲，劲都用到秆上了，到长穗时地的力气完了，免不了狗咬尿泡——瞎喜欢一场!"

不久，青年人在报上看到用插竹签刺激玉谷多结穗的办法，就学着插起来。李法全看了实在心疼，好像竹签扎在他的身上，便劝阻道："眼看快收了，你们却要把好好的庄稼毁了，一扎精气跑了，它会长个屁! 好好的人要扎一针还得几天疼呢!"青年人翻了他个白眼，说："我们听党的话，保险错不了!"青年人不听他的，他气得吃不下饭，说："不听老人言，吃亏在眼前。我的胡子接起来也比你们走的路长，哼，等着看吧!"但玉谷好像专门和他作对，一株上结好几个穗子，长得棒槌大小。李法全看了之后，像见了石磙发芽驴出角一样惊奇,心里拜了下风,把脑袋拍拍,说:"真想不到!"

前些天,有一块地的早玉谷先熟了,上级来了验收的人。李法全扛着镢头下地经过学校,也忘了走了,一心看个明白。他守着掰,守着过秤。好家伙,亩产三千五百斤!他趁学生来回忙乱的空子,对上级来验收的人说:"你经过山地一亩收这么多玉谷吗?没有!嘿,我早就说深翻地能增产!"

"你早就说什么呀?"李法全的话没落地,一个学生跑来又好气又好笑地问。

李法全张大了嘴,把舌头伸在外面,半天说不出话。最后扛起镢头,搭讪着说:"哈哈,我早就说该下地深翻了,你看,大家已经做了半天!"

李法全匆匆地走了,在他的身后爆发了一阵快活的大笑。

> 从前一百今三千,
>
> 穷湾一变成金川。
>
> 党的领导记心房,
>
> 每亩能产万斤粮。

三里湾,今秋粮食产量比往年增长十倍以上。当时提出这个指标,许多人认为是瞎吹的。可是由于坚持了党提出的深翻地和密植的指示,因而创造了山区也能高产的奇迹。

深翻,已经深入人心。早秋作物腾出的茬地,普遍地深翻了二尺以上,个别块深翻八尺到一丈,提出了亩产四十万斤的口号!我在路边看到了一条标语,上面写着:地翻一丈深,亩产百万斤!

这是理想,但当英雄的人民有了这个理想后,一定就会变成现实!

山区指望到平地买粮食吃的时代结束了。

三　摔龙王，呼风唤雨由自己

在三里湾上面，四山庙下面，去冬今春修了一个大水库。如今只见水连山山连水，海一般的库水深不见底，鱼儿在水面上游来游去，比画上画的还要好看十分。

水，有时对山区人民来说就是祸，避祸的方法是求神保平安。

就在水库当中，原有一个小山丘，丘上有一个青石板垒成的小庙，庙中端端正正坐着一个龙王。据说这个小山丘能随水涨高，再大的水也淹不住它。这当然是"大水不冲龙王庙"的原因。因而，丘上的龙王被山区人民认为最灵不过了，于是香火不断。既然是神，就要发发神的威风。民国八年，龙王发了怒，大水好似猛虎下山。当时，爹呼儿，女叫娘，河两岸齐哭乱喊，大水冲塌了房子，淹没了河两岸的庄稼。大水过后，人们扶老携幼一担两筐到外地讨饭。树皮剥吃光了，儿女也卖了。那也是社会，可那是什么样的社会呀！住在水库旁边的朱大木说："西峡县城北关有个万人坑，饿死的和还有股悠悠气的人，都被扔到坑里用土填死。人们都是皮包骨头，瘦得走路乱晃。"朱大木叹息了一阵，说："我卖了桌椅板凳，换了几个铜钱，到了西峡口街上买了一个馍，刚咬了一口，突然后面伸过来一只手抢跑了，我赶紧追，那人却赶紧往馍上吐口水！唉……"

这就是龙王爷的恩典！

逢天旱情况更不妙。水，在河里白白东流，可是庄稼苗子枯黄着低下了头。要活命吗？到龙王庙去求雨吧！附近的地主向群众摊派了一大笔钱，买上香表，人们头顶柳条编成的圈子，去跪到小山丘的龙王庙前，诚心诚意地叩头，诚心诚意地祷告。过了些日子，碰见了下场雨,地主就再摊派一些钱,整猪整羊,唱上二五天大戏,给龙王还愿。愿是还了,可是因给龙王香火钱,把收的一把粮食糟蹋个精光。有时,天瞪着眼死不下雨,穷人哭,富人笑。地主们在酒席上说:"旱吧,再旱上三个月,粮价更高了,土地更贱了,这上下方圆的土地算是天命注定该归我了!"于是,穷人们逢收逢种时在家忙,闲了,就出外拉棍讨饭。就这样一年又一年地过下去,穷人们流的眼泪都成了河!

重岔沟,没福享,
五谷杂粮都不长。
种时流汗日夜忙,
收时流泪哭断肠。
天旱求雨龙不灵,
大雨三天地冲光。
风调雨顺谷满仓,
也得拉棍去逃荒。
重岔沟,坡地广,
穷人死了埋外乡。
不是本地没处埋,
皆是讨饭死路上。
人家清明去上坟,
我们的先人在哪方?!

这就是龙王爷的恩典!这就是叩头烧香的下场!

去年冬天,党号召大修水利,当地群众在党委领导下,大干了一冬,修了一座拦河大坝。这里是山区,群众迷信,开始修时,一些老年人又喜又怕,他们说:"看这一下要能把小山丘淹住才算真没神!"

群众把黑夜当白天，一天当两天，十冬腊月跳到冰水中挖坝基，到今年春天修成了。第一次涨了大水，可把小山丘淹住了，老年人这才笑了。

今年夏天，涨了特大的洪水，一连半月大雨不停，水一个劲地猛涨，据老年人讲，比民国八年的大水还大两倍。可是，水库像铜墙铁壁般屹立着，蓄了洪水，保证了河两岸的庄稼生长和群众的生命安全。朱大木说："从前涨大水我们是哭着跑，如今涨水我们是笑着看。"

夏天，重岔沟下面第一次出现了稻田，这水库能浇一千多亩地。如今稻子长得像芦苇一般，稻子丰收了，群众心花怒放。他们说："从前，逢年过节找亲戚托朋友换上一升半升熬碗大米汤喝，今年我们要吃自己亲手种的大米了！"

还是朱大木这个老农，他掂起一个谷穗，满有风趣地说："从前，富人们吃完了肉，好说到重岔沟去拔棵玉谷秆来挖挖牙缝，你就明白庄稼长得怎样。现在，不是吹的，我们的稻谷秆可以当火棍用了！"

笑！我在这里碰见的每一个人都在笑，精力充沛，干劲冲天，满怀信心地在劳动着。

> 重岔沟，放金光，
> 金光闪闪翻稻浪。
> 党叫修下聚宝盆，
> 粮食堆得赛山岗。
> 一粒米，一颗心，
> 千辛万苦歌颂党。

四　路上奇闻说不完

离了重岔沟水库,进入大山,公路沿山崖而过,十分险要。这时,路上人来人往,好不热闹。

　　　西蛇路, 弯又弯,

　　　路上行人数不完。

　　　下山担铁跑似箭,

　　　上山担的耐火砖。

　　　英雄们, 跑得欢,

　　　百里百斤不换肩。

　　　超英压美志冲天,

　　　千山万水岂怕难。

钢铁! 为了给祖国炼出更多的钢铁,在大道上许许多多的人在奔忙! 在大唐崖口,我看见了两个迎面而过的人在简短谈话,他们说话时,担子放在肩上。

"怎么是你呀?"从山里担铁下来的人说。

"是我呀!"往山里担耐火砖的人回答道。

担铁的人非常惊讶,说:"昨天下午下来,今天上午可拐回来跑到这里了! 一百七十多里啊!"

"家里不是等着耐火砖用嘛!"

"好!"担铁的人下决心似的说。

于是,他们一南一北匆匆走了。钢铁! 为了炼出更多的钢铁,他们脚下生了风,连我这个空手的人都追不上他们。

到了分水岭,这是一座大山,山两面两道河,一条往北,一条往南,故有分水岭之称。分水岭,解放前这里流了多少血,死了多少生命,旧社会这里盗匪横行,劫财害命。人们从这里经过提心吊胆,好似景阳冈上有猛虎出没,人们为了安全就成群结队过分水岭,就这还得捏一把汗呢!多少孩子的父亲,多少妻子的丈夫,在这里被杀害了,还找不到尸首。这是谁的罪过?怨那些被害的人命短吗?怨那些杀害人的人残忍吗?

不!是万恶的人吃人的旧社会啊!

分水岭!就在这个谈虎色变的地方,我却听到了一个迷人的美好的故事。

一个有急事的人,他在分水岭顶上的一棵树下休息,从后面来了一个熟人,打过招呼,就和这个人一同走了。两个人谈着话走了十多里,到北堂供销社买东西掏钱时,才发觉手中提的小布包忘在分水岭上了。他急得出了一头大汗,回头就跑,心想肯定找不到了。虽然心里想着一定找不到,但脚下还是不挨地地跑着。一气跑了十八里,到分水岭了,一眼看见小布包挂在树上。他的心不慌了,上前取下布包打开一看,钱和物件丝毫不少,还多了一片纸,上面歪三扭四地写着一行字:"谁的小包忘到这里?本来该拿去交给政府,但时间宝贵,为了不使你多跑腿,才把包挂到树上。下次可要小心了!"他看了长出一口气,高兴地走了,边走边说:"这该谢谢谁呢?"

到底该谢谢谁呢?

> 分水岭上分黑红,
>
> 新旧社会大不同。
>
> 旧社会,黑咚咚,
>
> 从此路过胆战惊,
>
> 不死也会吓场病。

　　新社会，挂明灯，

　　分水岭上谈笑生，

　　路不拾遗人心红。

　　下了分水岭，只听满山伐木声叮叮当当，举目看去，只见半山腰中朵朵白云，云彩的上面却狼烟冲天。问了问，原来是城郊乡炼铁厂的燃料大军，在为土炉准备木炭。这时，从天上撒下了一片歌声：

　　猴娃寨，挨住天，

　　城郊来了英雄汉。

　　脚蹬祥云烧木炭，

　　钢铁大军非等闲。

　　英雄们，上高山，

　　笑谈渴饮山上泉。

　　夜宿乐与虎同眠，

　　誓保炼铁不断炭。

　　皮挂破，手磨烂，

　　身子虽苦心内甜。

　　今日炼出万吨铁，

　　卫星飞到月里面。

　　明日嫦娥伴我玩，

　　气死美帝笑三天。

　　前行，到瓦房坪，这时大路沿着大河伸展，河两旁人声呐喊，红旗招展，成千上万的男女老少在河中淘铁砂，给炼铁炉制造"细米白面"。走近看时，方法倒很简单，在水中支一木槽，把沙倒入槽中，放水冲刷，来回搅拌，轻沙被水冲走后，剩下的都是铁砂。每天每个人多的可淘出净铁砂五六百斤。河中全是沙，沙中很多铁，河边就是山,河里有铁砂,山上有木炭,再加群众干劲冲天,这合在一起就是钢铁。要不了多少天,祖国的钢铁宝塔就会把帝国主义压死。

祖国山,祖国河,

遍山森林好烧炭。

大河小河铁成山,

铁水奔流浪滔天。

有铁砂,有木炭,

还有六亿钢铁汉。

钢铁英雄炼钢铁,

祖国富强万万年。

晌午时,号声一响,人们都到行军食堂吃饭。原来山区居住分散,往年下地做活,少则跑二三里,多则十数里,每天仅来回吃饭就占去了一半时间。做了一晌活儿,放工可该休息一下,但却不能。急急跑回去吃完饭,丢下碗又急急跑向工地,累得筋疲力尽,没办法振作精神做活。如今办起了公共食堂,又根据山区特点变为行军食堂,人到哪里做活,锅抬到哪里做饭,节省了时间,多做了活,饭后还能休息。吃了饭,民兵们端着枪卧在沙滩练习瞄准,有的围在一起读报、谈心和研究工作。这个办法实在好,要算蛇尾乡的新创造。

蛇尾乡,办法好,

行军食堂真是妙。

饭后读书又下操,

劳动战果日日高。

到蛇尾街。所谓街也只是山坳中一个较大的小山村,乡政府就设在这里。远远看去,土炉林立,炉火通红,火舌直冲云霄。变了,小山沟变成了钢铁工地。

小山村，多树林，

多见树木少见人。

如今铁炉比树多，

蛇尾天空飘红云。

炉火红，红似火，

东风烈火西风落。

炼出钢铁无有数，

活活吓死美国人。

炼铁场里干部群众都有，大声地吵嚷着、干着。不时各炉上的人会围到一个炉旁，必定是这个炉出的铁多了，大家来庆贺，然后又都回到自己炉上拼命地干起来。

我正在看出铁，一个满面风尘的青年人跑到炉子林中，许多人见了他一齐围上来，不等打招呼，他就滔滔不绝地说："这一次我可把真经取来了，咱们的出渣口没有堵，风力跑了……"比画着讲着，说得头头是道。末了，他边匆匆走开，边说："我得马上用电话把经验通知各地！"有人提醒他："跑一天了，吃了饭再传达吧！"他并不理会，一直走去。很快从墙里面传来了他洪亮的打电话声。

从他的讲话中你会发觉他对炼铁是精通的，炉子各部名称、原理说得很熟练。如果不认识的话，任何人都会把他当成炼铁的工程师或技术员。可是，他是乡党委第一书记王相楼同志。有了这样的带头人，钢铁怎会不堆积如山呢？

铁！钢！这意味着什么呢？山区人民是体会得非常深刻的。一个老大爷说："旧社会连个铁钉都不会造，叫洋钉……"

旧社会，真可怜，

反动阶级把钱要。

刮民财，装腰包，

连个铁钉也不造。

小日本，美国佬，

仗着铁多行霸道。

洋钉洋铁和洋炮，

害得百姓嗷嗷叫。

共产党，实在好，

领着群众把铁造。

有钢铁，就是宝，

自造机器和枪炮。

中国人，直起腰，

驾着卫星往前跑。

工业农业电气化，

共产主义早来到。

全国人民拍手笑，

谁敢再来行霸道！

钢铁！蛇尾乡人民群众在大搞钢铁中涌现了多少英雄模范！技术员侯运祥脚上长疮，自己用小刀把疮挖掉，三天不能走路，仍坐在炉前战斗；普通社员朱光朝手被烧烂，仍不下火线。谁不爱惜身体呢？但他们更爱祖国！为了祖国生产更多的铁！就是这个信念，使他们有了钢铁的意志，火红的心！

五　万家灯火映天红

离开蛇尾乡继续往东北走，行十二里到小水村。村外棉花长得很好,人能坐在棉株下歇凉。这在山区真是奇闻,每天有许多人来参观。

> 小水街头棉花田,
>
> 株高如树桃如蛋。
>
> 社员摘棉搬梯子,
>
> 棉花放到凌霄殿。
>
> 棉里云,云里棉,
>
> 哪是云?哪是棉?
>
> 织女下凡问社员。

山区向来不种棉,因为地薄,有句俗话:薄地棉花——一絮。今年干部赵青、符明义却在这里搞起了千斤棉花田。"这地要能长千斤,好比癞蛤蟆想吃天鹅肉——妄想。"当时许多群众这样说。还有些人称他们有"天胆"。但共产党员并不理会这些,他们说:"不管条件如何,只要人民需要,就一定叫他达到!"他们辛勤培育,施四次肥,锄五遍地,治三回虫。现在丰收已成定局,每亩千斤还要超过。奇迹感动了很多人,老农李德志说:"这棉花长得好,除了上粪除草之外,还上有共产党员的心血啊!"

山区人民从前非常贫困,夏天穿的衣服赤皮露肉,许多人到夏天干脆只穿一条补过的短裤衩。到冬天连穿的都没有,更不用说盖的棉被了。一家合穿一条裤子的事情村村都有。每到夜里,拾一点柴火在屋内燃着,围着柴火御寒,山里人称这是坐"火圈"。夜半更深,陪着将熄灭的火,诉着伤心事,流着伤心泪。新中国成立后,生活日渐提高,生产发展了,土特产销路打开了,人们都穿上洋布衣服。如今又能穿盖自己种的棉花,心里那股痛快劲就没法说了。

> 山区人,真可叹,

十冬腊月穿着单。

北风吹，夜更寒，

柴火堆旁盼夜短。

至如今，棉如山，

丰衣足食身子暖。

半夜醒了也想笑，

笑唱党的大功劳。

翻过一架山又一架山，过了一道河又一道河，天黑时到了二郎坪，只见家家户户灯火通明，街上路灯明亮亮的。原来这里已安上了电灯！好快啊，山区的建设速度真是一日万里！第二天一早去参观发电站，出街没走几步就是山，二郎坪被称为山区真是名不虚传。

二郎坪，并不平，

四通大山不见顶。

马武山，高入云，

脚踏马武摘星星。

电杆通过马武山的峭壁，工程十分险峻。走一里许，到了发电站，电站依山傍水建成。去冬今春大搞水利化，这里修了一个拦河堰，又修一条通水渠，今夏改七十多亩山坡旱地为水田。全面"大跃进"后，群众集资买了一部封闭式十五伏安发电机，在渠的下游修了一个码头，盖了两间草房，发电站算大功告成。

好好好，妙妙妙，

山区用上电灯了。

稻子黄，电灯照，

天堂苏杭比不了。

跃进，巨大的跃进！短短的一年跨过了几个时代！

电灯？山区人民休想！原来连油灯也用不上，夜里劈些松脂竹子照明，半夜有个急事干着急点不着。现在由原始社会的照明方法一步跨到电气化。可喜！可喜！

歌子不用唱，就从心里跳出来了：

旧社会，害人精，

穷人没油来点灯。

松脂火，竹竿亮，

一时不烧黑咚咚。

共产党，放光明，

电灯照得遍地明。

大跃进，力无穷，

太阳挂到咱家中。

电灯，这只是第一步，现在已买来了钢磨，准备用电发动它，一天可磨几千斤粮食。这是个喜讯，山区人民吃粮食原来是推的，两个人抱着杠杠转一天，累得头晕眼花，能磨三十斤。逢着天气连阴多雨，磨在外面，只好吃囫囵粮食。现在好了，每天可以省下许多劳力投入生产。二郎铁厂已买来了小型鼓风机，也打算让电力带动。这只是第一步，更多的小型电站正在筹建，全面电气化要不了多少日子就会实现了。

喜山区，乐无穷，

从今变成幸福城。

二郎坪，小上海，

城市乡村无差别。

想从前，比现在，

歌声自己跳出来。

电灯明亮,人们的心也更亮堂了,共产主义社会不再是遥远的事情,她已经来到人间了。千万颗心更加热爱党了! 一位七十多岁的方姓老汉,望着家中明亮的电灯,无限感叹地说:"水,还是那流了几千年几万年的水,可是毛主席来了,水能点灯了,水能做活了。这都是托毛主席的福啊!"

千山万山有多重?

没有党的恩情重!

千水万水有多长?

没有党的恩情长!

党的恩情没法说,

人人都来歌颂党。

颂歌响在满山坡,

千年万年永不落!

六　山歌、钢铁比山多

光荣的二郎坪! 西峡县二十七万人民,骄傲地称它为自己的"铁都"。

头三脚难踢。这个五千九百多人的小山乡,用了九到十天就炼出了四十万斤生铁! 这是在没技术、缺原料的情况下创造的。现在经验有了,还储蓄了一千多万斤矿石,到年底生产出一千吨铁是没问题的。

在这里,我们看到了连绵起伏的高山,看到了使这些高山化为铁水的英雄!

我们到了二郎坪铁厂的矿山,此时正值中午,抬头看去,太阳好像在山顶尖上放着，四顾左右，山没边没沿地伸展着。这真是一座大山！说它是山，只是它和山一样的高大，其实这山是铁矿石铸成的，表面是铁，往下挖去还是铁，谁也估不准有多少斤！

山上叮叮当当的钻孔声在回荡。昨天还是农民的开矿工人，每四个人一组在钻孔，一人扶钢钻杆，两个人抡着十多斤重的铁锤往下打，一个人在配药。他们的身旁都插有各种颜色的小旗，这是他们成绩好坏的标志，其中以红旗最多，占十分之八九。看得出来，他们干劲很大。每隔三五分钟，便有一个组停下锤，把钻孔里的屑末儿掏出来，用尺子量一下，然后向其他组吆喝道："嘿，老张，你们打多深了？我们已经二尺一寸了！"于是，满山传诵开了，"跃进组二尺一寸了！"随之，千把铁锤飞舞得更快了，叮当声响成一片。要不了多大时候，新的数目字又传开了。就在这一个接一个的数目字的鼓舞下，什么疲劳也不敢接近英雄们的身子！

这座沉睡了不知多少年的宝山，今年秋天才被一百多名英雄的铁锤惊醒。按说，二郎坪的人们和它是老邻居了，祖祖代代都居住在一起。可是，他们骂它不长树也不长庄稼，是个废物。去年来了党的地质队，从腰里掏出小铁锤敲了敲，然后，地质队当了媒人，把它介绍给群众。这一下喜坏了山区人民，他们唱道：

　　相处万年不相识，

　　就是相识也无益。

　　请铁山，别生气，

　　如今请你宝帐坐，

　　元帅称号送给你。

夏天，大搞钢铁的号角一响，山下来了百十多人，山沟里热闹开了。开头在荒坡上住，风吹日晒雨淋，在这困难面前，人们就吃"壮志气丸"。下雨了,几个人蹲在一块儿,任雨淋得浑身淌水,想吸口烟也淋得没办法点着,况且烟和火柴也淋湿了。这时,他们就叫复员军人讲志愿军一口炒面一口雪的故事,讲着讲着身子就热了,眼也亮了,就摸着黑淋着雨又上山干起来。以后,他们自己割草自己砍木料盖了八间草屋,盖时说的是住人的屋,可是自盖好后很少住过人,里面放的是被子和锅灶。人们整天在山上不肯下来,实在乏了就在工地上眯一眯又干起来,谁也不愿意正正经经地睡一觉。他们说:"这超英压美就是打仗,在战场上谁还能睡着觉呢!"我见到一个叫陈光全的战士,他的脚上被矿石砸了一个铜钱大的伤口,可是他还在扛石头。"为什么不休息呢?"谁见了谁说他,他幽默地回答道:"这么大的一点伤口算什么? 比以前日本鬼子用刺刀戳在人身上的伤口小多了。"是的,这是千真万确的。一九四五年凶恶的日本鬼子来到这里,用钢铁造成的刺刀和炮弹毁灭了整个村庄,从那个时候起,带着伤痕的山区人民就明白了什么是"钢铁"。

山里人虽和矿山住在一起,可是说到开矿还是个新鲜事。他们用炸石头的方法炸,一天四个人打一个孔,只能炸两三千斤,要是碰上不响,就连一两也炸不下来。为了安全,点着的炮不响了,不能再去把药掏出来,以免突然发生爆炸事故,只好把药浪费了,一天的汗水算白流。这气坏了英雄们,于是就动脑子找方法。他们把不响的炮药浇湿掏出来,仔细研究,发现是药捻断了。于是,经过钻研,他们创造出把细竹筒穿通,把药捻穿到竹筒中的办法。这样又防潮又易燃,同时药还可砸实,压力大了,一炮就可以炸七万多斤矿石。目前,他们已炸出矿石一千多万斤。

当我离开的时候,他们正在作战场休息。这时,一百多个人围在一起,大家起哄:"欢迎张书珍唱快板吧!"一个粗大的黑脸膛的壮年人站起来,往前走了几步,说:"我打头炮,每人轮着说一个,好吧?"

"好!"大家回答。于是,他不假思索地唱道:

> 山区人民喜唱歌,
>
> 过去越唱泪越多。
>
> 如今欢唱钢铁歌,
>
> 铁水滚滚赛黄河!

他的歌声刚落,挨着的一个青年不等喊叫,爽快地站起来唱道:

> 赛黄河,赛黄河,
>
> 黄河难比铁水河。
>
> 铁水长流机器多,
>
> 黄河也要变清河!

这时,又一个青年接唱道:

> 黄水清,引上山,
>
> 白云上面种稻田。
>
> 大山脊上走轮船,
>
> 铁山一变成江南!

歌,还在唱,铁锤可又叮当响了。

在二郎坪,一步一个炼铁的土炉。奇迹! 一切都是奇迹! 我置身在比炉火还要炽热的热情中!

进了炼铁厂,炉火通红,火舌上升。在风箱前面各站着四条好汉。这一人上去拉上十下八下,当力气用到顶峰时,另一人马上抢上前去接住拉。在这里我看到了"打游击"的人,他们非常"不受欢迎"。比如像张书珍吧,本来他下班了,应该去睡觉,可是他却硬要去拉风箱。到这个炉子上拉一阵,说:"好了,你们不要瞪眼了,我这就去睡觉。"他避开这个炉子又到另外一个炉子上抢着拉。像这样不愿休息的人,等到他们上班,又会瞪着眼去训斥那些另一班"打游击"的人。

在一个停火的炉子旁边,我见到了戏剧中的英雄。炉子要整修了,炉温还很高,浇上水起白烟,怎么办呢? 时间就是钢铁! 李明义和陈保成就奋不顾身地轮流跳到炉子里整修,当他们出来时,衣服都焦黄了。可以看出,他们忍受了多大的烫热呀! 头上汗珠滚滚,口里呼呼喘气,抱着温开水大口大口地喝一阵,他们轮流又上到炉顶,把炉内的人提上来自己跳下去。就是这样把炉子提前修好了。

在那悬崖绝壁的山上,看起来连人都不能立住脚的地方,有多少男女老少在运送木炭! 有一个小孩叫刘国成,今年十一岁,从二十五里外的曹谷峪往二郎坪送炭,翻了两座大山才到这里。我问他:"你累不累?"他羞怯地低下了头,说:"不累!"我又问:"为什么这么大劲呀?"他红了脸,说:"老师讲好好炼铁就能坐汽车了,就不用再翻山了!"

就在这个炼铁厂里,一天曾放出过五个炉日产两千斤以上生铁的卫星。这些钢铁英雄,他们用笔蘸着铁水写下了英雄的诗篇。只见一个炉子上写着:

> 祖国建设像骏马,
>
> 铁水奔流比海大。
>
> 巨浪汹涌谁敢挡,
>
> 火龙要吃侵略家。

另一个炉子上写着:

> 多炼铁,多炼钢,
>
> 多产棉花多打粮。

打击美国狗强盗,

巩固国防有力量。

当我离开这个铁厂,眼前出现了一幅这样的画面:

一个屹立在山顶的巨人,面对着烈火似的初升太阳,振臂高呼:"美帝国主义可以休矣! 在钢铁生产上,东风起西风落!"在他的脚下,艾森豪威尔抱着头缩成一团在发抖。

七　进商店百感交集

走进二郎坪供销社的百货商店,玻璃货柜里摆设着日用百货,有收音机、留声机、热水瓶和各种布匹,和郑州的二等商店不差上下,许多大娘大伯和年轻的男女在选购货物。这是很平常的日常营业,可是,我这个初进山区的人看着这些,心里一阵冲动,双眼热乎乎的,好像流出了泪。

想起旧社会叫我怎能不流泪呢?

盐,这是多么平常的起码的食物! 成年吃盐的人,不会知道整年不吃盐的苦处。成天吃那些野菜树叶煮成的"饭"已经是难以下咽了,再不放盐,那个味就不用提了。吃得人浑身无力,吃得人颈上因缺盐而生瘤。盐呀,什么时候才能吃到盐呢? 我想说两个例子,这不是笑话,这是千真万确的!

一家人费了好大的力气,弄来一块四两重的盐块(叫花马盐,像石膏一样,结的块子很大),吃了吗? 不舍得。于是用一根线绳系到屋中的梁上,吃饭时一家人围在屋里,看一眼盐,吃一口饭,嘴里因心理作用而生出一丝咸味。穷人也有吃盐的时候,过年过节还不可以,只是在女婿第一次到岳母家时,才能吃一顿咸饭! 而仅仅是第一次,到第二次也就不可能了。要知道一斤盐的价格值五十斤小麦啊,穷人连肚子都不能填饱,哪有钱去买个咸味呢?!

在村边,在地头,三五个穷困农民在做着什么,这时一个地主家读书的或当官的儿子从身旁路过,这三五个农民便会羡慕地说:"啥时候才能供起自己儿子上学,将来也挣一口咸饭吃吃!"

盐,只有地主恶霸才吃得起,而也就是因为有这些王八蛋,农民连吃盐的权利也被剥夺了。

如今呢?

"哈哈!这盐还不是想吃多少就吃多少。"一个白发苍苍的大爷说,"两角钱一斤,不能再便宜了。想不到老了不中用了,倒吃起咸饭了!"

供销社的同志讲:从盐的销售量看,现在每人每月要吃上半斤盐。不但人可以吃盐,连牛羊也喂上了盐。

盐,使山区发生了一个很大的变化。原来山区人民十人九瘤,颈下一个大包,影响美观不用说了,也妨碍劳动,更重要的是损害了人民健康。现在,党和政府不惜赔本大量地供应食盐,在山区再也看不到长着瘤的人了。

供销社的同志还告诉我:山区人民现在家家盖呢子布被子,胶鞋平均每人每年穿到一双,手电、热水瓶、肥皂等更不用说了。在商店里,我亲眼看到一个六十多岁的老大娘,穿着一身黑呢子布衣裳,挂着拐棍,在挑选花布。这不足为奇,使我惊奇的倒是她衣襟上面挂着一支钢笔。这说明了什么呢?

我试着问:"老大娘,你还能写字吗?"她低下头看看自己的钢笔,喜得张大了嘴,笑道:"你怎么知道我还写字呢?叫你见笑了。过去我们山里人,识字的好比那麦里的沙子,又少又都是害人。现在人人都学文化了,咱要不学,不成老落后了吗?"

山区人民的衣襟上普遍插上了钢笔,这是一个多么不平凡的变化呀!

八 共产党打开了万宝山

到二郎坪,只见栓皮堆成山,竹子遍山沟,山萸肉树望不到头,这些都是宝。

二郎坪盛产各种土特产,国家每年要收购二十五万元的山货,仅此项每人平均每年就收入五十元。

供销社收购土特产一百四十多种,这是宝贝,可是从前都是废物。

栓皮是近两年才吃香的,它是花栎树皮,六分钱一斤。在过去谁想到它可以做工业原料呢,树砍了,皮也烧掉了。现在把树干下面的皮剥了,停上两年,又生一层皮,还可以再剥。每年可剥栓皮八十三万斤,估计今后还可以超过百万斤。

枣皮,也叫山萸肉,是一味补药,像小红珠一般,每到秋天成熟时,满树绿叶红珠,十分好看,摘下来把核儿挤出,就可出售,每斤一元五角,每年可收五万多斤。新中国成立前,群众将枣皮制好了,沤坏倒掉也没人收购。碰上有人买,也是压价。因而,枣皮树无心经管,任其生死。今年政府又领导群众新栽十五万棵枣皮树,五年后可产枣皮七十五万斤,仅此一项每人每年平均可收入一百五十元,对山区人民的生活将起到很大的改善作用。这不是简单的买卖关系,这里面饱含着党对群众的关怀。

竹竿长在深山下,

不如一堆牛粪渣。

历来没人问，

枯朽深山峡。

这是竹子的命运。可是今年销售了一百二十万斤，原来山区竹子成林，扛下来卖吧。

山高石头大，

运输条件差。

地区辽阔差价在，

土特产品白糟蹋。

竹子在黄石庵收进二分五厘一斤，运到二郎坪，脚力每斤就要三分钱。怎么办呢？任其糟蹋吗？要知道黄石庵一带只有竹子多呢。于是，党委派了专人想办法找销路，他们几次跑到外县，请来了竹匠，在当地加工制成半成品或成品，然后外运。这样一来，打开了销路，解决了运费问题，今年已销出一百多万斤，大大支持了生产。群众感激地唱道：

一把钥匙宝山开，

共产党来了幸福来。

山石树皮有了用，

从今再也不愁穷。

你见过这种奇怪的石头吗？长得一块块，花纹像麻丝一样，也像鸡肉丝，能一丝一丝撕开。把这种石头放到水里，它就发软，愿捏成什么样子就捏成什么样子。这就是石棉，可以做飞机、火车、汽车零件，还是钢的代用品，不过它比钢轻，比钢耐用。我们最常见的汽灯纱泡就是它做的。可是，它在过去只被人们用来修锅台、糊墙。多么可惜呀！在西峡县西边就盛产这种宝物，仅在哈巴沟一处，就有十里长、二里宽、一千尺高的石棉山,全县石棉山更多。今年"大跃进"以来,石棉大显身手,县里办了一个石棉厂,有一百八十个工人,现在已生产四十五万斤石棉,每吨七百五十元,除了工资和生产费用,已为国家积累十四万元。天津、南京等地都来订货,大大支援了国家工业建设。

山,沉睡了千万年的宝山,如今开始发挥它巨大的威力。

九　北京和山区心连心

到二郎坪去,要走四十五里猴上天,二十五里脚不干。所谓猴上天是山路高,脚不干是过的河多。现在二郎坪到灌张的公路修通了,汽车常来常往。当汽车第一次来时,好几十里外的群众都来看。他们扒着汽车不知看了多少遍,舍不得走开。原来,宣传山区要用拖拉机,群众说:"不要说用了,连自行车也到不了这里,谁能把拖拉机担来!"现在汽车来了,许多人热泪盈眶,把这条路称为"通向天堂"之路,语重心长地说:"山区人民离北京近了!"

汽车,带来了幸福,运来了许多机器,像锅驼机等。如今山区可以听到机器的响声了,汽车把山区的土特产也运了出去,山区更加繁荣了!

在这深山原始森林中,所有的村庄都安装了有线广播,每天晚饭后,人们聚集在一起,听新闻,听首长讲话,听戏,国家当天的大事他们都可以听到。一个五十多岁的姓张的老农,听了关于大搞钢铁的广播后说:"北京和我们心连心。"

十　山区春光好

连绵不断的大山,山上松柏翠绿,桐油树果实累累,枣皮果像一树珍珠,栓皮栎高耸入云,漆树向外流着浓厚的乳汁。在这万山丛中,宽广的公路像一条玉带缠在山腰,汽车飞驰,马车奔跑,自行车穿梭似的来来往往。白天,大沟小沟千万股白烟直冲云端,这是上千上万的工厂烟囱在吞云吐雾;夜晚,千千万万火舌映红了大山,比星星还密的电灯使大地银光闪闪。这里没有黑暗。

这就是伏牛山下的西峡县。

在从前,一提起山区就会联想到山区的人笨,这是污蔑!试问:在那些旧社会的年代里,穿的衣服赤皮露肉,夏不遮体,冬不避寒;吃的是树皮草根,经常在饥寒的死亡线上挣扎;还得忍受鞭打辱骂,连最起码的生活权利都被剥夺了,人的智慧怎么能够得到发挥?今天,再也不为生活焦虑了,吃得好穿得暖,鞭打他们的人完蛋了,他们再也不必流眼泪了。而更大的幸福又在他们面前招手了。智慧,也就像泉水一样在向外喷涌着,奇迹也就出现了。每天,有成千上万的创造发明开花结果,简直是来不及统计这些数目字。在这无数朵智慧之花当中,随便摘一朵看看吧。

在二郎坪铁厂里我看到了这样一件事:锅炉烂了,一直漏水,本地不能修,请教外地的洋工程师,他们说:"好办,运到南阳用电焊一下就好了。"多么简单明了的答案,而且是百分之百的正确,保证马到成功。可是,当工人们听到这个万无一失的办法时,断然拒绝了这个意见。工人陈保成说:"运到南阳仅运费就得五百多元,还得耽误一个多月的生产,这怎么能行,时间就是钢铁啊!"是啊,这话是正确的，一个工人能看着自己的炉子不冒烟吗？这是不能忍受的。于是，他们就决定自己动手修理。大家都开动了脑筋，起初用石灰兑上桐油，糊到漏水的地方，但一烧又漏了。失败了就再来。一次，两次，三次，都失败了。最后他们把锅铁砸碎烧红放到冷水中冰，再研成细面，用细罗筛后，兑上黑矾和食盐，用醋拌成泥水，一滴一滴地补到烂的缝儿上，晾干后一烧，不漏水了，比电焊的还坚固，两个月了还没漏水。全部修理过程只用了两角钱和两天时间。当锅驼机又带上鼓风机时，陈保成等人忘了自己两天两夜没睡觉，快活地在炉子旁边唱了起来。没有什么比热爱生活、热爱劳动的力量更大了。

　　说到山，不能忘了那些土霸王。在城市，过去那些吃人的反动派有时还虚伪地讲一下"法律"，可是在山区，那些恶霸就是赤裸裸的吃人魔王。一个无辜的农民被伪匪司令别廷芳拉去了，要枪决。这个农民喊道："我冤枉啊！"别匪笑了笑，说："真冤枉还是假冤枉？"这个农民当成要对他开恩，说："真冤枉啊！"别匪思索了一下，说："真冤枉吗？那好吧……"同志，你知道这个杀人如麻的匪头子下一句说的啥？他说："那好吧，只冤枉你这一次，下一次不冤枉你了！"枪声响了，一个妇女和三个孩子扑倒在这个农民的身上哭了起来。她的丈夫是怎样死了？他们的父亲是为什么死了？天呀！从山区流下来的河，那河中不是水啊，那是山区人民的血泪！

　　而今天，在那悬崖绝壁的山上，一群人在担炭，在给铁炉子运送粮饷，他们走着唱着，互相在取笑。其中有一个人脖子上围着一条已脏成黑灰色的毛巾，脸上全是炭灰，他的担子最大，可是他还硬要把一个同行者担子中的炭添到自己的筐中。他对这些同路人喊大伯大哥，同行的人喊他老孙，他们亲热得像一家人。同志，你知道这个人是谁吗？他就是县委第一书记孙立奎同志。你说，群众想前比后,心中是啥滋味呢?

党,在山区人民的心中生根;党,给山区人民带来了幸福。

山区的人民有着烈火似的热情,困难在他们面前是迎刃而解。新的山区伴着人民公社,正在向共产主义社会迈进!

请听吧,这是山区人民之歌《颂西峡》:

西峡颂,是山区,

二十七万英雄汉。①

踢开北山山献宝,

揪住灌河河浇田。

进西峡,抬头看,

今秋稻子堆如山。

山高挡住太阳路,

太阳笑笑绕个弯。

劳动歌,响连天,

书记县长去担炭。

群情激奋嗷嗷叫,

钢铁产量翻几番。

站高山,四下看,

铁水滚滚浪滔天。

五湖四海都流满,

---

① 指西峡县二十七万人口。

美帝烫成癞狗癣。

山沟中，冒狼烟，

大小工矿好几千。

天津南京来订货，

上海快被甩后边。

英雄们，改江山，

腰斩灌河大坝建。

高山尖上走轮船，

满载欢笑去苏联。①

喜山县，不夜天，

过去松脂当灯点。

如今电灯亮闪闪，

一步跨过数千年。

西峡县，文化县，

男女老少把书念。

村村大学红又专，

超英压美有何难。

山河颂，英雄赞，

① 西峡正在修建拦河大坝，完工后灌河可以通船，苏联专家曾来帮助勘察。

漫山遍野皆诗篇。
李白甘心来学艺，
杜甫磨墨旁边看。

山县苦，苦黄连，
夜夜梦见迁平原。
如今千金也不换，
天堂难比西峡县。

流血汗，苦换甜，
共产主义乐无边。
月里嫦娥伴我玩，
东海龙王陪酒筵。

西峡县，山叠山，
界岭昂首傲万年。①
钢铁粮棉堆上天，
界岭自惭小不堪。

东风吹，红旗展，
生活越过越香甜。
党的恩情深似海，
千秋万载唱不完。

———————————

① 界岭是西峡县最高的山。

乘卫星，飞上天，

长寿果儿摘一盘。

献给恩人毛主席，

愿他长寿万万年。

河南人民出版社 1959 年 3 月出版

水利大军向前进

年轻的号手,站在孔沟寺山庙水库上面的坡顶,举起飘着红缨的军号,吹响进军号。

战号催人。全公社的人们,扛上铺盖,担起粮食,拿着铁锨,紧迈脚步,高唱战歌,从大贵寺的岗上,从赶鸡沟的山下,从丁河的两岸,从四面八方的村庄,成群结队往孔沟涌去。路有千条,目标一个,人们到孔沟口汇成了一股巨流,小道挤不下了,就散开几十路的队伍,踏着乱石沙滩的河道,前呼后拥地顺河而上。英雄的队伍,来势汹涌,好像要把迎面而来的河水顶回去,逼它倒流,令它上山。

河两岸的村庄沸腾了,吃饭的撂下了碗,担粪的停住了脚步,犁地的勒住了耕牛,男女老少一齐涌到河岸,对在河道中行进的队伍鼓掌欢呼,个个热泪盈眶。啊,千百年的幻想,今天就要实现了!

"大娘,真龙来了,你那'龙王'该完蛋了!"一个小伙子对挨膀的大娘说。

"去你的吧,老娘早算着了!"大娘只顾拍手,头也不回地笑骂道。

孔沟河,千百年来流着两岸群众的血泪。夏天,一场大雨,它像一头凶龙吼叫着下了山,横冲直撞,冲毁了千百亩庄稼。

秋天,干旱了,人们需要救苗水时,它却干涸了,消逝得无影无踪,剩下一河沙石。人们怕它,恨它,可又修起龙王庙敬它,把命运交给它,任它摆布。叩头带来的不是福,依然是祸。新中国成立后,人们治山治河,它稍微乖了一些。农业高级合作化时,修了条渠,种了六百亩水稻,河水第一次为人民造了福。人们尝到了甜头,就想修个水库,可是算算得二十万个工,老年人晃着脑袋说:"哪有恁容易的事,要治住它,除非真龙出世!"

真龙出世了。今年,丁河人民公社从各大队挑选了两千精兵强将,决心大战百天,修好这座水库,把六千亩旱地改成水田。要驯服凶恶的蛟龙,让它听人们使唤,令它浇地、发电。

在河道中挺进的队伍,浩浩荡荡,战士们在征途上的谈笑,洋溢着火热的斗志:

"喂,老兄,怎么扛上竹子来呀?"

"嘿,我们是扛着房子来的。这小山峡一下子添了几千人马,哪有许多房子住呀,我们扛上料,到了工地好搭工棚。"

"哈哈,真是周到,像落营安寨的架子!"

"那是当然的了!"

男人们如此这般地谈论着。妇女们则讨论着另外的事:

"哎哟,我说桂月呀,你是来住家置业的吗,怎么把箱子也拿来了?"一个大娘问。

新媳妇王桂月笑道:"大战百天嘛,拿上换洗衣服,还有书呀、肥皂呀,不带个箱子能到处乱扔?"

"哎呀,你没有长腿吗? 衣裳脏了不会回去换洗,又不是三十五十里的。"

"看你说得可美,回去一趟不是得耽误半天工夫吗?"

"那你这一百天就不回去一次了吗？"

"这还用说。水库修不好，就是用八抬大轿接我，我也不回！"

人们渴望战斗，一到目的地就撂下行李，掂起工具，像决堤的洪流，直往工地冲去，挡不住，叫不回。干部们在后面喊道："怎样睡？怎样吃？商量商量再去干吧！"

"这些小事儿，你们看着办吧！我们是来打仗的，不是来吃饭睡觉的！"人们争先往前跑去，只怕被拉回来。

干部们何尝不想争上前去呢，要知道这是两千人的大军呀，大自然在他们手里，会一时三刻变样的，你晚去一分钟，就会永远看不到原来的面貌了。

工地就是战场。两千大军像猛虎下山，如万马奔腾，宽广的河谷显得狭窄了，容纳不下了，沸腾的人海中，挖土抛土的快如流星，担土运土的快如飞箭。天空中寒风凛凛，工地上热气腾腾，个个汗流浃背，许多人脱去棉衣，穿着单衣奋战。两千英雄怀着两千颗红心，两千颗红心发出了同一誓言："库不成，渠不通，坚决不收兵！"

看，跃进时代英雄辈出。孔沟大队的红姑娘胡秀华首先竖起了红旗，她在姊妹群中招呼道："兄弟大队来帮助咱们修水库，咱们要做出个样子来，愿意打头阵的往前站！"吴玉兰和张永华等一群姑娘振臂响应，于是，工地上出现了第一支女青年突击队。她们夺下别人手中的筐子，装得满，跑得快，别人休息她们还干。

这种冲天干劲像烈火一样蔓延开来了。

杨岗大队的姑娘胡玉丽约了几个伙伴，说："咱们来孔沟修水库，干劲应当比孔沟队还更大，才算社会主义大协作！"张玉兰说："她们能跑，咱们就能飞！"辛荣华说："她们装得满，咱们就能担山！"说着便成立了工地上第二支突击队。

　　两个队你追我赶,走如穿梭,来来回回都是一溜小跑,脚下生风。两面红旗插到了人们心中,于是,第三支、第四支……第十支突击队成立了。工地上红旗林立,红旗下面竞赛热潮汹涌澎湃,地动了,山摇了,穷山恶水在英雄们的手中变样了。

　　山谷中千军万马的劳动呼号声、战歌声、车辆滚动声,如春雷轰鸣,震得山石欲裂,震得上面龙王庙中的泥胎瑟瑟颤抖。千万人笑了,千万人欢叫:"真龙出世了,假龙完蛋了,我们成为大自然的主人了!"

原载《河南日报》1959 年 11 月 22 日

绿树成荫果满园

同志,你到过西峡县丁河公社孔沟林场吗?你吃过林业劳动模范石荣喜同志培育出来的水果吗?哎呀,那真比仙桃还好吃呢!单说那玫瑰梨吧,长得像药葫芦一样好看,金黄透亮,到嘴里不用嚼就化成了糖水;那苹果呀,比小碗还大,比桃花还红;最叫人喜爱的是葡萄,一串串的,一层银霜,白里紫,比枣子还大呢!还有那橘子呀,青梅呀,磨盘柿呀,品种可多哩。你要是夏秋到孔沟去,看吧,村前村后,坡上沟下,到处绿荫覆盖,果实累累,不要说山变了,地变了,连空气也变了呢!

同志,你说石荣喜的本事大吗?不错,他那移花接木的本事从小就很大。不过那时候他没有用武之地。有一次,他在地主邹隆斌的地边上种了一些杏梅树和桃树,果子刚刚成熟,就被地主摘个精光。石荣喜的孩子想要一个吃,地主恶狠狠地说:"石荣喜,你往下看,你脚踩的是谁家的地,你把树栽到我的地头上,使庄稼不长,我没有叫你赔粮食,就便宜你啦!"石荣喜一气,再也不种果树了。多少年来,他东奔西走,扛长工抬兜子,饥一顿饱一顿地过日子。有人问他:"老石呀,怎不接树了?"他摇摇头,苦笑一声:"不干了,土地被豺狼虎豹占着,我接了树还不是喂他们!"

一九四九年,共产党来了,石荣喜第一次有了土地,踏在自己的地上,心里格外踏实,他一心搞好生产,庄稼长得格外好。

一九五二年,石荣喜被大红帖子请到县里,参加了劳模会,他呀,四十岁的人了,这回感动得竟流出了眼泪,逢人就说:"我用啥来报答党的恩呢?"后来,他在会上听到首长报告:"咱们要建设社会主义,将来农业、林业都要大发展……"石荣喜听了这话,高兴地想:"想不到我这一手,还能为社会主义出点力呢!"从县里回来,他就刨了一片地,育上了树苗。第二年,树苗黑森森地长起来,足够栽几十亩地。有人笑着问他:"老石呀,你就那十来亩地,弄那么多树苗,往哪里栽呀?"他笑了笑说:"上级讲,到社会主义社会人人都吃水果,能光我一个人享社会主义的福吗? 我栽不完,大家都栽嘛!"他劝大家都到他地里挖树苗,拿回去栽。初级社、高级社时,都没有人专门搞林业,可是石荣喜仍然坚持育苗。他白天下地干活,夜里给苗圃浇水。树苗长起来了,他到处送人。天长日久,他爱人见他挣工分少了,就吵他:"哎呀,也不知道你图的啥!"他说:"我图个心里痛快,看看咱们村里果树一年比一年多,我心里比啥都美!"他爱人说:"那都是你的吗?"他笑笑说:"就是因为大家都能吃到果子,我心里才舒坦呢!"

一九五八年,人民公社成立了,社里办了个林场,他当上了场长。这一下子他高兴透了,整天跑得帽子歪戴着,他迷到树林里啦!

林场才成立那时节,场里连个刀子、剪子都没有,接树咋能离了这玩意儿呢? 有人提议:"向公社要钱买。"石荣喜摇摇头说:"咱们有二三十双手,有几千亩坡地,这不是本钱是啥! 给社里多省些钱,社会主义不是能建设得更快一点吗?"他领着大家上山砍柴,卖了钱购置了五套工具。这年秋天,他领着大家在鱼鳞坑沿上种的南瓜,收了一万多斤,卖了一百多块钱,买了剪子、刀子、锯子、药械,把林场装备起来了。

石荣喜把公家的钱看得那么珍贵,你以为他小气吗?那可错了。在高级社时,他想买树种给社里培育树苗,对会计王振玉一说,王振玉双手乱摆:"算了,算了,快并大社了,眼下买了,到时候谁还给你摊出来!"石荣喜可没管这些,他回到家,就用自己的钱买了一百多斤树籽(这钱本来是打算给孩子们扯衣裳的)。他爱人吵他:"你叫孩子们穿啥?你买树种子谁还承你个情?"石荣喜说:"你知道个啥,快并大社了,这可是大喜事,不早些准备,到时候大规模造林,没有树苗能行吗?孩子们有旧衣裳,洗洗补补就行了。咱们是建设社会主义,为啥叫别人承情!"

石荣喜是个上年纪的人了,但对于集体的事业比有些年轻人还热情积极。有一次,县委负责同志对他说:"老石呀,你能不能多培育些新品种水果,让果木长得又快又多,让南方的水果也在咱们这里开花结果,让群众生活得更美更好!"老石听了这话,回家后就把各种树放在一起研究。他发现核桃树和鬼柳树(即枫杨树)的皮相同,两种树的叶子也一样发苦。可是,核桃树长得特别慢,俗话说:"桃三杏四李五年,想吃核桃十八年。"而那些鬼柳树长得特别快,一年就长多粗多高。于是,他就试验着在鬼柳树上嫁接核桃,一次又一次试验,都失败了。有的人说他"想上天摘星星"了,石荣喜一本正经地回答:"毛主席定出了总路线,给了咱上天梯,就是叫上天的嘛!"石荣喜经过几十次的失败,终于成功了,新嫁接的核桃树,只用两年就结了果。这一下群众笑着说:"前人栽树后人吃果那句话,算是叫石荣喜打破了!"接着,他又试验成功了不涩的柿子,还试验成功在北方种橘子树,另外,还创造总结了许多使果树快速成长的经验。

石荣喜现在的雄心可大了。他说:"光叫孔沟花果成林不算春,要叫全县花果成林才是春!"他每天带上干粮,翻山越岭,一架山又一架山地查看,看准哪个坡好种什么林,都记在心里,准备向党提建议呢。

同志,你一定会说石荣喜真不简单。可是他就不喜欢别人夸奖他。他常说:"我石荣喜,在旧社会连自己的肚子都填不饱,连一棵树也种不起,我有啥不简单! 现在,种树种出了成绩,这能算我的吗? 你看,在单干时,我种了半分地的树;互助组时,种了二十亩;初级社时,种了五十亩;高级社时,种了一百亩;到了人民公社,种了三千多亩果园、七千多亩用材林。这不是明摆着的吗? 社会主义建设向前发展了,造林事业也跟着发展壮大了,这是党的功劳,是集体的力量,我只是做了一个共产党员应该做的事,我有啥不简单呢!"

原载《河南日报》1960 年 2 月 10 日

话说西峡城内住着一位姓王的老头，解放前家贫如洗，又无正当职业可谋，自幼学就了说书唱唱度日，眼下年老停业，虽乏子无后，但生逢其时，住在跃进人民公社敬老院内，倒也逍遥自在。这天晚饭已毕，院长把他们请到一起照例读报学习，刚把《南阳日报》上的"人民公社好"一段念完，王老头霍地一下从椅子上跳下来，说道："院长，你快快给我准备盘缠和粮票！"院长吃了一惊，急问："要这些东西何干？"王老头说："幸福老人能游南阳，怎么我就游不了西峡？何况说说唱唱是我的拿手玩意儿，让我把一路所见所闻编成曲子唱给大家，歌颂党的英明领导、社会主义的无比优越、各项建设的巨大成就，使大家鼓足干劲，直奔共产主义社会，也算我尽了一份微力！"院长听了连声说好，便答应了他。第二天一早，王老头就辞别众人，直奔深山而去。

一　王老头喜观好庄稼，
代老八含笑夸公社

王老头顺着西蛇公路北走，只见大路两旁稻子高得齐肩。从上面往下看，一个穗挤着一个穗，密得不漏缝；蹲下去从旁

西峡游记

边往里看,稠得伸不进手指。随手托起一个稻穗数数,一百多个籽,比往年多了几倍。眼前金光闪闪,实实喜煞了人。王老头心中一阵高兴,就编曲唱道:

　　旧社会,去他娘,

　　稻秆长有半尺长。

　　收下新谷还没尝,

　　地主收租要个光。

　　如今稻子长得好,

　　攀住谷穗上天堂。

　　地是竹箩天是仓,

　　打的粮食没处装。

　　王老头边走边唱,到了五里桥,碰见一位年岁相差不多的老人。王老头忍不住问道:"这里稻子怎么长得这样好?"这老头哈哈大笑,说道:"老哥,你哪里知道,如今人们吃了大力丸啊!"王老头好生奇怪,便问:"什么大力丸啊? 哪里有卖的?"这老头看了对方一眼,回答道:

　　人人都说天堂好,

　　天堂虽好没处找。

　　毛主席指出天堂路,

　　加入公社上云霄。

　　上天堂,吃仙桃,

　　返老还童逞英豪!

　　王老头听了这段快板,点头叫好,但又追问:"到底大力丸哪里有卖的呢?"这老头便说出了下面一段惊心动魄的故事。

　　且说城郊乡北堂有个社员代老八,年过六十,膝下只有一子,年二十岁,血气方刚,劳动好,觉悟高,老夫妻爱如掌上明珠。一家人劳动过日倒也美气,谁知天有不测风云,人有旦夕祸福,前年秋天,儿子三天前还活蹦乱跳,三天后突然得病,虽经党和政府多方挽救,还是医治无效,一命身亡。老夫妻如被摘去心肝,抱头大哭,三天一哭,五天一泪,常言说"靠儿儿先死",日后年老有病指望啥活命呢?天长日久,代老八忧虑过度,就得下心口疼病,社里分配他看水磨,怎奈疾病常发,无精打采,就那一盘水磨也看不成了。人越怕老就老得越快,两年工夫,代老八可就弯腰弓脊了。谁知今年秋天一声春雷,毛主席说:"还是办人民公社好!"共产主义早春来临,办起了公社,实现了七化。代老八这才解开了两年来内心的愁肠,现在格外话稠笑脸多。他说:"儿女不可靠,公社才有指望,这比生儿养女保险多了!"时间不长,心口疼病没有用药就好了。如今腰板也直了,精神也爽了,每天除了看磨之外,还摸索着给队里修犁看耙,并兼着食堂分饭员,一个人顶三个人用。大家劝他保重身体,他说:"入公社好比吃了大力丸,干劲要使不出来,就憋得睡不着觉!"人人都尝到公社的甜处,个个精神抖擞,这生产自然也就搞得火一般红。往年一亩地只收四百来斤,今年不下千把斤,这是空前未有的丰收。

王老头听完这段故事,方才恍然大悟,连说:"这大力丸我也吃了,要不,我哪有劲跑到这里!"说完两人分手,王老头就信口编了一段曲子,在路上高声唱给大家听:

> 金山再大能挖空,
>
> 银河再长能流净。
>
> 公社胜似聚宝盆,
>
> 财富日益往上升。
>
> 家家户户生活好,

　　　　幸福美满乐无穷。

　　一阵唱过,逗引得路旁做活的社员干得更起劲,行路人也忘了腿酸脚疼,不住欢笑。王老头又唱道:

　　　　西峡丰收粮如山,

　　　　站在山头往北看。

　　　　北京城里太阳红,

　　　　太阳就是毛泽东。

　　　　看见领袖招手笑,

　　　　看见党的指路灯。

　　　　坐着卫星到北京,

　　　　把心交给毛泽东。

　　王老头只顾欢唱,猛然抬头一看,大惊失色,连说:"糟了!"便回头走去。

　　要知后事如何,且听下回分解。

二　烈火红心放卫星,铁水奔流浪淘天

　　且说王老头正在行走,抬头一望只见云雾遮天,又往东南方向半山谷里瞅去,只见狼烟四起,火花通红。他匆忙前往失火地带救火,还没到跟前,一位扛着木柴的姑娘告诉他,这里是城郊的几百名英雄豪杰在放烧炭卫星。王老头正想问这姑娘什么是烧炭卫星,忽听从山上传来了阵阵歌声:

　　　　猴娃寨,挨住天,

　　　　山高林密好烧炭。

　　　　城郊来了英雄汉,

伐木烧炭非等闲。

英雄们，上高山，

笑谈渴饮山上泉。

夜宿敢与虎同眠，

誓保炼铁不断炭。

皮挂破，手磨烂，

身子虽苦心内甜。

今日烧炭卫星起，

明天嫦娥伴和眠。

王老头听了好不欢喜，自言自语："就凭我们这英雄好汉，要不了多少年，就会把美英帝国主义甩到后面去了！"

王老头在这炭厂里逗留不久，便改道而去，沿路只见大河两岸，人声呐喊，红旗招展，走近一看，原是成千上万的男女老少在河中给炼铁炉加工"细米白面"——淘铁砂，走近看时铁砂成堆。这山上有炭，河中有铁，祖国的宝藏是多么丰富呀！

西峡河，西峡山，

山河宝藏挖不完。

遍山林木好烧炭，

大河小河铁源泉。

有铁砂，有木炭，

还有千万钢铁汉。

钢铁英雄炼钢铁，

祖国富强万万年。

男女老少的冲天干劲，使王老汉顾不得脱下外衣，便参加到队伍中来了，他边干边唱，大家越干越起劲。

不知不觉天已正午,王老汉就要辞别大家前往食堂用饭,这时连长一把抓住了他,说:"大伯就在此地吃午饭吧!"王老头说:"这荒山大河,又没住人家,哪有饭吃哩?"连长用手一指,说:"你看,这不是我们的行军食堂已经把饭做好了!"王老头看去,果见一口大锅,支在不远的河边。这时大家放工集合吃饭,王老头在连长的陪同下吃了一顿丰盛野餐。连长说:"这山区村稀庄少,原来做活放工回家吃饭,一来一去耽误大半天工夫。如今人到哪里做活,锅到哪里做饭,大家少跑了腿,还多做了活!"社员们利用休息时间,读书的读书,练武的练武,王老头感觉这个办法实在好,送诗一首:

> 几百年,几千年,
>
> 妇女围着锅台转。
>
> 做完饭,摸针线,
>
> 终日蹲在屋里边。
>
> 人民公社食堂办,
>
> 妇女挺身上前线。
>
> 犁耙收割全能干,
>
> 建设祖国钢铁炼。
>
> 蛇尾乡,办法好,
>
> 行军食堂更是妙。
>
> 跑路时间节省了,
>
> 饭后读书又下操,
>
> 劳动战果日益高。

午饭已毕,王老头只觉浑身是劲,辞别众人上路,霎时到了蛇尾街。只见这街头炉火通红,火舌直冲云霄,他便急急上前问个清楚。

> 小山村,四周山,

> 多见树木少见人。
>
> 如今铁炉比树多，
>
> 蛇尾天空出红云。
>
> 炉火红，烈蒸蒸，
>
> 铁水滔滔直流奔。
>
> 炼出钢铁千百吨，
>
> 活活吓掉美帝魂。

王老头正在观看土炉出铁，忽见一人匆匆走来，这人二十多岁年纪，满面风尘，走到炉前不等别人开口，便滔滔不绝地说道："这一次我可取得了真经，原来咱们的出渣口没有堵，风从这里跑了，炉门石安装不当……"他比画着说着，讲得头头是道。

王老头心想这人定是炼铁师傅或技术员，便想上前领教，谁知这人急急走开，说："我马上去用电话把经验通知各地。"

旁边一人说："你跑了一天连饭也没吃，歇歇吃了饭再讲吧！"这人连说："早一分钟各地得着经验，就能多出一吨铁！"

王老头等这人走后，便问："这位师傅贵姓？"旁边的人一阵大笑，把王老头笑得很不好意思。末了，一个老年人说："他是乡里的党委书记呀！"王老头听了又惊又喜，惊的是党委书记对炼铁怎么如此熟练，喜的是有了这样的书记不怕钢铁炼不好。他在心里琢磨了一阵，就在炉旁给大家说了一段快板：

> 旧社会，真可恼，
>
> 反动阶级行霸道。
>
> 苛捐杂税把钱要，
>
> 连个铁钉也不造。
>
> 小日本，美国佬，

仗着铁多行霸道。

侵略中华几十年，

又想战争烈火烧。

共产党，好领导，

指示全民把铁造。

有钢铁，就是宝，

自造机器和枪炮。

中国人，直起腰，

驾着卫星往前跑。

工业农业电气化，

共产主义早来到。

王老头正在说唱，忽见东北火光闪闪，火光箭也似的划破长空，直冲斗牛。王老头大吃一惊，急问众人："那是何物？"

要知众人如何回答，且听下回分解。

三　政治挂帅上战场，万民欢呼感党恩

话说王老头正在歌颂蛇尾铁厂，忽见东北远方火光闪闪，直冲斗牛。仔细一问，原来是号称西峡"钢都"的二郎坪一次放出八颗卫星。王老头来不及告辞，转身就走，朝向东北而去。正在行走，忽听歌声四起，战鼓齐鸣，喊声震天。举目一望，回龙寺铁厂已在眼前，迎面看去，墙上几行醒目大字：

劳动歌声响连天，

书记县长把炭担。

群情激奋冲霄汉，

钢铁产量翻几番。

王老头看罢，不禁拊掌大笑："好一个'书记县长把炭担'，真是我老汉稀闻罕见之事。"笑声未落，忽有一只大手落在他的肩上："老伯！为何独自发笑？"王老头转脸一看，一个炼铁工人正站在他身后。也顾不得叙说内心的高兴，王老头一把拉住这个工人说道："来吧！走着说着。"二人便一起进厂去了。

进得厂来，只见一片欢腾景象：林立的土炉，熊熊的火焰，风箱呼呼响，铁水滚滚流，男男女女、老老少少都在欢天喜地为钢铁而战。真是：

女将胜过穆桂英，

男儿勇猛赛武松。

炼铁炉前排战场，

且看谁输并谁赢。

女子拉箱干劲足，

男子拉箱力气猛。

英雄心怀凌云志，

要夺红旗放卫星。

那个工人用手一指说道："你看那两座炉子是竞赛的对手，昨天朱爱花操作的妇女炉，日产超过男子炉，夺得了红旗。可把张金武他们那一群小伙子气坏了，今天他们正为夺红旗而决战。"

王老头近前看来，只见这边一群妇女那边一群男子，围着两座铁炉正在紧张战斗。一方赛过下山猛虎，一方犹如北海蛟龙，真是干劲冲天，好一个动人的画面。

王老头口中念念有词，正想歌颂这些男女英雄，突然妇女炉前发出一阵焦急的喊声，原来炉子出了故障，铁水凝结了。技术员朱爱花满头大汗,拿着搅棍在炉中搅来搅去,再也搅不出铁水来,她又急又气,霎时泪水伴着汗水流了下来。男子炉的技术员张金武虽有意帮助妇女炉处理故障,却离不开正流铁水的炉子。朱爱花用尽了千方百计仍然无效,她们决定停火扒炉子。王老头也感到万分焦急,正想回头询问领他进厂的那个工人,可是那个工人早已参加战斗去了。

正在这时,一个动作十分迅速、四十岁上下、身材不高的技术员急急走来。王老头看这人有些面熟,可是一时又想不起是谁。只见他来到妇女炉旁,一边挡住不让扒炉,一边仔细观察火色,不知和技术员说几句什么,霎时封闭炉门,紧张的战斗又开始了。妇女们被这个新来的技术员所鼓舞,干劲更高了。不多一时,他又拿起搅棍,打开出铁口,滚滚的铁水随着搅棍流了出来。这时炉旁一阵欢笑声起,只听有人说道:"孙书记成了钢铁医生啦!"

王老头这才恍然大悟,原来他就是县委书记呀!书记为了钢铁,为了人民的幸福,来到深山又是担炭又是炼铁。这真是:

县委书记赛孔明,

钢铁炉前显神通。

逼着土炉流铁水,

群众干劲赛火红。

书记进山把铁炼,

钢铁战士力量添。

炼出钢铁送工厂,

建设幸福新乐园。

没等王老头唱完,一阵掌声响起,众人连声叫好。王老头一面点头,一面转身告辞,正在行走,猛然止步,四下张望。原来方才他看了好大一会儿，还没有弄清这里炼铁用的是什么燃料，本想找人问个清楚，恰好一个拉架子车的后勤兵迎面走来，二人顺便谈起此事。

"老伯，是你不知，俺山区虽是林多树广，但劳力不足，烧炭总是跟不上冶炼需要……"没等这人说完，王老头急问："那可咋办？"这人接着讲起了炼铁厂里的一段故事：

自从县委办公室主任张继春和监委会书记张阔宙二位同志十月上旬来厂以后，就给大家提出了能不能用木柴炼铁的问题。一次他们亲自在国营铁厂试炼，谁知正欢的炉子一上木柴就不出铁了，这可急坏了原来的技术员李明义，他埋怨着："这白白耽误了我们放卫星。"这时，他们俩就召开诸葛会，叫大家出主意、想办法，谁知第二天用木柴会炼出九百九十七斤铁来。现在各厂都用木柴炼铁，炉子再也不会因断炭停火了。

这小伙子正讲得起劲，王老汉随口唱道：

　　主任书记智谋高，

　　木柴代炭快又好。

　　从今炉火日夜烧，

　　卫星群群上云霄。

王老头唱到这里，感激得两眼落泪，他感到共产党的干部真是全心全意为人民服务。他不由得想起了旧社会的官僚们横行霸道贪图享受，真是天上地下不能相比。于是，他赞叹着唱道：

　　人人说党像太阳，

　　我看党比太阳亮。

　　千年万代有太阳，

　　穷人何知啥下场。

　　自从来了共产党，

穷人才算见阳光。

顺着社会主义大道走，

日子越过越顺当，

一步一步上天堂！

正在这时，那边屋里忽然出来一人，问这个后勤兵："喂！老陈，你是去打游击的吗？等一会儿咱俩一块儿去！"

"打游击？怎么这太平年景还打游击……"王老头便紧紧追上去。

要知这游击战是怎样打法，且听下回分解。

四　长寿炉力战锅驼机，二郎坪炉炉插红旗

且说王老头箭也似的追了上去，只见走在前面的那个名叫张书珍的工人，到了长寿炉前大叫一声："我来了！"话没落地就抢过风箱拉了起来，干了一阵又到青年炉上去拉风箱，一时三刻他把厂里的炉子拉了一个遍。列位，这拉风箱就拉风箱吧，为何叫"打游击"呢？你听啊：

英雄本是钢铁汉，

夜以继日轮换班。

共产主义大协作，

起名就叫游击战。

厂厂炉炉互支援，

大家拾柴火焰欢。

炼好钢铁建祖国，

把英美踏在脚下边。

王老头只见工人干劲赛如下山猛虎,炉火熊熊有如万丈火焰高山,人声沸腾,红旗招展,轰轰烈烈,好不热闹!本想唱一段,忽听长寿炉前霹雷闪电般一声大叫:"今天胜不了机器炉,算不得祖国的英雄儿男!"王老头急急上前问个明白,原来是厂里开展红旗竞赛,人拉风箱的长寿炉,凭着建设祖国的烈火般的红心,摆下擂台写下战表,决心要和机器鼓风炉比个高低。王老头听了好不喜欢,伸出拇指连连夸奖道:"真不愧英雄虎胆!"于是,他便一心就此看个谁胜谁负。

只见机器炉上,看火的战斗员满面红光,好似关公再世;加料添柴的来往不断,胜似织女穿梭。他们说道:

> 赵云罗成炉前站,
>
> 立下宏志劈铁山。
>
> 铁水滔滔如长江,
>
> 咱炉红旗永招展。

长寿炉也不示弱,只见六条好汉在风箱前一字纵队摆开,一个接连一个,呼呼的暴风吹得土炉烈火直冲云端,烧得凌霄宝殿黑烟滚滚。他们听了机器炉上的豪言壮语,哈哈一笑,说道:

> 赵云罗成不足道,
>
> 英雄人物看今朝。
>
> 能把泰山揉成泥,
>
> 摘下太阳当火烧。
>
> 铁水纵横千万里,
>
> 五湖四海装不了。
>
> 心红胜过锅驼机,
>
> 长寿炉上红旗飘。

　　两个炉子的人越战越勇,从天明战到日落西山,又从天黑战到旭日东升,捷报频传,互相鼓励,你追我赶,胜负难分。这时厂长来了,关心地说:"同志们,换换班休息一下吧!"众位英雄正在热情洋溢、万马奔腾之时,听了这话怎肯罢休,一齐回答道:

　　　　建设祖国志气高,

　　　　满腔热情似火烧。

　　　　笑谈且把卫星造,

　　　　夺得红旗逞英豪。

　　且说双方斗志昂扬,炉前铁水火花四射,歌声震天动地。正在这紧要关头上,忽听当的一声,时间到了。这时司磅员先到机器炉前一阵忙活,宣布道:"日产一千五百九十二斤!"

　　机器炉前的英雄们听了这个数目字,欢呼着跳起来,说道:"卫星上天了,卫星上天了!"话还未了,扛下红旗就走。

　　"留下红旗!"长寿炉的英雄们齐声大叫。

　　司磅员在声声催促之中,又把长寿炉的铁山称了一遍。这时在场的人都急得一头大汗,要看看到底谁输谁赢。只听得司磅员把算盘子拨动得哗啦啦一阵响,他好似口吐珍珠,一字一顿地宣布道:"一千五百九十五斤!"

　　霎时,掌声如雷,笑声似浪,歌声四起,人人赞扬:

　　　　钢铁健儿英雄胆,

　　　　个个干劲冲破天。

　　　　二郎摆下擂台阵,

　　　　敢把机器甩后边。

　　　　"小土群"力量大,

　　　　矢志要把钢铁拿。

祖国建设赛骏马，

火龙定吞侵略家。

烈火炉前众人欢腾，这时，机器炉的技术员安国满匆匆走上前去，拉着长寿炉技术员陈保成的双手，谦逊地说："我们全炉同志向你们贺喜，决心向你们学习，并愿意继续竞赛！"陈保成说声"好！"于是，两个炉子人不卸甲，马不离鞍，嗷嗷大叫，又展开了竞赛！

王老头在一旁看得入迷，激动得止不住老泪滚滚，喃喃自语："这些英雄好汉绝非地上凡人！天上神仙也比不过他们！"

王老头正想知道这小小偏僻山乡打算拿下多少钢铁方休，站在一旁的党委书记说：

小小二郎坪，人口五千零。

今年大跃进，炼铁出了名。

男女齐出动，个个打先锋。

壮年超武松，青年胜罗成。

去年一个炉，今年数不清。

产铁千百吨，放出大卫星。

全县争第一，年底创奇功。

炉炉插红旗，东风压西风！

王老头听了喜出望外，随手拉着书记要上街痛痛快快饮盅丰收喜酒，于是他们便出了铁厂顺原路回去。

到此停板，且听下一段。

五　金钥匙打开万宝山，葡萄酒醺醉老人心

且说王老头和乡党委书记来到食堂，要上几盘小菜，打上半斤美

酒,两人相对而饮。王老头喝上几口,不住咂嘴,连声夸赞:"美酒,美酒,人间少有,不知何物造就!"书记哈哈一笑,说道:

二郎高山满坡酒,

野生果物到处有。

葡萄酒,洋桃酒,

橡子酒,柿子酒,

山楂酒,樱桃酒,

酒似江水滚滚流。

"好富的山区啊!"王老头大声赞扬。党委书记微微摇头,说:"这不算什么! 比这酒珍贵的山区土特产多着呢!"

王老头急不可耐地说:"能不能择其主要的给老汉说上几宗?"

"好吧!"书记给王老汉又满满地倒上一盅,又说又唱道:

说二郎,道二郎,

二郎宝山放光芒。

栓皮生漆山萸肉,

竹子桐油和麝香。

品种二百还朝上,

支援建设有力量。

党委书记继续说道:"二郎坪现在收购土特产品计一百四十多种,每年仅此一项就值二十五万余元,大大支援了工农业生产建设,改善了山区人民的生活面貌。"

王老头吓了一跳,说:"好家伙,年产值都二十五万元,真是富如天堂,怎么以前都说山里穷呢?"

书记说:"你听啊——"

提起从前泪汪汪,

满山宝物尽遭殃。

拿着栓皮当柴烧，

竹子破开去照亮，

枣皮没用倒粪缸，

漆树桐树全砍光。

统治阶级良心丧，

哪管穷人饿断肠。

王老头听了还不明白，心想这宝物怎么白白糟蹋了，于是便说："请你一件一件地讲讲好吧？"

党委书记说："好。先讲栓皮，这桦栎树皮是工业的主要原料，旧社会没有工厂，谁要它何用？只好当柴烧锅。现在建设祖国大办工厂，每年在二郎坪收购八十三万多斤，每斤价值六分钱，这一项就收入四五万元。况且这树干的皮被剥下后，停上一二年还可以再剥，可算得上是摇钱树了！"

栓皮栓皮大声笑，

坐上汽车城里跑。

喜我不再当柴烧，

建设祖国立功劳。

"这竹子呢？"王老头问。党委书记未开言，先说一段快板：

竹竿长在深山下，

不如一堆牛粪渣。

自古没人来过问，

枯朽沤烂深山峡。

"高山石头大，运输条件差，遍山尽竹宝，谁人来采伐。过去要把竹子运到平地就是豆腐盘成肉价钱，所以只好看着那满山沟里一望无边的竹林自己枯朽。"党委书记惋惜地说,"现在公路畅通了,运输方便,今年全乡收购一百二十万斤,价值两万多元。"

竹子出山开言道,

从今再莫把我笑。

纸张农具都能造,

工农生产我是宝。

党委书记又说:"山萸肉每年收购六万余斤,连翘每年收购十一万多斤,生漆三四千斤,其他土特产无法计算!这些原来没人过问的废物,现在都为社会主义献出了力量!"

王老头越听越喜欢,说:"党有一把金钥匙,打开了万宝山!"这正是:

宝山千年古代埋,

今日才待钥匙开。

特产服务工农业,

建设祖国献力来。

王老头心花怒放,精神爽快,不免多饮了几杯,酒到醉处,只见他哈哈大笑。

欲知后事,且听下回分解。

六　山中一日顶千年,金桥万里通北京

且说王老头酒醉醒来,辞别了党委书记,慢悠悠往街东游去。他站在岗顶,举目四望,把二郎坪的全景看得清清楚楚,就信口念道:

二郎坪,并不平,

四面大山不见顶。

马武山，高入云，

脚蹬马武手摘星。

王老头站在岗头，只听流水潺潺，百鸟争鸣，山歌对唱，笑声盈盈;只见花果成林，松柏常青，人人奔忙，一片繁荣。看不尽的奇山美景，听不完的跃进歌声，流连忘返，不知不觉天色已晚。

正在这时，王老头眨了一下眼，当眼又睁开时，变了，眼前的景象霎时间完全变了。王老头心中狂喜，沿着原路急急回去，随即唱出一段曲子:

抬头看，满天星星眨眼睛，

低头看，遍地银光无数星。

哪是天? 哪是地? 天地难分。

莫非是，老汉我进入了仙境?

心中喜，脚下步子轻，

找一个仙家问分明。

行走来到街头上，

见一个社员喜盈盈。

我老头上前打一躬:

尊一声仙长你是听，

你们几时摘下天上星?

几时把星星挂家中?

这社员一听哈哈笑，

叫声老汉你看清。

哪个稀罕天上星，

天阴星星它不明。

这里建起发电站，

千家万户挂电灯。

山区如今电气化，

电灯更比星星明。

王老头听了再仔细一看，果然不错，遍街灯光耀眼刺目，不由拍手大笑，高声喝道："错了！错了!"

这个社员听了不禁一怔，急问："什么错了啊?"

王老头说道："自古讲，天上方一日，世上已千年。这句话讲错了。如今应改成：世上方一日，天上已千年。"

王老头这话不假。原来山区莫说电灯，就是油灯照明也少见稀有，夜里都用松脂、竹竿照亮，这不是原始社会的生活方式吗？现在一步跃进到电气化，这不是一步跨过几千年吗？正是：

喜二郎，遍地星，

一步千里创奇功。

过去竹子来照明，

如今电灯亮晶晶。

按下这天夜里王老头满心欢喜不表，第二天一早他便跑到发电站参观。只见石坝拦河而修，顺渠引下河水，变七十多亩旱地为水田，又在下游修了一座小型水力发电站。今秋，山区千年万代第一次种上了稻子，又用上了电灯，可真是双喜临门。

水利化，实在好，

千言万语说不了。

大米香，电灯照，

人造天堂乐逍遥。

王老头歌声未落，这电站技术员迎面走来说道："大伯，好处岂止这些！这发电站的电力还带动钢磨呢，一天能加工几万斤粮食，比过去人推磨提高效率千百倍。这也不算啥，电力还带动鼓风机炼钢铁，带动车床造机器，带动电犁耕地。这水利化带来了电气化，电气化开出了幸福花！"

王老头开口又是一段快板：

> 颂山区，乐无穷，
>
> 从今变成幸福城。
>
> 想从前，比现在，
>
> 歌声自己跳出来。

正在这时，一人箭也似的飞来，叫道："大伯，快开车了！"

王老头急忙奔到街头，乘车直奔西峡县城而去。他坐在汽车上，想起从前山区道路，便顺口念道：

> 想起山路腿发酸，
>
> 三十五里脚不干，
>
> 四十五里猴上天，
>
> 阎王崖上把命断。

列位，要知道这话由何说起，原来此处山高河多，有"一里八道河"之称。除了过河就上山，山高入云，悬崖绝壁上一条羊肠小道，十分险要，一不小心就跌落崖下粉身碎骨，故有"阎王崖"之名。行人不便行走可想而知，这山区的无数宝藏自然无法采伐利用，山区人民生产生活必需的工业品也得不到及时的供应。去年党领导人民逢河搭桥、逢山开道，修起了一条灌二公路。现在汽车畅通，山里的土特产能运出去了，城市的机器和货物也能运进来了，生产生活也就富裕多了。群众万分感激，把这条路叫作"通向天堂的金桥"。

王老头正在思索，汽车呜地一下开了，往前看去，只见一条白玉带似的公路，缠在青山的半腰间，十分好看。人逢喜事歌儿多，王老头便唱道：

> 一条金桥万里虹，
>
> 满车欢笑运北京。
>
> 幸福歌，唱不完，
>
> 唱给恩人毛泽东。

汽车飞奔前进，没有多久来到了一个地方，只听战鼓齐鸣，千军万马呐喊；只见股股火焰朝天吐，铁水后浪推前浪，好不雄壮！王老头大叫道："一乡更比一乡强，英雄人物必然很多，今日不会英雄，更待何时！"说了便跳下车去。

要知王老头到了哪里，且听下回分解。

七　丹水一夜铁成山，霹雷闪电破钢关

且说王老头来到丹水，跳下汽车，只见万炉铁千炉钢，千炉万炉呼呼响；人如潮，铁如海，轰轰烈烈，气象万千。炉子炼铁早已见过，不必细表，单说那石灰窑、破房墙、黄水缸、红薯窖都被利用来炼铁。烈火腾空，浓云翻滚，气魄之大，古今中外未曾见过。真是人人创奇功，个个显身手。看！炊事员也要为祖国生产铁，他们用小沙罐装上铁砂放在灶底，既做了饭又炼了铁。老大娘们也在力争上游，屋里挖个小窖，用簸箕扇风。会计保管怎甘示弱，在房里修个小炉，用喷粉器吹风，炼铁办公两不误。群众智慧赛汪洋，钢铁产量往上长，一天工夫，全乡炼出了铁七千二百一十六吨。正是：

> 东方巨龙一朝功，
>
> 超过西方百年整。
>
> 手执乾坤重安排，

东风劲吹灭西风。

王老头在王岗炼铁厂,正向放射卫星的英雄们祝贺。此时天色微明,乌云低垂,冷风夹着细雨,忽见一个二十多岁的青年从大路上跑来,不等走到炉前,就高声大叫:"同志们!我们既能日产万吨铁,也能拿下万吨钢。是英雄好汉跟我炼钢去!"话没落地,早有赵国志、李振叶等几位青年好汉,昂首挺胸站了出来。原来这人叫薛志生,刚从电厂参观土法炼钢连夜赶回,乡党委要求他以迅雷不及掩耳之势,猛攻炼钢关。

薛志生领着大家到指挥部东面三间空房子,手指西间,说:"钢炉就建在这里,下午开始出钢,夜间就放卫星上天!"

王老头听了这话,将信将疑,看看房子,房子里空空落落;看看这几位青年,个个赤手空拳,便忍不住吞吞吐吐问道:"老薛,你这话莫非开玩笑的不成?眼下什么也没有,下午怎能出钢?炼钢更比炼铁高出一等,这非同小可啊!"

薛志生甩掉了沾满泥浆的鞋子,说道:"大伯,既能立下摘日心,就能造出上天梯!"说着,一脚踏出门外,把手向屋里一扬,叫道:"走!去运修炉的原料去!"

屋里的人谁还顾得风雨天寒,一拥而出,拉上架子车高歌前进。

眨眼工夫,这群生龙活虎般的青年,就从二里外拉回了白土。王老头关心地说:"快生个火烤烤吧!"众位好汉回答道:"炼就铁身钢心,这点小风细雨怕什么!"正是:

冷风冷雨不足道,
心红胜穿火龙袍。
天冷腹内烈火燃,
劳动热情比天高。

看！你挖坑，他和泥，一时三刻就修好了一个鸡窝形的炼钢炉。说快就快，风箱响时，炉火通红，不到上午炉子就烘干了。这时，薛志生提出："炼钢要用烧结铁炼，用好铁炼钢不算真本事！把好铁省下支援国家建设！"大家齐声说："好！"于是，炼钢炉里装上了结铁和木柴。这时，个个心中又喜又担心，喜的是丹水开炼第一炉钢，自己有了炼钢工业；担心的是怕万一炼不出钢。一点钟过去了，开炉一看，结铁还是原封不动。这一下可活活气坏了众位好汉，异口同声说道："再炼！就不怕不出钢！炼不出钢不吃饭！"大家围住钢炉看了又看，把出钢口改小以便聚火。又炼时，干劲更是提高百倍，曹书记亲自拉风箱，他扎着丁字步，使尽全身力，拉得风箱呼呼响。霎时，炉火由红变白。快出钢了，没有搅棍，就用柳木棍代替；没有锻锤的铁台，就用石头代替。只听掌火的说一声："好！"夹的夹，打的打，火光映着英雄们的脸，满面红光，汗水和钢水掺在一起，叮叮的锤声伴着笑声。炉前的人沸腾了！欢笑了！

"我们自己能炼钢了！"好消息像长着翅膀到处飞。乡党委一方面把炼出的钢送到自己的机械厂试造工具，一方面通知各厂来人参观。这时，第二炉、第三炉又出钢了，屋内的人挤得密不透风，个个喜气盈盈。

参观的人来了，试造的斧头、镬头、车轴也送来了。人们看看炼钢现场，又看看造出的工具，欢呼道："我们会出钢了，从石头（指矿石）到斧头，出在我们丹水乡！"

"我们厂里要拿下五十吨钢！""我们厂里要把全乡任务包下！"各厂抢着要任务。县委原分配的五十吨任务被突破了。你抢我夺，你追我赶，突破了千吨大关。不知是谁大叫一声："光说不算，马上就干！"听到此话，各厂代表挤出了门，拔腿就往回跑。

王老头感动得热泪滚滚。这时天色已晚,他便到食堂吃饭,等回来到指挥部时,只听电话铃阵阵乱响,捷报频传。党委书记接完电话告诉他:"全乡已修成炼钢炉三百座!"王老头吓得一怔,从椅子上起身,说:"兵贵神速,你们真是扭转乾坤易如反掌!"

王老头被安置到上房休息,可是人逢喜事怎能睡熟,想着想着便独自一人发笑,一直到后半夜方才睡着。等他一觉醒来,天又明亮,跳下床第一句就问:"钢炉怎样了?"

党委书记满面春风,说道:"昨夜已炼出钢十八吨!"

他听了拍手大笑,唱道:

　　昨日只是人说钢,

　　今朝钢水成汪洋。

　　一日时间值多少?

　　蛟龙腾空三千丈。

歌声未了,只听钟声齐鸣,乐声悠扬,只见各路英雄直奔丹水而来。

要知后事,且听下回。

八　王岗摆下擂台阵,丹水会上取真经

且说王老头见四面八方各路英雄行走如飞,直奔王岗铁厂,便也三步并成一步来到王岗,问个明白。

原来是丹水钢铁红花盛开的喜讯传遍全县,各乡选派了一百八十位钢铁英雄,赶到这里参加县委召开的现场会议。群英集会,良机难逢,王老头便要跟着看个明白。

这学习参观不必细表,单说现场立擂比武。

王岗铁厂早为远道而来的客人辟了一块立擂基地,供各乡现场比武。只见各地英雄担的担、挖的挖,一时三刻修起了十多种炼钢土炉。王老头看了这个又看那个,一个更比一个好,便送诗一首:

> 下午一片荒草滩,
>
> 眨眼钢炉排成串。
>
> 英雄今日来比武,
>
> 明朝百花开满山。

不长时间,十几个炉子一齐点火,钢花闪闪,铁锤叮当,百花争艳,各显其能。只见陈阳地牤牛炉上拉风箱的快如马超,城郊乡鸡窝炉上拉风箱的猛如张飞;丁河平方炉上铁锤劲如泰山压顶,米坪乡霸王炉上铁锤快如流星。人声沸腾,干劲冲天,战到酣处,早把那夜深天寒甩到一边。

此时天下白霜,米坪乡老英雄李家德把袄脱了甩到地下,赤身大战。王老头急忙走上去,说:"天寒不怕冻着了?火星子迸到身上怎么办?"老英雄抢起铁锤上上下下打着,说道:"浑身是火还怕冷?浑身是钢不怕烧!炼钢的人是在老君爷炉子里炼出来的金身,啥也不怕!"

王老头把这位英雄的豪言壮语传到各炉,大家的干劲好似火上浇油,更是猛不可挡。这时只见各路英雄不仅炼,还忙中抽空到各炉子上参观学艺,人人眼观六路,耳听八方,恨不得一口把各炉子的长处吃到肚里。

苦战一夜,便要分出个高低。每个炉子旁边都放着钢块,大家边走边看,人人称颂丁河平方炉和丹水鸡窝炉,修得简单省工,口小聚火,肚大盛货,化铁快出钢多。赞声未了,只见丁河乡党委书记掏出笔记本唰唰写了几笔,撕下来交给旁边一人,说道:"快跑!快跑!

以每小时二十里速度快跑!"

这人接过纸条犹如出弦之箭,转眼消失在通向西峡公路的远处。大家疑惑不解,便问道:"李书记,什么事这么紧急啊?"李书记笑道:"让这儿比出来的真经,五个钟头以后,在一百里外的丁河开花结果!"一句话提醒了大家,霎时,打电话和派人送信的奔走如梭。

英雄集会五天,个个成了炼钢铁的能工巧匠,领了奖,接受了县委的任务,散会时各路英雄赛诗表决心。

米坪乡党委书记唱道:

> 政治挂帅上前线,
>
> 大办钢铁夺状元!

丹水代表对道:

> 英雄不怕艰和难,
>
> 三天任务一天完!

县直代表接着唱道:

> 小土炉,冒黑烟,
>
> 要把西峡变铁山。

王老头听了诗瘾大发,和道:

> 太阳月亮迷了路,
>
> 错把铁山当泰山。

歌声越唱越喜欢,这时忽有一人大叫:"光说不算,马上就干。今晚要跑一百二十里,方算英雄好汉!"抬头看时,原来是太平镇乡党委书记。这时,大家轰一下散了。

第二天,喜讯传来,说各路英雄日夜奔回本乡,丹水真经已在各地显灵,全县已产钢百吨有余。王老头大喜,便诵道:

> 初试锋芒钢百吨,

明日何愁万吨钢。

小土群，力量强，

祖国处处造天堂。

书到此处告一段落。欲知后事，且听下回分解。

九　火光起好汉险丧命，红旗飘英雄显神通

书接上回。王老头在丹水参观，偶遇太平镇乡党委书记，上前握手问好之后，谈起目前热火朝天的大办钢铁运动，书记告诉他一个惊心动魄的故事：

且说太平镇乡炼铁厂，有个武松炉，炉上八条好汉，论年纪都是三十上下，血气正旺，个个生得身材魁伟，膀大腰圆，抬起手能把山推倒，呵口气能把云吹散。在这个炼铁厂里，武松炉总是一马领先，干起活来，犹如八百猛虎下山。群众敬佩不已，称他们为"气死武松"。

话说这天下午，众位英雄夺得红旗，大家好不喜欢，更是精神百倍。拉风箱的好似吃了虎骨熊胆大力丸，突突响时，火光冲天，一时三刻，炉前铁块成山。真是：人能炼铁，铁能生力。大家看见铁越多，力量就更大。炉顶火焰直冲云端，只烧得天上乌云四散，百鸟惊飞；地上人声呐喊，个个喝彩。

正在这时，一股火舌猛不可挡，穿透炉棚冲向天空，炉火加棚火照得遍地通红，眼看霎时就要引发不可估量的火灾。正在这千钧一发之时，只见武松炉前闪出一人，后退几步向前冲去，犹如出弓之箭，飞也似的抓住棚杆，出溜几下爬上炉棚。原来，这人叫蔡景安，正在炉前操作出铁，忽见炉棚着火，心想这厂里是炉棚连工棚、工棚

连房屋,工人们不知费了多少劳力搭起的这列工棚和炉棚,如果被火化为灰烬,物资财产损失事小,几百工人夜间可到哪里就宿!这且不说,失火势必影响钢铁生产,黄继光能舍身堵枪眼,我怎能看着钢铁生产受损失!说时迟那时快,他三扒两爬就冲到棚顶,完全忘了火烧之险,赤手空拳与火搏斗,双手把火苗附近的枯草拔掉,以断火势蔓延之路,翻身又向火苗滚去,用身子压住那熊熊火苗。这时,站在地下的人惊魂方定,纷纷前来相助。也是人多势众,火势还没蔓延开便被扑灭。人们刚松了一口气,只听"咚"的一声,接着有人忽叫:"不好了!跌死人了!"

大家听了,人人提心吊胆,匆忙向响处围来。原来是舍身救火的蔡景安,因被火焰烧得头晕眼花,一脚踏空跌了下来。只见他双眼紧闭,不言不语。这时,党委书记闻讯,带着医生也急急赶到。呼喊之声,关心的问候,像无数股暖流,在蔡景安心中荡漾,减轻着他跌伤的痛苦。但他只是睁了睁眼又慢慢合上,嘴角显露出一丝笑意,轻轻摆动了一下头,却说不出话来。大家赶紧把他抬到房里放到床上进行急救。

且说这天半夜,蔡景安方睁开了眼,他看看自己在床上躺着,怎么不见炉子?他定定神才想起自己跌了跤。转眼又见王有林坐在自己身边,便问:"咱们炉上的红旗还在吗?"王有林说:"还在。"这个硬汉子听了蔡景安险死还生后的第一句问话,不知怎的眼皮软了,止不住滚了两行泪水。蔡景安喘了一口气又问:"你在这里干啥?为啥不到炉子上去?去吧!"王有林怎能忍心走开,但又不好回答,只是坐着不动。蔡景安责备地看了王有林一眼,双手按住床坐起来,把脚伸到床下踅摸鞋。王有林急问:"要解手吗?"蔡景安生气地说:"你要坐你在这里坐吧,我到炉子上去。"王有林怎肯答应,便将他按到床上,说:"好,我现在就去!"说着恋恋不舍地走开。

武松炉上个个心情沉重,都不说话,只是埋头苦干,他们轮换着不时去看看老蔡。这时,王有林回到炉上,把老蔡醒后的言语行动照着原样讲了一遍,人人深受感动,只觉浑身力气猛增。

正在这时,只见一个人双手拄着棍子,向炉前艰难地移动着。走近了,大家才看清是老蔡。这时,人们纷纷说道:"不要紧了吗? 好些了吧?""你怎么来了! 为啥不休息呢?"大家都很高兴,但又逼着他回去休养。

老蔡一见大家不容他分辩,便趁势坐到地下,说:"不要管我,我在这里看着流铁心里就会美气些。身子不能做活,我眼可以看、心里可以想、嘴可以说,还能起个参谋作用!"大家看他决心已定,不忍强逼,便弄些草铺得软和和的,让他坐在炉前。

这一夜,大家都很高兴,为了庆贺老蔡脱离险境,并因受了老蔡的共产主义精神影响,个个干得分外起劲,创造了一次出铁二百三十六斤的战绩。红旗从此在武松炉上生了根,一直到今天还在武松炉上飘扬!

党委书记讲完这段故事,王老头肃然起敬,便作诗赞道:

> 喜闻景安创奇迹,
>
> 继光存瑞并列齐。
>
> 高尚风格都学习,
>
> 红旗榜上夺第一。

话到此处,且听下回。

十　王老头欣游展览馆，庆公社上天如上楼

王老头在丹水住了多日，这天闻听县里召开农业群英大会，当天便奔回县城。只见满街鲜花两行红旗，锣鼓齐鸣，张灯结彩，迎接各地模范。行至十字街头，迎面一排金色大字，上写"农业展览馆"。参观的人川流不息，王老头便也跟着进去，一脚踏进农业展览馆，便被那奇珍异景吸引住了。

你看：满眼麦子黄似金，秆有四尺高，穗有半尺长；麦穗堆成山，山上红旗飘，旗下人人笑。一旁金字红榜，讲解员诵道："西峡县一九五八年小麦大丰收，回车乡小麦卫星直冲云霄……"话音未落，喜坏了麦子老人，你看它捋着胡子大声笑：

　　　大跃进，乘东风，

　　　麦子老人上天空。

　　　全国人民齐欢呼，

　　　党的领导真英明。

这厢歌声刚起，那厢一道金光划破长空，王老头紧走几步向前看去，原来是我县粮食产量的指标箭头直线猛升。箭头过处一字一行写得清清楚楚，上写着：

　　　一九五二年单干时，亩产一百二十六斤；

　　　一九五三年互助组时，亩产一百三十七斤；

　　　一九五四年转了初级社，亩产一百五十二斤；

　　　一九五六年入了高级社，亩产二百零八斤；

　　　一九五七年高级社，亩产三百七十九斤；

　　　一九五八年大跃进又加成立人民公社，亩产六百九十四点

一斤。

王老头看了喜在心头,说道:"这幸福之路我也走过!"正是:

倒吃甘蔗节节甜,

越往前走路越宽。

单干好比羊肠道,

单人独马怕风险。

互助扎下幸福根,

走上正路人舒坦。

初级社好比阳关道,

坐上汽车呜呜叫。

高级社,力无穷,

犹如火车往前冲。

解放十年不算长,

天堂大道已修通。

今年万民庆公社,

乘上卫星进天宫。

王老头一路向前,只见——

往前走,一片白,

棉花堆得像雪海;

棉桃长有碗口大,

棉株好像小洋槐;

红薯不知大和小,

一个簸箩装不了;

大麻能当房顶柱,

玉谷秆儿似松树。

　　丰收景象看不尽，

　　活活乐坏观花人。

　王老头满面欢笑往前看，一个老汉拉住他衣襟。王老头急忙侧身看，原来是稻子老人。只听他唱道：

　　今年我县转公社，

　　千亩万亩大丰收。

　　稻子穗儿长又大，

　　打的粮食满仓流。

　　谁说公社不优越，

　　亩产三千出了头。

　　小麦卫星刚上天，

　　秋粮卫星又群起。

　　今年卫星高入云，

　　美英战犯吓掉魂。

　　来年卫星更高大，

　　美英战犯更害怕。

　王老头闻听笑在心："问声丰收稻老人，为啥今年卫星这样多，请你一一说原因。"

　稻子老人开言道：

　　皆因公社成立好，

　　集体思想加强了，

　　妇女解放劳力多，

　　人强马壮干劲高，

　　卫星才能群群放。

　　城郊有个程彩兰，

　　　　公社化后生活强，

　　　　每天走路都在笑，

　　　　浑身是劲精神旺。

　　　　热爱农业钻技术，

　　　　一心学习巧姑娘。

　　　　今年跃进创奇迹，

　　　　种的棉花称了王。

　　　　她对棉花爱如宝，

　　　　一天到地好几趟。

　　　　哪棵棉花几个叶，

　　　　她都牢牢记心上。

　　　　庄稼种到这份儿，

　　　　你说它怎能不跳着长！

王老头听稻子老人讲到这里，拍手大笑，唱道：

　　　　谁说上天没有路，

　　　　粮食堆到白云头。

　　　　公社本是上天梯，

　　　　上天好比上层楼。

　　　　七仙女织下万丈缎，

　　　　众社员挥笔写诗篇。

　　　　先写万民感党恩，

　　　　再写领袖寿万年。

　　　　横额端端写上字六个：

　　　　天堂搬到人间。

欲知后事，且听下回。

十一 一人足顶十万兵，蚂蚁显圣造蛟龙

话说王老头在农业展览馆正高声歌颂，背后一人哈哈大笑道："岂止农业大丰收，我县今年工业也是特大丰收！"王老头回头看去，原来是在电厂工作的朋友老李，王老头便说："如此说来，能不能领我一看，也长长见识！"老李满口应承，二人立即奔莲花寺岗去了。

到了电厂，王老头仔细看去，灌河大渠沿坡而下，坡下修一电站，渠水似万丈瀑布冲击着电站水轮机。老李在一旁说道："这电站一九五〇年时只发电两万八千度，一九五八年增加到四十多万度，增加十四倍！"王老头夸奖道："好快呀！想必里面工人不少！"老李掐指一算，说："工人不多，只有一万八千人。"王老头看了那厂房一眼，哈哈笑道："老李，你欺我不识数吗？这小小两间厂房，怎能装下一万多人！"老李一本正经地说："哪个哄你不成？如若不信，一看便知！"

于是，二人迈步跨进电力车间。王老头左右前后看了一遍，只有一男一女在轻快地操纵着机器，他便拍了老李一掌，说："人在哪里？"老李指了指发电机，说："这就是！"王老头越发怀疑不解，老李便说："老哥，原来咱这电站只是照明，今年开始带动机器。这电闸一扳，机械厂、榨油厂、水泥厂、钢铁厂等大小几十个工厂的机器都转动起来，现在发的电，顶上一万八千个整劳力日夜不停地工作！"王老头听了喜道："扭住河水给咱们干活，今后生产就不愁劳力不足了。"老李笑道："这算什么。今年咱们全县建立水电站七百五十四处，明年还要建站三百九十一处。村村电灯明，样样生产用电开动，咱们全县二十七万人民，每人平均能有几十个电力长工给咱效劳，这长工不吃不喝日夜干活，那时候生产生活就好多了！"

王老头禁不住唱道：

　　　水流千年归大海，

　　　横行霸道造下灾。

　　　将来村村电气化，

　　　共产主义幸福来。

　　二人说着出门往机械车间走去。王老头问："老李，这机械车间做些啥活？"老李笑道："这就难说了，单说今年就做了滚珠轴承一万四千多套，使全县的大车小车都半机械化了，还有打稻机二百多部，鸟枪四百支。咱这工厂，凡是乡里需要啥就做啥！"王老头不住夸道："那可称得起万能工厂了！"

　　二人说着走到院里，只见堆满了大小车床，还有那庞大的离心式高压鼓风机、炼钢炉等，名目繁多，述说不尽。王老头问道："这机器这么庞大，也不知造这机器的机器有多大？"老李抿嘴微笑，说："得要三间房子大的机器才能造这些机器！"王老头又问："哪里有这么大的工厂呢？"老李回道："天津、上海才有这么大的工厂！"王老头点点头好像明白了，说："如此说来，这些车床和炼钢炉是从天津、上海买来的了！"老李忍不住大笑，说："错了！错了！这是我们自己造的！"王老头摇摇头说："我倒不信！哪有这等奇事！"老李二话不说，拉着王老头进了车间。只见两间小房内安放着九部元车，有的比院里的车床还要小上一半。机器在飞转，工人精神饱满，个个眼明手快。老李指了一下，王老头看去，原来是两台小机器合在一起，正在做着一个比它们还大的车床！王老头方才相信，便诵道：

　　　大雁队队飞天空，

　　　蚂蚁显圣造蛟龙。

　　　不是机器本领大，

工人方是真英雄!

走出车间,老李说道:"这机器车间,好比母鸡下蛋,已造了六十多部车床分给各乡,各乡都有了机械厂。就拿丹水乡来说,他们用这些车床造了鼓风机、小钢磨等。明年这机械车间还要生产炼铁炉、轧钢机和各种精密车床!"

王老头忙说:"想咱们这山县如今工厂林立,产品万千,哈哈,真不是我老汉夸口,咱县这重工业可真顶上一个小国了!"正是:

一朝花开满院红,

山县岂止好风景。

一夜建就工业城,

万车诗篇齐歌颂!

王老头正在歌唱,忽然一股异香扑鼻,他便顺着那清香寻去。欲知后事,且听下回。

十二　满山美酒风也甜,绿林深处油如泉

且说王老头顺着扑鼻的香味走去,到了酿酒车间,跨进地下室,满眼都是发明起亮的黑漆大酒桶,一行一行地整齐排列着。室内香味更浓,使人闻闻欲醉,王老头止不住赞叹道:"真是美酒如海,不知每年要耗费多少粮食。"

老李在一旁哈哈笑道:"这酒连一粒粮食也没用过。县委根据我县满山是酒的特点,在这里建立酿酒车间。"

王老头打断老李的话,问:"酒怎能满山呢?"

老李快活地说道:"你怎么搞不明白? 想我县乃是山县,深山浅山大山小山,漫山遍野长着柿子、野葡萄、棠梨、山楂、鸡头根、山芋、

洋桃、橡子等，不下百十余种，仅洋桃一棵就能收几百斤。从前都白白落地沤烂了，如今拿来做酒，二斤野果就可做出一斤酒。今年已经用这些果子做出美酒九万六千多斤。"

二人说着走到了酒精车间，只见一个废汽油桶当作锅炉，倒也简单，老李介绍道："这酒精塔是工人郑子清和吴德堂创造的，只用一百多元，日产酒精一千多斤，原料也是用的果子露，质量达到出口标准！"

王老头心中想道：这些野生东西在旧社会谁也不把它看到眼里，想不到如今能起这么大作用，这都是党的好领导。于是问道："不知我县每年能出多少果子？造多少酒？"

老李屈指一算，说："野果有八百万斤，橡子有一千万斤，全部收回来，每年山区人民可增加近百万元的收入。这些东西每年可造酒八百万斤，如果全县人民每人每年就喝上十斤酒，还有五百多万斤可以外调，全国人民都能尝到我们山县的美味！"

王老头忙问："这个计划什么时候能实现？"

老李回道："就在两三年内！"

王老头听了心里乐得开了花，笑道："再停两三年，每人每年就能喝上十斤酒了，这生活真是如糖似蜜。从前，从山里流下去的是洪水成灾，如今流下去的是芳香果露！"正是：

> 党如红日照山岗，
> 今朝宝山放光芒。
> 万紫千红果成堆，
> 芳香引得群蜂飞。
> 满山果香风也甜，
> 美酒似河人心醉。

村民欢笑齐举杯，

万岁万岁毛主席！

二人出酿酒车间往南走几十步，到了榨油车间，只听机器隆隆响，进入车间，只见机器不见人。那桐籽顺着升降机进入炒锅，又自动跑到榨油机上，和农村抢着大铁锤打油大不相同，压榨器往下一压，瞬间油流如注。在储油室口，那清澈的桐油好似一条小河，哗哗地流入油桶。

王老头敬佩地想道：从前农村打油，五六人打上一天，累得腰酸胳膊疼，一担就挑走了，这机器不知一天能出多少油？

老李好像看透了王老头的心思，便说："这榨油车间一天一夜可榨油一万斤！"

王老头吓了一跳，说："好家伙，可真了不起！ 一年就可出三百六十万斤油了！ 不知我县每年能出多少桐籽？"

老李想了一下，说："近年来政府大力领导群众造林，已经大有成效，估计每年桐籽总产量达一千万斤，况且还有黄连树籽、构树籽、漆树籽、棉花籽等，更是不可计数，真可称得上漫山遍野都是油。这榨油车间不但使山区人民增加了收入，还能出口给国家换回许多机器！"

王老头连连点头，说道："山区可真是富如东海，满山没有一样东西不是宝！"于是，便诵诗一首道：

霞光万道艳阳天，

党的号召往下传。

英雄造林上高山，

吓得山神胯下钻。

千山万山绿似春，

　　　　绿林深处油如泉。

　　　　万道新河流满油，

　　　　山区幸福没有头！

　　王老头和老李出门去，站在山岗四下观望，只见西峡城附近，工厂林立，钢铁厂、罐头厂、冷冻厂、水泥厂、栓皮厂、化肥厂、面粉厂、造纸厂、机械厂等不可胜举，心中真是乐不可言。

　　王老头感慨地说道："想我在西峡城内住了几十年，新中国成立前城内除了几户买卖鸦片烟和囤积居奇的奸商以外，哪有什么工厂。新中国成立至今十年来，这山县已快成为工业城了，真是一天等于二十年！"说到这里，他开怀大笑，唱道：

　　　　远离家乡会想娘，

　　　　幸福生活想起党。

　　　　西峡二十七万人呀，

　　　　高歌一曲感激党！

　　欲知后事，且听下回。

十三　下战表英雄齐上阵，举红旗力争大丰收

　　王老头自从在莲花寺岗参观工厂之后，便回家过年。佳节已毕，一声春雷，东风传来喜讯，中央号召今年要更大跃进。广大社员浑身是劲，挖塘土、换老墙、出粪坑，大街小巷闹翻了天。王老头走到大街，只见车如流水马如龙，粪堆如山；只听锣鼓震天响，歌声阵阵扬：

　　　　一声春雷战鼓喧，

　　　　跃进帅旗肥当先。

> 挖地三尺开肥源，
>
> 誓保小麦千斤县。

满城热气腾腾,战鼓喧天。只见西门内人山人海,无数积肥英雄犹如八百猛虎下山,高呼向高山夺粪,向河水要肥。王老头止不住夸奖道:"干劲震天动地,真是英雄好汉。"一旁一个社员看了他一眼,说:"大伯,你哪知道,我们还不如七大队哩!"他又接着说:

> 去秋闹深翻, 今春麦苗欢。
>
> 党把号召传, 要争大丰产。
>
> 城郊七大队, 一马抢了先。
>
> 劳力六百六, 出勤七百三。
>
> 遍地挖肥源, 日积五万担。
>
> 他们摆下擂, 战表四下传。
>
> 要把俺五队, 永远甩后边。

王老头急问:"难道你们就答应了吗?"这个社员连说:"当然不会答应! 队长回来在社员大会上说:现在是下雨天,七大队冒着雨还在干,人家说永远也不让咱们赶上!"

> 队长讲一遍, 气坏众社员。
>
> 老少齐举拳, 对党把誓宣。
>
> 立志夺丰收, 决心站人前。
>
> 胸中烈火烧, 胜穿火龙衫。

这个社员接着讲道:"全队五百个劳力,第二天就出动了五百多人。"

列位,怎么多了呢? 举个例子说吧,敬老院有个张老汉,今年六十二岁,一贯是老积极,这天队长开会布置积肥,没有叫他参加,怕他知道了也要去积肥。谁知怕着怕着他还是听见了,跑到会场找队长说:"队长,你不该偏心眼呀,发衣服、吃白馍次次都少不了我,这做活为啥背着我呢?"队长说他年老身子不扎实,劝他在家休息,他气得一言不发地走了。谁知道第二天早上,别人刚起床,他已积了十余担,任谁也挡不住。别看张老汉年老,精神倒挺好,担着肥还唱着曲子:

> 入了敬老院,年轻十几年。
>
> 吃了公社饭,好比吃仙丹。
>
> 生活日日好,精神日日添。
>
> 多流一滴汗,日子更香甜。

这个社员又说:"你看,为了大丰收,人人把身献!"王老头顺着他的手指看去,只见积肥战场上男女老少个个精神饱满。老年人挖肥恨不得一镢头把地挖穿,青年人担粪恨不得一挑担走两座大山,学生运粪推车恨不得一步跨到田间。

积肥战场上响起了激昂雄壮的歌声:

> 翻江倒海劲冲天,
>
> 不积万担非好汉,
>
> 喝令亩产双千!

歌声赶走了寒冷,战场上热气沸腾,真正是人定胜天,一天积肥七万余担,大人平均日积一百多担,荣获了卫星大队称号。

且说王老头从五大队回敬老院去,路上碰见两个人边走边说,不断大笑。王老头便凑近一步,只听一个人说道:北堂有个朱根如,他妈六十五岁了,这天半夜就起来去积肥,干了一阵子,还不见儿子和儿媳来积肥,急得不得了,心想这季节逼人,现在多施一担肥,夏季就多收一升粮,这两个贪睡的青年怎么还不上工? 实在生气,便转回家去喊,但又没法直说,只好生了一计,叫道:"根如,咱们钩担呢?"根如醒了,说:"你要钩担干啥?"他妈说:"我们积了半天肥,找钩担担肥嘛!"朱根如和他媳妇听了这话,才知道自己起得晚了,一翻身下床冲出门去,也投入了战斗。

听到这里,王老头赞颂道:

> 共产党，像红灯，
>
> 人民公社像条龙。
>
> 红灯引得龙腾空，
>
> 翻江倒海创奇功。
>
> 改造自然夺高产，
>
> 今年更上天一层。

河南人民出版社 1959 年 8 月出版

一

红心

李惠侠从省里学习新法养猪结业,一九五九年春天回到了西峡丹水公社。党委第一书记朱国钦同志和在这个乡工作的县委侯书记接待了她,给她讲了养猪的重要意义,讲了韩梅梅的故事,鼓励她好好干下去。临走时,朱书记说:"休息两天,就到万头猪场去。"刚满十八岁的李惠侠,受到党的关怀教育很受感动,她说:"不,我今天下午就去!"

她回家给妈妈一说,妈妈生了气,吵嚷道:"十八九岁的红花大姑娘,不能干这又脏又丢人的活儿。你不能去,谁说也不算,得听我的话。"李惠侠急得滚眼泪,说:"我从小就听你的话,你只会叫我去挨门讨饭。只是咱听了党的话,才有吃有穿,一年比一年好过!妈妈,叫我听党的话吧!"妈妈被说住了,答应了她。

场里分配李惠侠放猪,谁知第一天就不顺利。她放猪放到坡上,看见了社员王生桂,他说:"哎哟,如今当上猪司令了,管几十头猪,真不简单。"她把猪放到河边,正在洗衣服的朱金凤吃惊地说:"哎呀,从小看你又聪明又伶俐,咋干上了这份差事!"这些冷嘲热讽,害得她见人就低下了头,羞红着脸不好意思和人说话。天黑了,她回到场里,一看见住场的乡长余文华,眼泪就像断线的珍珠,倾诉起白天的委屈。余文华听了,问她:"灰心了?"她说:"我气他们落后。"余文华说:"不怕,明天我和你一块儿去放猪!"

第二天,余文华领上她,偏把猪赶到人多的地方放。老余见人就主动说话,问对方为养猪做了些什么,话特别稠。李惠侠惊疑地问:"人家没看见咱就算了,你咋找着给人家说话?"老余笑着说:"养猪是毛主席号召的,干着光荣,心里痛快,人一痛快,话就多了。只有心里认为养猪低人一等,才感到害羞,不好意思和人说话。"李惠侠听了,又羞又快活地说:"老余,我明白了,我再不怕人了!"

二

李惠侠费尽心血,采用了新的饲养方法,猪肥得滚瓜流油。一天早上,乡里朱书记和县委侯书记,冲着刺骨的寒风,来到猪场看她。当他们看见满圈肥猪时,就夸奖她喂养得好,鼓励她继续努力,临走时问她有什么要求。她说:"能弄两头巴克夏种猪,把本地猪改良改良就好了!"书记们点点头。谁知第二天,侯书记就送来了三头小巴克夏种猪。李惠侠喜得见人就说:"我只是随便讲了一句,谁知上级这么重视,我该咋报答党呀!"

没有好久,一头小巴克夏生了病,这可叫李惠侠快急坏了。她给小猪做了糊汤,小猪连闻也不闻;她又拌上盐,小猪还是不张嘴。她把小猪的嘴按到碗里,说:"吃嘛,你咋不吃呀!"猪不吃食,气得她只想哭。后来,她打开药书,找了个单方,煎煎灌灌,守住小猪,看了一上午。猪张嘴吃食了,她才松了一口气,说:"你呀,可把人吓了一大跳。"夜里,为了给有病初愈的小猪加顿食,她弄了个闹钟挂在床头。半夜三更的,闹铃响了,她起来给猪温食,影响了别人休息,王金当吵道:"夜里不喂,也死不了。就是死了,又不是你把它摆弄死的,谁还说不依?"李惠侠回答他:"这是党交给我的工作,我不能辜负党的信任,我不是怕谁不依我!"结果这头小猪不久便好了。

李惠侠喂的猪,头头肥壮,人们都说她能把死猪治成活猪。大家叫她介绍防治猪病的方法,她说:"我只有一个单方:只要有一颗对党对社会主义的红心,就能治好猪的百病!"

三

猪场里一头大母猪发情了。李惠侠想起了党交代的话:想办法叫母猪高产。于是,她就进行重配试验。场里有个老汉说:"这是胡闹,将来一定拖死母猪,弱死小猪,不落个两手空空才怪哩。"李惠侠听了,心里说:"一定不能叫它失败!要不以后推广新经验,保守派就有本钱讲话了!"母猪怀了孕,她更加关心。夜里睡觉,好像光听见猪叫,起来看看,猪正在打鼾,根本没叫。刚睡下,又好像听见猪叫,总是睡不安生。第二天,她干脆搬到为母猪特设的房子里住。每天,她到处挖野菜,给母猪做"小锅饭"。不久,这头母猪一窝下了二十七个小猪,个个肥头肥脑。她快活地说:"咱们全场的母猪都搞重配吧,一窝顶三窝哩!"场长说:"对,不光咱们搞,还要在全社推广!"

四

小猪慢慢长大了。乡里指示,把二十七头小猪全部卖给茧场大队做母猪和种猪。

这天,茧场要来赶猪了。李惠侠一早就起来,先烧了一锅温水,给一头头小猪洗了澡;然后又煮了最好的饲料,看着它们吃饱了肚子。

吃过早饭,赶猪的人来了。她千嘱托万叮咛,要他们好好照料这些小猪。临走时她还恋恋不舍地送到村外,看着看着走远了,平处看不见了,她就上到粪堆尖上看去。

突然,她飞快地向那赶猪人奔去,边跑边喊:"等一等呀,等一等!"赶猪人停住了,她跑到跟前,说:"猪娃还小,要勤喂,要喂熟食,要放凉了再喂,不要喂得太饱了。"赶猪人说:"谢谢你,记下了!"李惠侠眼睛睁得大大的,看着小猪向前走去。

突然,她又身不由己地向前跑去,跑着叫着:"赶猪的同志,赶猪的同志!"赶猪人又站住了,扭回头问:"还有啥话要交代呀?"她手指着猪群,说:"回去了,要把它们分开单间喂,不要卧一块儿。卧一块儿肯压死,挤住了也肯害红眼。"赶猪人说:"放心吧,我们一定做到!"赶猪人扬起棍头又走了。李惠侠也回转身走去,走一步,回头看一眼。

李惠侠回到场里,心总放不下,到第五天,她跑到了茧场里去看,那些小猪果然被喂得很好。她从口袋里掏出带来的豌豆,撒给那些小猪吃了,才欢乐地回到了猪场。

原载《河南日报》1960 年 3 月 8 日

打猎记

吃罢早饭，打猎能手尹万章约了几个喜爱打猎的小伙子，又请了两名老猎手，扛起土枪，说说笑笑地上山打猎去了。

打猎队来到罗鼓寨，在树林深处，发现五头野猪正在拱草根、吃橡子。他们摆开阵势，正要准备出击，不知是谁不小心把一块石头蹬到山下去了，野猪闻声惊跑。

老猎手一挥手说："追！"小伙子们便跟踪追去，最后断线了，扑了个空。

在回来的路上，孟长华说："白跑一二十里，连个猪尾巴也没揪住，真不划算。"尹万章说："别泄气，咱们吃点馍再干，反正这个假日不能让它白过。"两个老猎人也说："不要紧，还有大半天时间哩，咋也能打点东西回去。"

话音刚落，孟长华碰了一下尹万章，小声说："注意，有野兽！"

人们随着他的手指望去，果然见草丛里有什么东西在动弹，细看了一会儿，原来是两只獾子。

"咚！""咚！"两声枪响，两个小家伙不动弹了。

孟长华和尹万章，一个在前一个在后

跑过去,把獾子背起来,笑着说:"这回咱不但有了肉吃,还省得这家伙再糟蹋庄稼!"

原载《河南日报》1960 年 12 月 26 日